La Bête en elles

Éditions Eyrolles
61, bd Saint-Germain
75240 Paris Cedex 05
www.editions-eyrolles.com

Collection « Aparté »

Éditrice externe : Frédérique Le Romancer

ISBN : 978-2-416-00131-4
Composé par Soft Office

Camille Lysière

La Bête en elles

Roman
EYROLLES

Première partie

Paris

Marie, juin 2009

MARIE est allongée sur la pelouse de son lycée, la tête posée sur son sac de cours, sous le grand cèdre centenaire qui les protège du soleil déjà ardent d'un printemps lumineux. Ses amis dissertent, blaguent, se bousculent, se câlinent, chantent, rigolent. Ils ont l'habitude d'attendre là que le gros des élèves soient déjà passés au self pour s'y présenter eux aussi. Ils détestent piétiner dans la cohue, ils détestent se sentir compressés et amenés comme des cochons vers leur auge. Ils préfèrent arriver plus tard, quand la marée des affamés s'est apaisée et que le réfectoire est redevenu calme. Ils s'installent alors sur des tables qui portent les reliquats du repas de leurs camarades, c'est le prix à payer pour leur petit acte d'insoumission : ne pas attendre comme des moutons. Ils poussent les miettes et rincent les carafes qui ont déjà été utilisées par d'autres, peut-être des crétins qui s'amusent à cracher dedans.

Cette année, pour Marie, c'est le bac. Section littéraire. Trois ans qu'elle arpente les couloirs et les espaces verts de ce lycée. Trois ans qu'elle découvre et explore, stupéfaite, le débat, la contradiction, les émois du corps et les envolées de l'esprit. Les amitiés paraissent indéfectibles, on use des jamais et des toujours jusqu'à la déraison. On se sent immortels et puissants quand on a dix-sept ans. Le champ des possibles qui s'étend là devant est immense, et on ne se lasse pas de le moduler à sa guise. On se voit prof de lettres, journaliste, avocat, artiste peintre ou médecin du monde. On se donne des rôles nobles, des destins superbes, on a passé l'âge d'annoncer « astronaute » ou « découvreur de pyramides », mais l'idée est la même. Tiraillés et ravis de l'être. Une main qui chaparde encore des Dragibus et l'autre qui s'impatiente à tisser sa toile pour de vrai. Comme c'est bon ce passage à l'âge adulte, comme c'est grisant... Marie rêve son futur telle une enfant curieuse et affamée qui tend son cou vers sa vie de femme.

Marie a des projets, des envies. Et pour les mener à bien, elle va travailler cet été. Gagner quelques sous et aider ses parents pour son entrée à la fac. Bravache, elle clame vouloir subvenir elle-même à ses besoins, les cafés, les kebabs, les fringues, les concerts. Elle a postulé un peu partout et, hier soir, elle a eu une réponse positive. Surexcitée, elle explique la grande nouvelle à son amie Lou. Elle ressasse les détails et ne parvient pas à parler d'autre chose. Lou écoute en hochant la tête, un brin envieuse. Marie a obtenu un job à Paris, elle sera serveuse dans une brasserie pendant les deux mois d'été. C'est une amie de sa mère qui lui a déniché le bon plan.

— Tu te rends compte, Lou ? Un boulot de deux mois à Paris ! J'y croyais même pas, je te jure. Moi qui pensais que j'allais ramasser des haricots chez mon oncle tout l'été comme l'année dernière !

Sylvaine, l'amie parisienne par qui le bon plan est arrivé, et son mari Olivier, ont proposé de l'héberger. Les deux couples ont été très proches autrefois et ils gardent des liens forts. Accueillir la petite chez eux, c'est comme accueillir une nièce à la maison. Et puis, leurs enfants seront partis de leur côté, l'appartement sera vide, ça ne pose pas de problème de la loger.

Le père de Marie a accepté, il a remercié chaleureusement son vieux copain Olivier. Il est inquiet pour ces longues années d'études qui se profilent, ils n'ont pas de gros moyens alors ce job d'été bien payé, cet hébergement gracieux, c'est inespéré. L'affaire est donc entendue, sa fille partira deux mois à Paris, ce sera une belle aventure qui lui fera prendre un peu de maturité.

Le soir dans son lit, Marie imagine son séjour dans la capitale. Elle se voit virevolter entre les tables de la brasserie, un plateau à la main et un petit torchon lancé sur l'épaule, essuyer vigoureusement des verres derrière le comptoir en plaisantant avec des clients charmants, charmeurs. Elle entend presque le bruit du percolateur et le cliquetis de la caisse enregistreuse. Elle scénarise ses espérances, les rencontres qu'elle fera forcément, la vie de la ville, celle du jour, mouvante et chaleureuse, celle de la nuit, vibrante et audacieuse.

Paris… Elle pose dans son rêve un décor fait de zinc rutilant et d'immenses miroirs de salle, comme dans les vieux films avec Romy Schneider. Elle ajoute des lumières un peu partout, elle choisit ses répliques à l'avance, elle jubile déjà de son présumé sens de la repartie. Marie se laisse aller un moment à savourer le monde parfait qu'elle s'invente, puis dans un sursaut réaliste se met à envisager le pire. La galère des commandes, les clients lourds, le patron désagréable, les pieds en compote, le dos raidi, les journées harassantes. Son père et sa mère lui ont dépeint pendant tout le dîner un méchant tableau pour la préparer à ce qui l'attend. Le plus dur, c'est de bien rendre la monnaie, son père a insisté là-dessus en moquant ses faibles capacités en maths, en souhaitant qu'elle ne fasse que peu d'erreurs, elle qui est si tête en l'air. Sa mère craint surtout les hommes ivres et leurs mains baladeuses, recommande vingt fois d'être prudente en rentrant le soir. Elle ne cesse d'évoquer ce GHB dont parlent les médias, cette drogue que les violeurs mettent dans les verres des filles à leur insu. Mon Dieu, quelle horreur…

— De toute manière, dit le père, tu ne sors pas toute seule le soir, on est bien d'accord ? Et même en journée, les règles sont les mêmes avec Olivier et Sylvaine qu'avec nous. Ils doivent savoir où tu es, avec qui et à quelle heure tu rentres. Je ne veux pas qu'ils se fassent des cheveux blancs à cause de toi. Il y a deux rues à longer pour revenir chez eux donc, après le service, tu rentres directement et tu restes au chaud, ma fille.

Et Marie promet : oui papa, oui maman, je rentrerai directement, je serai vigilante, je serai prudente, et je ne ferai pas confiance à n'importe qui. Je suis grande, vous savez !

Sa mère la regarde, attendrie et incrédule. Grande ? Avec ses joues rebondies et ses seins tout neufs ? Non, Marie n'est pas grande, c'est une enfant. Elle se passionne avec la même vigueur pour les sujets graves de société et pour les frasques de son chanteur fétiche, son esprit rêve encore de cochons pendus et de parties de cache-cache, même si elle se réjouit de pouvoir enfin voter dans un an et ajoute sur un ton grave et investi qu'elle a hâte d'assumer ses responsabilités de citoyenne. Un tiraillement permanent qui donne de curieuses conversations lors des repas familiaux. Sautant d'un thème à l'autre, basculant sans transition d'une préoccupation totalement frivole à un vrai questionnement de fond sur l'état du monde. Des virages difficiles à suivre mais tellement révélateurs de la difficulté à déchirer le cocon et à prendre sa première vraie respiration d'adulte. Bien sûr qu'ils savent tous que le temps des genoux écorchés est derrière eux. Mais le doudou sent encore les bisous, même s'il dort au fond d'une malle de jouets qu'on n'ouvre plus jamais. Non, Marie n'est pas grande, sa mère le sait et le tait. Elle écoute le babillage de son enfant, elle subit avec ravissement son énergie débordante et ses brusques coups de blues, elle constate, ébahie et parfois agacée, les excitations démesurées et les moments de profond désarroi de cette jeune fille feu follet. Marie grandit, oui, bien sûr, son destin de femme pousse aux coutures, mais elle porte encore les naïvetés de l'enfance, et c'est très bien ainsi.

L'année scolaire est terminée, on a bu du champagne pour fêter un bac obtenu avec les honneurs, et aussitôt les préparatifs du grand départ ont démarré. Les parents de Marie ont décidé de l'emmener en voiture chez Olivier et Sylvaine, ça leur donnera l'occasion de passer quelques heures ensemble et d'installer leur fille là-bas. Pour le retour ce sera le contraire, ses hôtes la ramèneront jusqu'à Bourges. On fera des grillades et on passera la journée tous ensemble. Les détails sont finalisés par téléphone entre Sylvaine et la mère de Marie, les recommandations données et les ajustements pour les frais décidés.

Voilà. Il n'y a plus qu'à. C'est ce que Marie dit à Lou par écrans interposés, assise sur son lit face son ordinateur. Elle trépigne de partir depuis des semaines, mais là, au moment de sauter dans le vide, elle éprouve un sombre sentiment d'angoisse. Elle voudrait ne pas avoir à affronter ça. Elle est terrifiée. Terriblement excitée, folle de joie, et terrifiée. Pour se donner une contenance, elle pérore face à son amie en exposant sa vision de son séjour parisien : l'exploration des musées pendant ses jours de congé, la découverte des quartiers mythiques, les pauses lecture dans les jardins publics… Son père lui a interdit de sortir le soir seule, mais elle pourrait faire des rencontres, qui sait ? En tout cas, en journée, hors des heures de boulot, elle sera libre, totalement libre, et elle compte bien en profiter pour arpenter la Grande Ville. Puis elle précise, légèrement plaintive :

— Enfin, tout ça, ce sera si je suis pas trop crevée… J'y vais pas pour pavaner, tu vois ? Le service, faut se le farcir.

Lou ouvre de grands yeux dans la fenêtre Skype qui occupe tout l'écran. Elle fait un doigt d'honneur très appuyé bien en face de la webcam et éclate de rire en moquant son amie.

— J'y crois même pas, tu vas trouver le moyen de pleurnicher, en plus ! Hey, ma grosse, si t'es fatiguée, pense au galbe de jambes que tu vas choper à force de tournicoter toute la journée. Tu vas te retrouver avec le croupion tout rebondi à la rentrée : t'auras ce qu'il faut pour tortiller efficace.

Marie pouffe de rire, Lou plisse les yeux, pince des lèvres moqueuses :

— Le seul truc un peu chiant pour toi, c'est que tu vas revenir blanche comme un cul… Mais bon, je t'offrirai de l'autobronzant.

— Ouais, c'est ça, on verra ! En tout cas, on se skype souvent, hein ? Tu vas me manquer, ma Lou, je suis contente, mais quand même, deux mois sans toi, ça va être interminable…

— T'inquiète, ça passera vite. Tu me raconteras tout, hein ?

Lou a les yeux qui brillent un peu trop fort, la gorge dure, le menton frémissant. On s'émeut vite à dix-sept ans, on n'a pas encore tout à fait la notion du temps, on croit facilement au définitif, on s'inquiète d'un rien, on s'embrase pour tout, et l'avenir est une chose floue qui paraît ne jamais devoir arriver.

Marie prépare longuement sa valise. Elle y place tout au fond une photo de tous ses copains un peu éméchés lors de la soirée qu'ils ont faite pour fêter le bac. Ils sourient de toutes leurs dents en levant leur verre vers l'objectif. Ils sont collés les uns aux autres pour tous entrer dans le cadre, se tenant par le cou ou par la taille, et en très gros sur le côté il y a le visage de Lou qui s'est chargée du selfie et a pris soin d'imprimer le cliché pour sa copine, pour qu'elle les emmène tous dans sa grande épopée parisienne, a-t-elle précisé en lui offrant.

Marie fourre une grande quantité de vêtements, deux paires de chaussures en plus de celles qu'elle portera pour partir, et parvient à coincer quelques livres en les glissant sur les côtés. Ce ne sera pas suffisant mais elle en achètera sur place au fur et à mesure que passera l'été. Elle ferme difficilement son bagage, le soupèse, et sourit pour elle-même en se disant qu'il est lourd de ses grands espoirs et de ses petites angoisses. Pourvu que ce soit génial… Pourvu que tout aille bien ! Mais il n'y a pas de raison, tout ira bien et elle reviendra grandie, avec tout plein de souvenirs et un petit paquet de fric pour démarrer sa vie d'étudiante. Oui, oui, ce sera génial.

Enfin, il y a le trajet un peu morne dans la voiture de son père. La glissière centrale de l'autoroute qui n'en finit plus de défiler sous le regard rêveur d'une Marie très partagée, inquiète un peu, enthousiaste beaucoup, impatiente surtout, avec l'envie irrépressible de régresser, de redevenir petite, dépendante, sécurisée. Jamais elle ne l'admettrait, bien sûr.

Ils sont passés devant la fameuse brasserie pour jeter un coup d'œil rapide. Ce sera son horizon durant tout l'été. Son père s'agace, à la recherche d'une place pour se garer, puis c'est le claquement de leurs talons sur la chaussée et la voix de Sylvaine dans l'interphone, la clenche qui s'ouvre avec un bruit sec, la lourde porte de gros bois laqué qu'on pousse, l'escalier raide et étroit, l'essoufflement de sa mère, les bruits de leurs pas absorbés par le tapis un peu miteux qui épouse le contour des marches et lui évoque un serpent rampant qui grimperait en même temps qu'elle… Deux étages et ils sont sur le bon palier, la porte imposante avec son œilleton cyclopéen est déjà ouverte pour eux et les odeurs d'encaustique, d'oignons frits et de moisissures de vieilles pierres se jettent sur Marie, l'affolent légèrement. Elle attrape du bout du nez le parfum du bouquet d'arums et de roses fraîches que sa mère a cueilli dans le petit jardin de leur maison avant de partir, et s'y rassure comme elle peut.

Le repas est long, les deux couples divaguent sur leurs souvenirs communs, et Marie décroche souvent de la conversation pour laisser aller ses pensées. Une angoisse sourde noue son appétit et fige son sourire. Elle se répète en boucle que tout sera génial, mais elle appréhende le moment où ses parents vont partir, en lui adressant un dernier signe de la main. Elle redoute la porte qui se fermera sur leurs visages familiers, elle craint les premiers mots échangés avec Sylvaine, le premier repas seule avec eux, la première nuit entre ces murs, le premier matin… Sylvaine et Olivier, ces gens que ses parents connaissent depuis longtemps et qui l'ont vue, elle, toute petite, lui sont finalement assez étrangers. Alors elle se sent un peu perdue, un peu gauche, un peu crispée.

Pourtant, Sylvaine fait tout son possible pour mettre Marie à l'aise. Elle est visiblement très heureuse d'avoir une adolescente à dorloter et se montre attentive et volubile. Olivier, lui, disparaît aussitôt dans son bureau. Manifestement, la jeune Marie ne l'intéresse pas tellement, il délègue à sa femme le soin de l'accueillir et de l'installer.

Les premiers jours passent avec lenteur et frénésie, en même temps. Le patron de la brasserie est jeune et compréhensif, il explique les rudiments du service, le fonctionnement du percolateur, de l'appareil pour les cartes bancaires, les choses à surveiller, l'hygiène, les règles, les usages, les astuces. Surtout, il la veut souriante et alerte, tant pis s'il y a quelques erreurs de commande ou de monnaie, ça arrive à tout le monde et ça s'oublie vite, dit-il, alors qu'une serveuse bougonne, c'est rédhibitoire.

Les clients s'en souviennent, ne reviennent pas, et le font savoir autour d'eux. Axel, le chef de salle, qui aura toute autorité sur Marie, se montre paisible et ne cesse de la rassurer en plaisantant. Les collègues l'appellent Monsieur Cépagrave. Sécurisée par cette attitude décontractée, elle se montre très vite efficace dans son travail, et les journées passent agréablement.

À la maison, c'est différent. Elle cherche sa place en tentant de décrypter les habitudes de ses hôtes et de s'y couler. Chaque soir, Sylvaine entretient la conversation avec entrain tandis qu'Olivier semble ne même pas la voir. Il n'est pas désagréable, non… Plutôt distant. Il écoute l'échange entre sa femme et Marie en lui jetant un vague coup d'œil de temps en temps. Il intervient seulement pour demander le sel, le pain, et triture sa mie en pensant visiblement à autre chose. La jeune fille craint de perturber leur intimité, elle sent l'épaisse froideur de cet homme, et cette indifférence affichée la met mal à l'aise. Alors elle se ratatine, propose de l'aide à tout bout de champ avec une voix de petite fille polie, baisse les yeux sur ses tomates et lisse sa serviette posée sur ses cuisses. Elle ne sait pas si elle doit rester avec eux dans le salon et regarder la télé, ou si c'est mieux qu'elle se retire dans sa chambre. Pour ce soir, elle décide de les laisser, elle est fatiguée par sa journée et aussi par ce contrôle d'elle-même qu'elle s'impose tout le temps du repas. Les premiers jours, vraiment, sont épuisants.

L'été à Paris est un régal. Sylvaine a posé un congé afin d'être libre pour le premier jour de repos de Marie. Elle veut l'emmener se promener dans la capitale, lui montrer son environnement immédiat, lui expliquer comment se repérer dans le métro et dans les rues. Elle fournit à la jeune fille un plan complet, elle met des croix aux endroits qui sont à voir absolument, elle l'encourage à s'y rendre seule, puisqu'elles ne pourront pas y aller ensemble. Sylvaine le regrette, trouve que c'est quand même bien dommage. Elle aurait aimé jouer les guides, faire découvrir à cette petite Marie forcément naïve et certainement curieuse ce qu'est sa vie de Parisienne, les magasins incontournables et les espaces culturels inédits, les jardins, les lieux moins connus des touristes. Mais elle travaillera sans relâche le week-end, quand la brasserie tourne à son maximum, et aura des journées de repos en semaine alors que Sylvaine sera prise par ses occupations. Elle est réalisatrice plateau pour la télévision, elle explique à Marie que c'est elle qui gère les différentes caméras lors des émissions ou des jeux, elle qui donne les consignes aux uns et aux autres et veille à ce qu'aucun pépin ne survienne. Elle est le chef d'orchestre, lui dit-elle, celle qui voit et entend tout, et son rôle est d'entretenir une cadence suffisante pour que les vieux qui regarderont (car il est rare que ces émissions soient en direct) ne s'endorment pas dans leur fauteuil. Elle guette la réaction de Marie en l'observant en coin d'un air malicieux, puis elle ajoute qu'elle l'invitera un jour, lors d'un enregistrement, pour lui faire découvrir cet univers.

Le quotidien s'organise, le rythme à venir se met en place, le futur immédiat, incertain et pesant, s'allège parce qu'il prend forme et qu'on en distingue les contours. C'est toujours l'inconnu qui effraie. Marie, du haut de ses dix-sept ans, ne fait pas exception, elle respire mieux depuis que les jalons sont posés.

Comme elle demande où elle pourrait se fournir en livres, Sylvaine lui indique un bouquiniste des environs qui est, paraît-il, de bon conseil, et une librairie indépendante très agréable, tout près de là aussi. Elle sourit en direction de la jeune fille : « Tu lis beaucoup ? » Marie répond que oui, elle lit beaucoup. Avec avidité. Presque avec rage. Sylvaine la félicite, lui assène une interminable tirade sur les bienfaits de la littérature, la pauvreté intellectuelle de ceux qui n'ouvrent jamais un roman, le très grand pourcentage de gamins qui lisent péniblement à l'entrée au collège, le mépris de la culture et la dégringolade du niveau scolaire des enfants d'aujourd'hui. Après un silence, elle ajoute qu'elle regrette de ne plus avoir le temps de lire elle-même.

À la maison, les habitudes, quand même, finissent par s'installer. Sylvaine démarre son travail très tôt et quitte l'appartement avant le réveil de Marie. Celle-ci se trouve seule avec Olivier jusqu'à ce que lui-même s'en aille, rasé de frais et parfumé. Il a rendez-vous avec son rédacteur en chef ce matin, pour un article qu'il doit livrer très prochainement. Marie aime bien l'effluve qui traîne derrière lui quand il la croise dans l'appartement. Elle aime bien ce musc un peu corsé tout en restant discret, ce poivré autoritaire atténué par des traces de chèvrefeuille rassurantes. Il ne lui parle quasiment pas. Quand elle entre dans la cuisine pour prendre son petit déjeuner, elle le trouve assis devant son journal. Il marmonne un bonjour, termine son café en vitesse et se lève immédiatement en disant qu'il lui laisse la place. Il lui souhaite une bonne journée sans même la regarder, d'un ton morne qui n'attend pas de réponse, une politesse poussive, une attention forcée. Il ne sourit pas, il a toujours les sourcils un peu froncés, elle sait qu'il a quitté l'appartement quand elle entend la porte d'entrée claquer.

Marie mord dans sa tartine, les yeux dans le vague. Elle s'interroge sur cet homme glacial, elle se sent de trop, en conçoit quelques inquiétudes. Peut-être que Sylvaine lui a imposé sa présence, qu'il n'était pas d'accord, qu'il n'a pas eu le choix ? Peut-être qu'il trouve l'adolescente encombrante et insipide ? Elle cherche à se convaincre qu'il faut s'en moquer, qu'elle ne doit pas être affectée par ce probable mépris, mais elle ne peut s'empêcher de chercher à l'amadouer. En respectant son silence, en se faisant discrète, et aussi en modérant ses bavardages, le soir, face à Sylvaine. Elle choisit ses mots soigneusement devant cet homme qui la toise, elle ne veut pas avoir l'air d'une écervelée qui s'exclame et gesticule. Elle cherche autant à l'émouvoir qu'à l'impressionner. Elle répond à la femme mais c'est à l'homme qu'elle s'adresse, parce que se sentir mal aimée, ou simplement ignorée, n'est pas concevable pour Marie. Alors chaque fois qu'elle croise son regard, elle lui lance des sourires maladroits qui s'étirent avec trop d'empressement. Le malaise lui fait battre des cils, son embarras éclaire son iris et fait ployer sa nuque.

L'homme reste de marbre. Il soupire même parfois, et Marie en est mortifiée. La très grande sollicitude affichée de Sylvaine ne comble pas la raideur distancée de son époux. Et pourtant, celle-ci ne semble même pas le remarquer. Serait-il né bougon ? Marie en plaisante avec Lou sur Skype, le soir. Elles l'appellent entre elles le schtroumpf grognon et pouffent de rire par écrans interposés. Lou questionne :

— Et à la brasserie ? Comment ça se passe ?

Marie retrouve son sérieux.

— Ben… c'est chaud. Le chef des serveurs est super sympa, mais c'est vachement dur comme boulot. Et pas question de perdre le sourire. Tu en baves mais les clients ne doivent pas s'en apercevoir. Le soir, j'ai les pieds qui ont doublé de volume, j'ai l'air d'un hippopotame, je te jure !

Lou rit, et Marie poursuit en secouant ses longs cheveux soyeux.

— Non mais en vrai, j'aime bien, c'est cool. Les gens voient que je débute, ils sont indulgents, et puis c'est quand même pas bien compliqué, faut pas exagérer. Non, vraiment, ça va être chouette, je pense, ces deux mois. Et toi ?

Alors Lou raconte ses journées. Elle a démarré à la caisse d'une grande surface de Bourges. Elle s'y rend en bus, et enfile la blouse des étudiants. Les saisonniers n'ont pas droit à la tenue réglementaire, et la jeune fille s'en réjouit plutôt : pas très sexy le tailleur vert d'eau avec le petit foulard assorti ! Lou fustige le monde de la grande distribution : cet uniforme ridicule d'hôtesse de l'air, pour commencer, et aussi les plannings extravagants, les pauses minutées, la surveillance permanente, le soupçon qui pèse sur les épaules des employés, l'ambiance de compétition entretenue dans le personnel.

— Tu te rends compte, c'est absolument dingue... Chaque soir, la cheffe affiche le classement des caissières les plus rapides en nombre d'articles passés à l'heure ! Elles se précipitent toutes avant de débaucher pour voir qui a attrapé la queue du Mickey ce jour-là, et elles bataillent comme des dingues pour ne pas reculer dans le classement ! Ces filles qui sont payées au Smic et traitées comme du bétail, on les motive avec des débilités comme ça, tu le crois ?

Lou poursuit, remontée comme une pendule.

— Et les pauses ! Ah non, mais je t'assure, un vrai scandale ! On a droit à trois minutes de repos par heure travaillée. Si tu comptes, ça fait quinze minutes quand tu bosses cinq heures d'affilée. Eh ben je peux te dire que c'est pas volé ! Et comme les gens avaient tendance à prendre un peu plus, ils ont décidé de faire pointer pour aller en pause ! Et de poser des caméras dans la salle de la machine à café ! Bientôt, ils nous filmeront aux chiottes.

Marie ouvre de grands yeux.

— Mais c'est légal, ça ?

— Oh, ben non, sûrement non, mais bon, quel employé aura le culot de gueuler, hein ? Avec le chômage qu'il y a, ils s'accrochent à leur pauvre CDI et avalent toutes les couleuvres. Le rapport de force n'est pas équilibré. Tu sais qu'il y a des caméras partout dans les magasins ? Mais est-ce que tu sais que ce sont surtout les employés qui sont surveillés ? Les caissières, notamment, on les filme pour vérifier qu'elles passent bien tous les codes-barres, qu'elles sourient tout le temps, qu'elles ne boivent pas d'eau pendant leur service…

— C'est interdit de boire ?

— Oui, exactement, ma vieille, interdit ! Si tu transportes une bouteille, tu dois prouver que tu l'as achetée en montrant le ticket, tu vois le délire ? Tu dois montrer que tu ne l'as pas chapardée dans les rayons, et tu ne peux boire que si aucun client n'attend à ta caisse, ce qui n'arrive jamais, tu t'en doutes. Je te jure, faut le voir pour le croire… Bon, enfin, moi je ne suis là que pour l'été, mais les nanas qui triment toute l'année, franchement, je les plains.

Lou s'insurge, Lou s'agite, fronce les sourcils et serre les dents. Elle est de ceux dont l'engagement n'est pas un choix mais une évidence, de ceux qui foncent tête baissée dans le militantisme actif, qui placardent et dénoncent, qui montent au créneau et fabriquent banderoles et slogans comme si leur vie en dépendait. Lou a du répondant et le sens de la justice chevillé au corps. Les profs l'apprécient parce qu'elle est un moteur de classe, une fille épanouie et volontaire sur qui on peut toujours compter. Marie l'admire, elle rêverait d'avoir cette assurance, cette volonté indéfectible, cette aisance dans la relation, dans la conversation. Elle voudrait pouvoir affirmer sans douter, contredire sans trembler. Elle voudrait ne pas tourner en boucle dans son esprit ce qu'elle aurait dû dire, elle voudrait juste le dire pour de bon, au bon moment, et avec cette voix franche et ce grand rire que Lou dégaine naturellement, y compris devant l'Autorité.

Les parents de Marie téléphonent chaque jour, au début, pour prendre des nouvelles. Sa mère s'inquiète de ses journées, la mitraille de questions qui portent toutes sur son sommeil, ses repas, sa fatigue, son bien-être. Marie entend derrière elle son père qui se moque gentiment et, s'approchant du combiné :

— Et la monnaie, ma chérie, tu t'en sors ?

— Oui, dit-elle en traînant sur le *i*, faisant sentir sa pointe d'agacement, oui, je m'en sors, papa, je suis pas débile, quand même !

— Et tu as des pourboires parfois ?

— Ouais, ça arrive… Les touristes étrangers, surtout, ils en laissent à chaque fois. Les Français, jamais.

— C'est parce que le service est compris en France, alors que dans les autres pays le service doit être ajouté à hauteur de dix pour cent environ. C'est un réflexe pour les étrangers, alors que nous, on ne donne que si on veut montrer qu'on est particulièrement satisfaits. Bon, ce sont des usages…

Marie sourit en écoutant son père. Il ne peut pas s'empêcher de montrer sa grande expérience de la vie, lui qui n'a jamais franchi les frontières françaises, sauf pour aller acheter un peu d'alcool dans les *ventas* espagnoles lors de leurs vacances au Pays basque. Il fait celui qui maîtrise le monde, il prend une voix professorale, il ralentit son débit de parole, il aime bien qu'on l'écoute. Et comme tout le monde le sait, tout le monde attend la fin de la petite leçon, respectueusement. Sa mère reprend alors :

— Et avec Sylvaine, ma chérie, et avec Olivier ? Tout va bien ?

— Oui, maman, ça va, ils sont très gentils.

— Tu aides bien à la maison ? N'attends pas qu'on te demande, hein ? Tu prends les devants : tu étends les lessives, tu mets le couvert, tu passes un coup de balai… Tu n'es pas à l'hôtel, tu le sais ?

— Oui, maman, je le sais, t'inquiète.

— Bon. Et tu fais attention, parce que je sais qu'Olivier est un peu maniaque, tu ne laisses rien traîner et tu rinces la douche après ton passage.

— Oui, maman, je sais ! s'agace Marie. Enfin ! Je n'ai plus huit ans !

La maman ravale sa réponse, sourit pour elle toute seule. Elle sait, en réalité, qu'elle peut faire confiance à sa fille. Marie est une enfant bien élevée. La petite reprend le fil de la conversation.

— Sylvaine est très sympa, et Olivier, je ne le vois pas beaucoup. Mais de toute façon, pour le moment, je suis crevée quand je rentre, alors je me couche assez vite après le repas.

Son père éclate de rire.

— Tu découvres ce que c'est que le travail ! C'est autre chose que larver sur les bancs du lycée, hein ? Bah, ça vous fait la couenne, à vous les jeunes, de vous frotter aux réalités. Tu n'en seras que plus motivée pour réussir tes études. Dommage que les gosses de riches ne se coltinent pas quelques stages dans ce genre, ça les rendrait un peu moins cons. Bon, enfin… Si c'était moi, je te mettrais tous ces peigne-culs au boulot, que ça traînerait pas.

Dès la fin de la première semaine, Marie a trouvé ses marques à la brasserie. Axel, le chef de salle, est toujours d'humeur égale et ses consignes sont claires. Pas de sautes d'humeur inattendues, pas de demandes contradictoires, il gère son personnel avec respect et courtoisie. Les autres employés bichonnent « la petite », et Marie passe de bonnes journées à leurs côtés.

À la maison, l'ambiance des premiers jours se maintient aussi. Sylvaine travaille énormément, elle part très tôt le matin, et rentre assez tard et harassée. Olivier, présent plus souvent que son épouse, se montre toujours aussi taiseux. Marie pourrait s'installer dans le grand salon lumineux pour lire, mais elle préfère rester dans sa chambre, ou sortir pour s'installer sur le banc du jardin d'enfants, juste à côté. Cet homme la met mal à l'aise. Cette manière d'éviter toute conversation, de glisser son regard sur elle comme si elle n'était pas là, laisse à penser que sa présence l'importune. Alors elle se fait toute petite et, puisque le temps est si beau, elle fuit l'appartement et son occupant mutique dès lors que Sylvaine n'y est pas.

Presque chaque matin, elle se rend au cimetière du Père-Lachaise pour chercher les tombes des Illustres. Elle parcourt les allées avec une sorte de curiosité gourmande, un peu étrange dans ce lieu communément prévu pour le recueillement et les larmes. Elle marche lentement entre marbres et statues, mausolées arrogants et discrètes dalles gravées. Elle laisse aller son regard sur les dates de naissance et de décès, sur les prénoms d'antan, Maurice, Marthe, Ambroise. Les médaillons cerclés de dentelures en étain renferment pour l'éternité les portraits de ces gens qui ont été bien vivants, nourris de projets ou accablés de soucis, heureux peut-être, ou pas. Deux dates, et entre les deux un vague tiret ondulé qui représente petitement la vie qu'ils ont vécue. Une ligne minuscule pour des vies minuscules. Le symbole est écrasant.

Dans ce cimetière-musée, elle part aussi à la découverte des traces de ses idoles. Elle s'émeut sur la tombe de Jim Morrison, qu'elle s'attendait à trouver bien en évidence, accessible, et qui se trouve bizarrement coincée entre les sépultures de personnes inconnues mais bien plus imposantes. Des tombes de riches, sans doute, se dit-elle, qui le cernent sans pitié, dominant une fois pour toutes ce marginal qui avait osé les défier ; Marie est triste pour son héros, elle pense que même la mort peut se montrer désobligeante.

Claudine, juillet 1937

Claudine avance à petits pas dans les allées du cimetière. La chaleur de cet été parisien est accablante, mais elle arpente les travées sans faillir, en cherchant l'ombre des grands arbres et les meilleurs bancs pour lire à cette heure où la température qui règne dans l'appartement est de toute façon insoutenable. Cet endroit est magique, calme et fleuri, les oiseaux y chantent et chaque visite apporte son lot de découvertes. La jeune fille a déjà trouvé les tombes d'Honoré de Balzac et de Frédéric Chopin. Elle arrive un peu par hasard sur celle de Guillaume Apollinaire, poète chéri que ses parents lui interdisent, parce qu'il est subversif, parce que ses mœurs sont dépravées, ses écrits érotiques honteux, ses calligraphies ridicules. Son père le lui a seriné toute l'année : une jeune fille bien éduquée ne se compromet pas avec des auteurs plus que douteux, il y a assez de textes respectables pour ne pas aller souiller un bel et pur esprit de dix-sept ans comme le sien. Ses parents sont intraitables sur le sujet, et Claudine ne cherche pas à les contrer, à les convaincre. Elle baisse la tête, faisant mine d'accepter le refus. Mais les œuvres proscrites, celles-ci et bien d'autres, circulent sous les manteaux et se partagent à l'insu des adultes. Dans les internats, les demoiselles lisent en cachette au nez et à la barbe des surveillants et des professeurs. Et c'est encore meilleur.

Claudine s'installe sur un des petits bancs de pierre scellés devant un mausolée vieillot, couvert de poussière et de mousse. L'endroit pourrait paraître sordide, elle s'en moque. Elle a essayé les jardins publics, les premiers jours, mais à cette heure de l'après-midi ils sont envahis de cavalcades et de hurlements suraigus : sur les balançoires, les enfants sont des rois trop bruyants et trop agités. Elle veut du calme, du silence, de la solitude. Elle prend donc place entre les pierres tombales immobiles et les morts silencieux. Elle sort de son sac la lettre commencée la veille pour son amie Jeanne. Depuis qu'elle est en âge de compter la monnaie, celle-ci passe toutes ses vacances à aider à la boutique familiale. La pauvre est condamnée à rester coincée derrière le comptoir, à sourire aux clients et à supporter sa harpie de mère, et ça jusqu'à ce qu'elle trouve celui qui lui passera la bague au doigt et lui donnera son nom. Sur le quai de la gare, quand Claudine est partie pour Paris, Jeanne retenait difficilement ses pleurs. Un mélange de tristesse, d'envie et de rage la submergeait, a-t-elle écrit dans son premier courrier. Elle aurait voulu elle aussi sortir de son quotidien, vivre autre chose, ailleurs, faire des rencontres, des expériences, tâter de la vie, quoi ! Claudine, grâce à son diplôme d'études secondaires tout juste obtenu, a décroché un emploi de secrétaire dans une entreprise parisienne. Ses parents ont d'abord hésité à donner leur accord, et puis ils se sont rendus aux arguments de leur fille : ce n'est que pour les deux mois estivaux, en remplacement des employées qui ont désormais des congés payés et en profitent pour quitter la ville pendant les grosses chaleurs. Elle sera logée chez leurs amis parisiens, Alphonse et Marthe, qu'ils fréquentent depuis des années. C'est d'ailleurs cette dernière qui a repéré la petite annonce et a pensé à Claudine. Elle a tout de suite proposé de l'accueillir pendant deux mois. Entre amis, on se doit de se rendre service. Le père a rencontré Alphonse pendant la Grande Guerre. La boue des tranchées, le froid, la faim, la peur partagée, la crasse et l'épuisement, tout cet enfer vécu épaule contre épaule, ça crée des liens. Il sait qu'il peut compter sur lui pour surveiller sa fille.

Claudine gagnera quelques sous qu'elle mettra de côté en attendant de trouver un mari, ça complétera le pécule qu'ils ont amassé pour son futur mariage. Et puis, puisqu'elle a fait des études, il faut bien que ça serve ! Alors le père a fini par dire oui et la mère s'est résignée. Après tout, les femmes travaillent maintenant, souvent jusqu'à leur mariage, et parfois même jusqu'à l'arrivée du premier enfant.

Il imagine sa Claudine au bras d'un bel homme de la bourgeoisie berruyère. Un qui posséderait une entreprise florissante et une propriété dans les quartiers chics. Un qui apprécierait que son épouse soit cultivée, instruite, et prenne sans trembler la direction des choses du ménage. Elle peut viser haut pour sa vie de femme, et cette expérience hors de leur petite ville ne peut que lui être profitable.

Dans sa lettre à Jeanne, Claudine raconte son labeur quotidien dans l'entreprise qui l'emploie. Le cliquetis des machines à écrire, les conversations des clients, le patron qui surgit dans leur bureau, liste à toute vitesse les choses à faire pour repartir à grandes enjambées comme si chaque seconde de son temps était comptée, les ongles vernis et les clins d'œil de sa collègue, et aussi le chef d'atelier, Marcel, bonhomme tranquille et rondouillard qui l'appelle « la souris » et semble ne jamais cesser de sourire. Elle dépeint les attitudes, souligne avec humour les expressions d'ici, moque les petites médisances qui circulent sur le voisinage. Pire qu'un village, dit-elle, pire que leur quartier de Bourges. Pire, même, que les ragots de l'internat.

Ensuite, elle évoque le Père-Lachaise. Elle parle de l'émotion ressentie en fleurissant la dalle toute simple dédiée à Marcel Proust. Elle n'a encore rien lu de lui, et Jeanne non plus, mais elles ont ressenti la solennité avec laquelle les professeurs l'évoquent toujours, ça suffit à justifier un recueillement respectueux sur sa tombe.

Et puis bien sûr, Claudine raconte la vie à la maison. Marthe est très aimable, bavarde et souriante, et Alphonse est un taiseux un rien désagréable. Dans son courrier à Jeanne, Claudine camoufle son malaise par une description caricaturale du bonhomme : sec, hautain, lent dans ses gestes, précis dans son propos, le regard très vert, très clair, mais assombri par des sourcils sombres et perpétuellement froncés, comme s'il désapprouvait continuellement quelque chose. Claudine ne peut pas imaginer que cette chose ne soit pas sa propre présence. Alors elle redouble de discrétion, de sourires mesurés, de gestes contrôlés : ne pas déranger, ne pas indisposer, ne pas exaspérer sans le vouloir. Elle cherche à se rendre charmante, à arracher un sourire au grincheux, pour alléger l'atmosphère, pour dissiper cette sensation d'être dérangeante. Dans sa lettre, elle se décrit elle-même avec quelques pointes d'autodérision, elle imagine Jeanne sourire en la lisant, et cette idée apaise un peu sa contrariété.

Claudine achève son courrier par une formule tendre pour son amie, cachette l'enveloppe qu'elle glisse dans son petit sac à main suspendu à son poignet. Elle la postera demain matin. Il est temps maintenant de retourner chez Marthe et Alphonse, ils se demanderaient bien ce qu'elle fabrique si elle traînait trop après le travail. Chaque soir, elle s'accorde une heure de lecture ou d'écriture sur un des bancs du cimetière, puis elle se promène dans les rues pour ressentir la ville, mais elle s'éloigne peu, juste assez pour avoir la sensation de s'égarer sans pour autant se perdre vraiment. Elle marche le nez en l'air, elle inspecte la façade des maisons, la devanture des magasins, l'agitation devant les cafés où les ouvriers viennent s'offrir un petit verre de blanc à l'heure de la débauche. Elle observe dans ces rues inconnues la foule qui se presse et dans laquelle personne ne la connaît. Quand elle circule à Bourges, il y a toujours quelqu'un qui la salue de loin, qui l'apostrophe. Elle sait que sa présence à tel ou tel endroit de la ville sera immanquablement rapportée d'une manière ou d'une autre à ses parents. Ici personne ne la regarde, elle claque ses talons sur les trottoirs des avenues, elle se mêle aux passants, elle se remplit des odeurs, des couleurs, du mouvement, grisée d'une liberté dont elle ne fait que frôler les possibles. Très vite, très sagement, elle revient pousser la lourde porte de l'immeuble où vivent ses hôtes. Elle gravit les quelques étages pour accéder à l'appartement. Elle les trouve dans le salon, ils ne se parlent pas ou peut-être se sont-ils tus en l'entendant arriver. La radio parfois est allumée, ou bien il lit tandis qu'elle crochète un de ces petits napperons qu'elle place sous chaque bibelot et sur les têtes de fauteuils.

Quand Alphonse lève les yeux sur elle, elle baisse les siens sur ses pieds. Elle murmure un bonsoir timide, se demandant que faire et que dire. Aussitôt Marthe se met à parler. Un flot continu de questions pour la gamine dont elle écoute à peine les réponses. Alphonse reprend la lecture de son journal, il toussote et soupire, ce que sa femme semble ne pas entendre mais qui liquéfie Claudine sur place. L'exaspération est palpable, elle se sent responsable et cherche ce qui, dans ses réponses ou sa posture, l'incommode à ce point.

Marthe propose de passer à table, puisque Claudine est rentrée et que tout est prêt. Pendant tout le temps du dîner, c'est elle qui alimente la conversation, qui entretient un bavardage enjoué auquel la jeune fille participe poliment. Alphonse, lui, maintient obstinément son regard sur les colonnes du quotidien qu'il a posé près de son assiette.

Le matin, Claudine prend son petit déjeuner seule dans la minuscule cuisine. Aujourd'hui, Marthe est déjà partie, et Alphonse pas encore levé. Elle boit son café à petites lampées, fixant par la fenêtre la cour intérieure de l'immeuble qu'elle peut apercevoir. Une petite fille joue là, assise sur les pavés. La gamine parle à sa poupée avec tendresse. Elle lisse les cheveux de laine, embrasse le visage peint sur la bille de bois qui lui tient lieu de tête, la fait marcher puis l'assoit sur ses genoux. Ses lèvres bougent, elle monologue, toute remplie de son jeu, de son rôle de maman. Brusquement, elle change de figure, pointe un doigt menaçant, gronde, fâche, puis tourne le bébé à plat ventre en travers de ses cuisses et le fesse énergiquement. Ses lèvres sont pincées en un rictus déterminé et sévère, tout son visage est chiffonné par cette colère mimée, par cette émotion qui n'existait pas l'instant d'avant, qu'elle a juste créée en un éclair, et qui s'évanouit tout aussi brutalement lorsqu'un appel résonne dans l'étroit puits de jour. La gamine tourne la tête vers l'entrée de la conciergerie. Claudine devine un « J'arrive maman ! », et déjà les petites jambes se redressent, la robe courte virevolte, et l'enfant disparaît en courant. La jeune femme lève les yeux vers le ciel, tout bleu, limpide, du matin sur Paris. Elle boit une gorgée de plus et se tourne pour se rasseoir à la table de la cuisine et démarrer la lecture de ce roman de Proust que ses professeurs avaient tant vanté.

Alphonse est juste derrière elle. Claudine sursaute. Elle ne l'a pas entendu arriver, sa haute stature la surprend, son cœur s'emballe.

— Je t'ai fait peur ?

Elle dit non de la tête mais tout son être hurle que oui. Il sourit, son regard scrute l'espace réduit de la cuisine et s'immobilise sur le titre du livre que la jeune fille a posé sur la table.

— Tu t'intéresses à Proust ?

— Oui, notre professeur de littérature nous l'a vivement conseillé.

Alphonse regarde Claudine dans les yeux, sourit. Elle n'en revient pas, cette soudaine gentillesse, cet intérêt inédit la plongent dans la confusion. Son air interloqué attendrit son hôte, il avance la main vers son menton, le pince légèrement. Ensuite il se sert une tasse de café et tire une chaise pour prendre place alors qu'elle reste debout devant lui, souriante et empruntée, cherchant quoi faire de ses mains.

— Quand tu l'auras fini, si le cœur t'en dit, nous pourrons en causer. Et je te donnerai des conseils de lecture, on explorera ma bibliothèque, tu devrais y trouver ton bonheur.

Claudine acquiesce et remercie. Elle a aperçu le bureau d'Alphonse, un jour où la porte était restée entrouverte. Elle a constaté qu'un pan entier de mur, au moins, était occupé de livres serrés les uns contre les autres. Dans sa valise à elle, elle n'a pu en glisser que deux. Les ouvrages, c'est lourd et encombrant, et son bagage un peu trop petit pour transporter autre chose que l'indispensable. Cette proposition est la bienvenue. Alphonse balaie l'air d'un revers de la main.

— Voyons, ne me remercie pas, les livres sont faits pour être lus. Je te les prête avec plaisir. Je sais que toi, au moins, tu sauras les apprécier.

Il termine son café en avançant ses lèvres rouges et un peu humides sur le bord de sa tasse. Claudine n'avait pas remarqué que la bouche d'Alphonse était aussi charnue. Si elle avait dû les décrire, elle aurait parlé de lèvres fines, inexistantes, sévères. Elle est surprise par cette épaisseur gourmande, un peu luisante. Il pose sa tasse et aussitôt se relève, la surplombant de nouveau d'une bonne tête. L'étroitesse de la cuisine les oblige à se tenir très près l'un de l'autre, Claudine perçoit la chaleur qui émane de son torse, elle sent son haleine, elle voit la peau de ses joues hérissée de petits poils noirs et drus. Elle cherche à reculer, à créer de l'espace entre elle et lui, poliment, sans cesser de sourire. Le bord du buffet est tout de suite contre sa taille et la bloque. Un instant suspendu, un silence, une immobilité pendant laquelle Alphonse la regarde bien droit dans les yeux, en souriant à peine, puis brutalement il fait demi-tour, prend son journal d'un geste vif de la main et disparaît dans le couloir. Claudine est de nouveau seule dans la minuscule cuisine. Il est reparti dans sa chambre, elle l'entend arpenter l'espace autour de son lit, en faire grincer les ressorts en s'asseyant dessus. Elle suit à l'oreille son parcours dans l'appartement, l'armoire du salon qui couine quand il l'ouvre, les cintres qu'il entrechoque, les tiroirs qu'il secoue, les clés qu'il attrape avant de quitter les lieux en claquant la porte.

Elle écoute, surprise, les battements sourds dans sa poitrine… Elle sent encore les doigts d'Alphonse sur son menton, elle a envie de frotter sa peau pour effacer le souvenir de ce contact. Elle n'a pas aimé ce geste, elle n'est plus une petite fille. Cette promiscuité et son regard appuyé l'ont mise mal à l'aise. Elle pense que sans doute elle n'a pas l'habitude, elle, la provinciale, qui n'a connu que les grands espaces. Elle ne connaît pas les codes en ville dans ses appartements exigus où l'on ne peut pas se croiser sans se frôler. Quand même, elle était si près qu'elle sentait sur lui l'odeur de son lit.

Claudine sourit en pensant qu'elle racontera l'anecdote à Jeanne, en l'exagérant pour accentuer le côté grotesque et pour rendre Alphonse un peu ridicule. Elle parlera de ses poils de barbe hirsutes et épars, de ses petits yeux vert lumineux coincés sous des sourcils broussailleux qui lui donnent un air à la fois idiot et sévère, de ses lèvres étonnamment pulpeuses et rouges alors que tout son être est resserré sur lui-même. Elle parlera de babines, tiens, ça ajoutera un effet comique. Dans l'intimité de son courrier, elle moquera sans vergogne cet homme qui la bat froid et la rend tellement nerveuse. Une petite vengeance sans conséquence, une récréation pour sa pauvre Jeanne coincée à Bourges.

Elle revoit aussi la bienveillance chaleureuse de son regard un peu moqueur. Elle entend de nouveau cette proposition pour la bibliothèque. Elle qui pensait être détestée, elle qui se croyait méprisée, elle qui s'imaginait de trop entre ces quatre murs et entre ces deux individus englués en un curieux couple… Alphonse semble donc l'apprécier. Serait-il possible qu'il voie en elle autre chose qu'une jeune fille encombrante et sans doute un peu stupide ? Il souhaite parler littérature avec elle… C'est donc qu'il la juge digne de partager une conversation adulte ? Il la croit susceptible d'être intéressante ? Claudine en éprouve une certaine fierté. Alphonse est un journaliste reconnu, son père ne cesse de louer son érudition et son intelligence. C'est d'ailleurs aussi pour cette raison qu'il l'impressionne autant. Ce n'est pas rien d'être invitée à partager une conversation avec un homme de cette envergure. Aussitôt après, elle s'interroge : pourquoi cette froideur jusqu'alors ? Pourquoi ces évitements ?

Ou bien il s'est moqué d'elle aujourd'hui… Allons donc, pourquoi ferait-il une chose pareille ?

Elle secoue la tête pour se raisonner, et son regard revient au titre de son livre, toujours en évidence au milieu de la table. *À l'ombre des jeunes filles en fleurs.* Oui, c'est ça, Proust a dû l'impressionner. Claudine se sent importante, grandie. Elle relève un peu le menton en quittant la cuisine pour se diriger vers sa chambre et prendre son sac avant de sortir de l'appartement. Une appréhension pointe dans ses pensées, celle de ne pas donner satisfaction, que ce frémissement d'intérêt retombe sitôt ses premiers mots prononcés. Alors elle se promet de lire avec encore plus d'application, de lui montrer qu'elle sait réfléchir et avoir un esprit critique, qu'elle sait donner un avis et apprécier la grande littérature.

Elle espère ne pas décevoir.

Claudine reçoit une lettre de son père. De son écriture fine et penchée, il détaille la vie à Bourges, la chaleur pénible, lui qui supporte mal les fortes températures. Il donne des nouvelles de la maisonnée et s'inquiète de l'attitude de sa fille avec Alphonse et Marthe. Ils ont été si généreux en l'accueillant pour cette longue période à Paris ! Elle ne doit pas se montrer ingrate, et doit faire de son mieux pour que sa présence ne soit pas un poids. Aider aux tâches du quotidien, être discrète, penser à offrir de temps en temps un bouquet ou une gourmandise à Marthe qui aime tellement les sucreries. Il insiste longuement, il lui rappelle que les jeunes filles bien élevées ne bavardent pas comme des pies et n'ont pas à donner sans cesse leur avis sur des sujets qu'elles ne connaissent pas. Il fait allusion à certains accrochages qu'ils ont eus tous les deux durant cette année, lors de ses retours de l'internat.

Claudine revoit la scène comme si elle la vivait de nouveau : son père palabrant sur quelque sujet touchant la famille et imposant à tous les décisions qu'il avait prises. Comme toujours, il monologuait devant son épouse qui opinait docilement. Le sujet de ce jour-là concernait Claudine et son avenir ; la jeune fille s'était crue en droit de donner son point de vue. Le père avait failli s'étouffer face à une audace pareille. Comme si une gamine de dix-sept ans savait quelque chose de la vie ! Il l'avait durement rabrouée et sa mère lui avait fait les gros yeux, et soufflé lorsqu'elles avaient été seules : « Mais enfin, Claudine ! Tu te crois où ? À l'internat avec tes amies ? Comment oses-tu répondre ainsi à ton père ! Il va falloir apprendre à la boucler, ma fille. Tu vas t'attirer de gros ennuis à faire ton intéressante comme ça. Moi qui pensais t'avoir bien éduquée ! » Claudine avait fini par promettre de ne plus recommencer, de se tenir tranquille, d'obéir et de se taire.

Elle repense en frémissant à ces empêchements insupportables, à cette puissante colère qu'elle avait dû contenir. L'énergie énorme qu'il lui avait fallu dépenser pour dissimuler cette rage, cette frustration, et ensuite la haine sourde qu'elle avait ressentie envers ses parents.

La suite de la lettre parle de la longue amitié qui les lie, Alphonse et lui. De ce qu'il lui doit, pour certains faits de guerre qu'il ne souhaite plus évoquer, mais qu'elle est invitée à considérer sans en connaître les détails. Alphonse est un homme valeureux, explique son père avec emphase, et d'une intelligence redoutable, Claudine est priée en filigrane de faire honneur à son père.

Les lettres de Jeanne, elles, sentent un peu le renfermé. Elle envie son amie et ressasse son ennui. Claudine lui répond gentiment, compatissante, et lui change les idées en lui racontant comme elle le fait si bien son quotidien de secrétaire et les conversations asymétriques à la table de ses hôtes. Alphonse devient mutique dès que Marthe est présente. On sent bien qu'elle l'insupporte, Claudine comprend maintenant qu'il ne s'agissait pas d'elle quand il levait les yeux au ciel. Depuis la scène de la cuisine, dès que son épouse quitte l'appartement, il interpelle la jeune fille pour l'inviter dans son bureau et poursuivre la discussion entamée la veille autour de tel roman, de tel auteur. Au départ, elle se contente d'être assise dans le fauteuil qu'il lui indique, le dos bien droit et les mains sagement posées sur ses genoux. Elle l'écoute, ne s'autorise que peu d'interruptions dans le bavardage qu'il entretient. Il disserte d'abord à propos de littérature, l'encourage à donner son avis, rebondit pour en montrer le bon sens et l'intérêt, la flatte et l'amadoue. Elle se met à parler de ses professeurs, ceux qu'elle aimait, ceux qu'elle aimait moins, leur manière de s'exprimer et ce qu'ils lui ont apporté lorsqu'elle était lycéenne. Elle cherche à se grandir en mettant chacune de ses phrases au passé et, comme elle sent une attention inédite, elle se laisse même aller à moquer cet univers scolaire sclérosé et les adultes qui l'occupent, comme on s'amuse tendrement d'un passé pas toujours radieux mais qui a le mérite d'être désormais derrière nous. Il rit avec elle de bon cœur, et ce n'est pas feint car elle a ce don, cette instinctive manière d'ajouter toujours une pointe d'humour à ses anecdotes, et Alphonse se plaît à l'entendre.

Il se met ensuite à évoquer l'actualité et lui confie ses inquiétudes à propos de la situation politique de l'Europe. Ce basculement vers les extrêmes, l'Espagne en guerre, le fascisme de Mussolini, et ce Hitler à la tête de l'Allemagne, inquiétant, menaçant même. Elle opine en silence et lève vers lui ses grands yeux attentifs. Comme il sollicite son opinion, elle avoue être elle aussi très inquiète, craindre une nouvelle guerre et les horreurs qui ne manqueront pas d'en découler. Elle a vu et entendu aux actualités du cinéma ces bonshommes haineux éructer leur discours face à des foules déchaînées qui les acclament avec vigueur. Elle dit que ça la glace, qu'elle voudrait que le monde cesse de se construire dans la détestation de son voisin. Il sourit, il loue l'enthousiasme de sa jeunesse et son étonnante maturité. Claudine est flattée, elle rosit d'orgueil et se redresse imperceptiblement.

Son père l'a toujours muselée, se dit-elle, lui intimant l'ordre de se taire à table, de se taire à l'église, de se taire en promenade, en voiture, au jardin, partant du principe que le temps de parole n'appartient qu'aux adultes (et par adultes il entend « hommes »). Enhardie par ce regard inattendu posé sur elle, Claudine s'autorise quelques confessions sur son ressenti face aux empêchements inouïs qu'elle subit au quotidien. Elle ne va pas jusqu'à critiquer son père, évidemment, mais elle évoque le comportement général des pères avec leurs enfants, et particulièrement avec leurs filles. Alphonse semble apprécier cette énergie qui déborde et s'amuse de ces emportements naïfs.

Il fait chaud dans ce bureau. La sueur ruisselle sur son front à lui, dans son dos à elle. Elle s'est levée pendant la conversation et s'est approchée de la grande bibliothèque où elle fait glisser ses doigts sur les cuirs nobles des couvertures et leurs titres en lettres dorées. Il l'observe quelques instants en souriant, puis il saute sur ses pieds comme s'il avait en la voyant faire une inspiration subite. Il y a un livre qu'il voudrait qu'elle lise, dit-il, un roman de Colette qui pourrait bien alimenter intellectuellement son désir d'émancipation tellement légitime. Il ajoute qu'il serait vraiment curieux de connaître ses impressions, qu'il espère vivement qu'ils en parlent tous les deux. Il prononce « tous les deux » en faisant une pause, un silence avant et un silence après, comme s'il avait pris soin de mettre les trois mots en évidence en les isolant du reste de la phrase.

Il se place derrière elle, il se hisse sur la pointe des pieds pour attraper l'ouvrage au-dessus de sa tête. Son torse bouillant lui touche la nuque. Elle se raidit, surprise. Elle s'attend à ce qu'il s'écarte brusquement, confus. Mais elle a beau se presser contre les rayonnages, s'écraser presque pour lui faire plus de place, elle sent contre son dos le poids du corps d'Alphonse, toujours plus près. Elle n'ose pas bouger, il redescend lentement et elle perçoit son haleine brûlante sur sa tempe, son cœur se met à battre un peu plus fort, la chaleur tout à coup n'est plus supportable, n'est plus la même. Enfin il s'écarte d'elle. Elle s'excuse en bredouillant, tremble un peu en glissant vers le bureau, loin de lui. Elle ne sait pas ce qu'il va dire, elle croit qu'il va être gêné. Mais il est déjà penché sur les pages et elle se sent idiote.

Il la contourne et s'installe dans son fauteuil, il cherche un passage : « Attends, attends voir… oui, voilà ! » Il toussote et commence à lire pour elle, d'une voix paisible et mesurée. Elle écoute mais elle a du mal à suivre, à se concentrer. Pourtant, quand il lui demande son avis, elle parvient à bredouiller une réponse. Il la complimente alors, lui parle de son exceptionnelle maturité. Elle sourit, prend le livre qu'il lui tend par-dessus le bureau et le serre entre ses doigts. Le méchant malaise est passé, il ne semble pas l'avoir ressenti, lui, et Claudine se demande si elle n'a pas rêvé. Il jette un œil à la grosse pendule posée sur la cheminée et la pousse vers la porte en riant.

— Allez, jeune fille, assez discuté, tu vas te mettre en retard. On ne fait pas attendre son patron, c'est mal !

Il rit et lui lance un clin d'œil, l'encourage d'un coup de menton à disposer : c'est l'heure de retrouver le boucan des machines à écrire, les papiers à classer, les rendez-vous à noter, les grandes enjambées décidées de son patron, les œillades entendues de sa collègue, les sourires de Marcel et ses « Et alors ? Comment va la souris ce matin ? ». Elle s'exclame qu'elle n'a pas vu les aiguilles avancer, qu'elle ne sera jamais à l'heure, et tourne les talons précipitamment. Il la regarde et ajoute pour lui-même avant qu'elle passe la porte : « Moi non plus, je ne vois pas le temps passer… »

Isabelle, juillet 1973

Isabelle court vers la quincaillerie où elle travaille comme caissière depuis le début du mois. Elle s'est mise en retard, ça n'est pas dans ses habitudes. La discussion avec Henri a duré plus longtemps qu'elle ne l'aurait pensé, elle n'a pas pu partir comme elle aime le faire, vers le cimetière, pour s'offrir une heure de lecture dans la fraîcheur relative et le silence assuré. Elle ne s'attendait pas à entrer dans une conversation si vive avec cet homme qui la regarde à peine depuis dix jours qu'elle habite chez lui. Elle a cru au début qu'il tolérait difficilement sa présence, que sa voix l'agaçait, ou qu'elle l'insupportait rien qu'en prenant place à la table du repas. Mais non, elle le sait désormais : c'est son épouse qui le rend grincheux. Isabelle n'y est pour rien, sa présence n'est pas un poids pour lui, elle apporte même quelques étincelles de vie dans son quotidien écrasé d'ennui.

Il ne parle pas de sa femme, de leur relation ou de leur mésentente. Il ne dit rien, absolument rien de cette aigreur qui le taraude dès qu'elle apparaît face à lui, si évidente pour Isabelle et, semble-t-il, invisible pour Simone. Comment fait-elle, cette femme, pour vivre et dormir près de cet homme qui la méprise ? Il ne dit rien d'elle, pas un mot, pas une allusion. C'est sans doute pire. Mais Isabelle n'est pas idiote, elle entend les non-dits quand sous prétexte de littérature il évoque la solitude, l'ennui, le poids du passé qui rattrape ceux qui voudraient y échapper, et cette course folle contre le temps qui laisse toujours les hommes amers et frustrés. Il parle de hardiesse et de lâcheté, d'empêchement et d'espoir, mais seulement par le biais des romans. Il parle de l'intention des auteurs, pas de lui-même, mais Isabelle n'est pas dupe.

Henri le taciturne, Henri le hautain, le silencieux, Henri l'éternel excédé s'est mis à sourire, paraissant prendre un plaisir véritable à entendre ce que la petite avait à dire. Au départ, elle s'était montrée tendue dans leurs conversations. Il lui a parlé de Proust et elle a répondu comme au lycée, mécaniquement, avec une inflexion en fin de phrase qui demande : « Est-ce la bonne réponse ? » Henri s'est ému de cette timidité, s'est enhardi devant l'attitude soumise de l'élève face au maître. C'était assez agréable de se sentir ainsi admiré, ou craint. Il observait le visage juvénile, cette peau veloutée sur l'arrondi des joues, et les minuscules signes de tension aux commissures de ses lèvres. Oui, c'était décidément très agréable. Il a ensuite parlé de son métier. Sa position prépondérante dans le milieu des médias et sa relative notoriété auprès du public ne pouvait pas avoir échappé à Isabelle. Il lui a demandé son avis sur tel ou tel fait d'actualité, écoutant avec attention ses réponses pour qu'elle se sente digne d'intérêt. En même temps, il s'est entendu lui-même embellir ses phrases, chercher le mot juste, la tournure impeccable. Il s'est amusé de ses propres faiblesses, et de ce plaisir qu'il a eu à voir qu'il impressionnait cette gosse. Les jours passant, elle s'est détendue, et leurs échanges se sont libérés.

Ce matin, la conversation a duré davantage, elle s'est levée en se plaignant de la chaleur et a fait bouffer sa chemise pour aérer son dos moite de sueur. Elle s'est approchée de la bibliothèque, a fait glisser ses doigts sur les dorures des livres. Il s'est mis à parler plus bas, envahi par cette torpeur bouillante dans son bureau écrasé de canicule. Elle était pieds nus sur le tapis, ses cheveux retenus en queue-de-cheval dégageaient sa nuque fine et son chemisier de toile blanche, rentré dans sa ceinture, mettait en valeur sa taille mince. Sa jupe courte frôlait sans cesse les muscles fermes de ses cuisses, il a laissé errer discrètement son regard jusque sur ses chevilles. Quand il a attrapé le livre au-dessus de sa tête, il a fait durer le contact un peu plus que nécessaire, il a humé ses cheveux frisottés tout près de la tempe, les effluves enfantins de la savonnette du matin, et déjà une délicate et enivrante odeur de sueur qui montait de ses aisselles. Elle n'a pas bougé, d'abord. Ensuite elle s'est précipitée vers le fauteuil et il a eu un moment de vertige, un trouble terrible devant cet émoi partagé. Il s'est contenu en s'accrochant aux lignes, aux mots, il a contourné la tension de l'instant en se concentrant sur la littérature. Elle écoutait si puissamment qu'il s'en est trouvé ragaillardi. Il l'a félicitée pour son intelligence, pour sa maturité, elle a rougi. Il a adoré qu'elle rougisse. Il a détesté qu'elle rougisse. Il déteste le trouble qu'il éprouve devant cette gosse venimeuse qui agite les cils, croise ses jambes nues, tressaille lorsqu'il s'adresse à elle. Cette manie de se faufiler dans l'appartement comme un fantôme ! Elle joue les ombres furtives, glissant sans bruit devant la porte de son bureau, elle y joue tellement bien qu'il finit par la guetter, chaque matin. Il sent partout son odeur, rencontre partout des traces de sa présence, ses ballerines dans l'entrée, son sac fourre-tout qui déborde de ses secrets de jeune fille, posé grand ouvert sur la table de la cuisine et qui harponne sa curiosité, le parfum de son shampoing qu'il décèle sur les fauteuils où elle est restée avant lui. Comme un poison distillé dans son sillage et auquel il ne peut pas échapper. Sans compter ses poses indécentes, comme l'autre jour quand elle était penchée à la fenêtre de la cuisine à regarder on ne sait quoi dans la cour en bas. Pour se grandir elle s'était soulevée sur les demi-pointes, il voyait ses mollets nus tendus, ses chevilles délicates, sa taille fine enserrée dans sa jupe et le pan de chemisier qui s'en était échappé. Elle avait sursauté en le découvrant derrière elle. Puis elle avait glissé son regard vers son roman sur la table, l'invitant à regarder lui aussi de ce côté. *À l'ombre des jeunes filles en fleurs.*

Le patron attend sur le pas de la porte. Il regarde Isabelle arriver en lui souriant de loin, il lui dit de ne pas courir ainsi par ces chaleurs, il la rassure, mais non, elle n'est pas en retard, qu'elle aille enfiler son tablier, Christiane a déjà pris sa caisse et, à cette heure matinale, il n'y a pas foule encore, Isabelle a bien le temps de s'installer, va...

Elle remercie, s'excuse encore et file en vitesse vers le fond du magasin où une petite remise permet aux employés de déposer leurs affaires et d'enfiler leur tenue. Christiane la salue et plaisante déjà. « Eh bien ma gaillarde, t'es pas depuis dix jours à Paris que déjà tu te trouves un galant ? » Isabelle ouvre de grands yeux. Christiane hausse les épaules, moqueuse : « Dis donc, fais pas ta mijaurée, jolie comme tu es, tu dois en faire tordre, des nuques ! » Isabelle hausse les épaules.

Elle sait bien qu'elle est jolie. Mais elle ne sait pas comment s'y prendre avec les garçons. Elle a un peu peur, un peu de tout. D'engager la conversation, de dire oui pour un rendez-vous, de se laisser embrasser, et puis le reste, jusqu'où a-t-elle envie d'aller et comment s'y prendre ? Lucie ne cesse d'en parler, de rêver sa première fois, d'argumenter pour ne pas attendre le sacro-saint mariage.

« Quelle connerie ! raille-t-elle. C'est une fois que t'es ligotée que tu t'aperçois que t'as épousé un coup pourri, j'te dis pas la dégringolade ! Non, non, faut les essayer avant, crois-moi. »

Isabelle observe Christiane à la caisse voisine, sa manière de s'adresser aux clients. Elle les plaisante, elle les rudoie, elle balance sa tête en arrière pour libérer une gorge gonflée de rires décomplexés. À côté d'elle, Isabelle se sent empruntée, elle baisse le front et s'excuse à tout bout de champ. On lui a appris à se faire oublier, à se fondre dans le décor. On l'a modelée ainsi : une jeune fille se doit d'être discrète, de mesurer ses exclamations, de contenir son corps, de verrouiller ses émotions. Sinon… Son père laisse toujours un silence planer à ce moment-là de sa leçon de morale. Sinon… Et il échange un regard avec son épouse, plein d'épouvante et de colère. Sinon elle aura l'air d'une pute. C'est ce qu'ils pensent, mais ils disent « mauvais genre » à la place. Mauvais genre, c'est moins violent, mais ça traduit furieusement leur crainte, leur hantise absolue. Les jeunes, aujourd'hui, on se demande ce qu'ils trafiquent. Ils s'habillent comme des épouvantails, ils se coiffent bizarrement, ils prennent des airs, des poses, ils écoutent des musiques stupides, ils défendent des idées saugrenues. Et puis, surtout, ils réclament des droits qui ont bien l'air de remettre en question les valeurs fondamentales, ils parlent constamment de liberté et on comprend bien qu'il s'agit de débauche. Pas de ça chez eux. Ça non alors…

Le soir au dîner, Henri a retrouvé son air maussade et son regard est vissé sur son journal. Simone entretient la conversation en questionnant sa protégée. Elle n'a pas hésité une seconde pour proposer de la loger cet été. Elle est bien contente d'avoir de la compagnie. Henri est de moins en moins causant et les soirées sont parfois bien longues. La petite est souriante, elle au moins. Et vive ! Simone jette des coups d'œil vers son mari qui semble ne rien entendre de la conversation. Il est pénible, quand même. Il pourrait se montrer un peu plus aimable, Isabelle va finir par se sentir mal à l'aise et Simone ne voudrait pas que son séjour à Paris ressemble à un long chemin de croix. Elle donne des coups de genou à son mari, qui soupire et lâche enfin son quotidien. Il sirote son café, un œil morne posé sur la jeune fille qui raconte sa journée, avec ce grain de malice innocent que lui donnent ses dix-sept ans. Simone l'écoute. Que c'est beau la jeunesse, que c'est pétillant… Elle regarde Isabelle, le menton dans la main, et son esprit s'envole vers ses propres dix-sept ans, quand elle passait ses vacances à Bourges dans la maison secondaire de ses parents. Elle retrouvait son amie de là-bas, la maman d'Isabelle, elles sillonnaient la ville en tous sens sur leur bicyclette, elles riaient aux éclats pour un oui pour un non, elles se sentaient légères, libres, la vie devant elles et l'énergie inépuisable. Oui, comme c'est beau, la jeunesse…

La nuit a été bouillante, et Isabelle ne parvenait pas à s'endormir. Elle a lu très tard, la fenêtre grande ouverte pour tenter de faire entrer un peu de fraîcheur nocturne. Ce matin, elle respire doucement dans son sommeil d'adolescente, les paupières absolument fermées, le corps étendu et abandonné, les jambes entrouvertes et les cheveux épars sur son oreiller. Sa chemise de nuit est tire-bouchonnée autour de sa taille et l'échancrure tirée vers le bas laisse apparaître la naissance d'un sein rond, pâle, avec un téton grenelé dont le brun transparaît à travers le tissu léger. Elle se réveille et tourne brusquement la tête vers la porte de sa chambre, fermée. Son cœur bat la chamade, elle a fait un cauchemar. Elle sentait une présence, mais il n'y a personne. Pas même un mouvement d'air. Son dos contre le matelas de laine est moite, ses cheveux collent à sa nuque, elle se sent lourde de sueur, empêtrée encore de sommeil épais, les paupières gonflées, les mains lasses. Elle s'assoit au bord du lit, frotte un peu son visage et étire sa colonne vertébrale. Puis elle se lève pour se rendre aux toilettes, sur le palier. Il faut sortir de l'appartement, c'est juste à gauche, on les partage avec les voisins d'étage. Elle traîne ses pantoufles sur le parquet, sa chemise de nuit lui tombe sur les chevilles. Elle bâille fortement et garde encore les yeux fermés en urinant, la chemise de nuit coincée sous les bras, puis elle s'essuie, se lève, quitte le lieu exigu et pousse à nouveau la porte de l'appartement pour retourner dans sa chambre, faire sa toilette, s'habiller, démarrer sa journée.

Henri est debout dans le petit couloir de l'entrée. Elle sursaute, elle a failli se cogner à son imposante stature. Elle lui sourit furtivement, mal à l'aise dans cette tenue intime. Henri penche un peu la tête, c'est à voix basse qu'il lui demande si elle a bien dormi. Elle répond oui, oui, merci, et en serrant sa taille de ses deux bras comme si elle avait froid, elle le contourne dans l'étroit couloir pour retourner dans sa chambre. Lorsqu'elle passe près de lui, il ajoute dans un souffle que son sommeil est bien joli. Si les mots sont presque chuchotés, le ton n'en est pas moins sévère. On dirait qu'il l'accuse et elle le regarde, interdite.

Ce matin il a entrouvert la porte de sa chambre. Il a passé la tête à l'intérieur. Une tentation irrépressible, c'était si facile, il suffisait de quatre doigts posés sur le battant, une légère poussée, un coup d'œil, rien de plus. Elle était là, abandonnée sur son lit défait, avec ses cheveux répandus sur l'oreiller et ses bras en corolle autour de la tête.

Elle lève vers lui cet insupportable regard surpris, et la colère monte. Il n'aurait pas dû la voir, il n'aurait pas dû, il a envie de la gifler, de faire taire cette absolue innocence qu'elle lui inflige à longueur de jours et de nuits. Il lève un peu le menton, ses narines se dilatent, ses yeux verts presque transparents se troublent. Isabelle y voit une flamme inconnue, une sorte de lumière qui lui fait peur. Il se reprend, il s'ébroue presque, il lui marmonne qu'il reste du café sur la cuisinière, qu'il file dans son bureau, il a beaucoup de travail, ce matin, il vaut mieux qu'elle ne vienne pas bavarder, il n'a pas de temps à lui accorder. Le ton est cassant, autoritaire, il tourne les talons, longe le couloir et ferme sèchement la porte derrière lui. Elle se sent en faute. Il lui a parlé avec fermeté comme à une enfant qu'on punit. À vrai dire, Isabelle n'avait pas envisagé que le tête-à-tête avec Henri dans le bureau puisse se reproduire ce matin, mais maintenant qu'il lui a posé l'interdiction, elle cherche l'origine de cette sanction.

Elle déjeune silencieusement, évite de choquer les bols en les lavant et nettoie la table avec application. Puis elle se débarbouille dans la cuvette de sa chambre, s'habille, prend ses affaires pour se rendre au cimetière et lire sur un banc comme les autres jours. Elle referme doucement derrière elle la lourde porte de l'appartement, descend les quatre étages rapidement et se retrouve dans la rue, dans la clarté éblouissante de cette matinée d'été. Elle se demande encore ce qu'elle a bien pu faire de travers pour mériter cette curieuse punition dont elle ne connaît pas l'origine mais qui la soulage au lieu de la contrarier.

Dans le cimetière du Père-Lachaise où elle se réfugie pour lire, Isabelle cherche ce jour-là la sépulture récente d'Édith

Piaf. La dalle est sobre, discrète, très fleurie. La jeune fille reste un long moment immobile. Bien sûr, elle connaît le répertoire de la chanteuse, mais c'est surtout la femme capable de se consumer d'amour qui la touche. Quelle histoire magnifique que cet amour dévorant et funeste avec Marcel Cerdan… Elle s'en émeut, fébrile rien qu'à l'idée d'une liaison amoureuse aussi sublime et intense. Elle voudrait aimer aussi fort, être aimée en retour. Elle se rêve passionnée et vibrante. Elle n'imagine d'ailleurs l'amour qu'ainsi, déraisonnable et puissant, dévastateur, énergisant. Elle repense aux allusions de Christiane, la veille, au magasin. Elle voudrait se sentir femme, capable de séduire, capable de désirer. Elle rêve ces émotions-là de loin, fascinée par la partie émergée qu'on décrit dans les livres, qu'on explore dans les films, la partie esthétique.

Autour d'elle, l'amour n'existe pas. Rien à faire, elle ne peut rien concevoir de commun entre ce qui a uni ses parents pour lui donner naissance et ce qu'ont pu ressentir Édith et Marcel l'un pour l'autre. Elle rêve d'un amant solaire et fougueux qui saura lui parler des étoiles et rendra tous les instants de la vie fulgurants et décisifs. Isabelle n'est décidément qu'une petite fille. Sa mère a raison de vouloir encore la tenir à l'abri dans ses jupes, elle n'est pas prête, pas construite, mal dégrossie face à la vie.

Devant la tombe d'Édith Piaf, Isabelle commence à s'ennuyer. Elle joue encore quelques minutes à se composer une mine éplorée, à prendre un air absent, l'air de celle qui serait perdue dans ses pensées, émue, peut-être même bouleversée. Elle s'imagine que quelqu'un, passant justement par-là, un auteur, un sculpteur, pourquoi pas un cinéaste de la Nouvelle Vague, la remarquerait et laisserait exploser son inspiration autour de cette jeune fille se recueillant sur le tombeau de l'Amour. Elle garde la pose en se disant que Paris regorge d'auteurs en quête de muse, alors… pourquoi pas elle ?

Isabelle, dix-sept ans à peine, l'âge qu'avait Rimbaud quand… Elle s'invente une histoire, elle se voit au centre des événements, touchée légèrement à l'épaule par un homme aux yeux troublés qui lui dirait combien son émotion était belle, puissante, combien son aura est douce, qu'elle libère une énergie sublime dès qu'elle sourit, que son regard est époustouflant. Elle entend les mots fous, elle minaude en pensée, elle scénarise ses réponses, ses mouvements de paupières pour que la timidité, la pudeur jaillissent en une fraction de seconde et que l'homme en soit plus touché encore. Elle rêve, donc, s'amuse de ces jeux de rôle qu'elle se crée parfois dans ce reste d'enfance qui la talonne. Lorsqu'elle en a terminé de ses mimiques, Isabelle s'installe sous un cèdre pour lire. Personne ne la dérange pendant tout le temps qu'elle est là. Le cimetière est vide. Aucun artiste de talent ne vient l'interrompre pour lui parler de la lumière qu'elle dégage, alors le jeu s'achève vraiment et bientôt arrive l'heure de rejoindre la quincaillerie et la lourde caisse grise à grosses touches cliquetantes du magasin.

Le soir, lorsqu'elle rentre, Henri n'est pas là, il s'est absenté pour la soirée, et elle dîne en tête à tête avec Simone. Libérée de la mauvaise humeur de son mari, celle-ci bavarde sans retenue en préparant le repas tandis qu'Isabelle met la table pour deux.

D'abord Simone évoque sa jeunesse, ces années bénies où elle a connu la mère d'Isabelle, quand elle venait passer ses vacances à Bourges. Elle raconte avec force détails comment celle-ci a rencontré son père, lequel leur a présenté Henri qu'il avait connu au service militaire, de sorte que les deux couples ne pouvaient que bien s'entendre. Isabelle écoute avec intérêt les anecdotes de leur jeunesse, les petites aventures lors de dimanches passés ensemble, de pique-niques festifs ou de virées à la mer dans la Dauphine d'Henri.

La soirée avançant, Simone se laisse aller à quelques confidences, la vie n'est pas facile, son époux est devenu bien lugubre, et Paris ne fait rêver que les petites filles de province. Isabelle acquiesce, opine, sourit, écoute sans répondre. Que pourrait-elle répondre ? Simone distille sa nostalgie et avoue ses amertumes, deux sentiments difficiles à saisir quand on a dix-sept ans.

Comprenant qu'Isabelle va finir par trouver la soirée bien fade et trouver le temps long, elle se lève d'un coup en plaquant fort ses deux mains sur la table :

— Assez de pensées négatives, je plombe l'ambiance ! Allez, hop, on débarrasse et on passe au salon. Je t'offre une prune pour fêter cette belle soirée.

Simone sort du placard le bocal de prunes à l'eau-de-vie. La petite goûte la chose pour la première fois. C'est fort et très sucré en même temps, c'est délicieux. Très vite, la jeune fille sent une chaleur diffuse derrière ses yeux, une épaisseur désagréable dans ses oreilles qui se mettent à bourdonner légèrement, et une sorte de lassitude dans les membres. Elle écoute d'une oreille amusée son interlocutrice discourir sur les hommes, les corvées, les emmerdements du quotidien. Désinhibée par l'alcool et encouragée par le regard à la fois attentif et embué d'Isabelle, Simone se laisse aller à plaisanter, singeant même sans vergogne son mari et ses petites manies. Elle va jusqu'à s'autoriser quelques grossièretés, quelques grivoiseries dont l'aigreur échappe à Isabelle.

— Méfie-toi, ma chérie, conclut-elle en agitant son index, méfie-toi des hommes ! Ah, ça, ils te content fleurette à l'heure de ton printemps, mais quand vient l'hiver il n'y a plus de chansons douces, seulement des reproches et des rancœurs. Et des chaussettes sales.

Isabelle éclate de rire et aussitôt après bâille à s'en décrocher la mâchoire. Elle a sommeil, elle frotte ses yeux comme une enfant, alors Simone la congédie en riant que l'alcool ne vaut rien aux pucelles. Isabelle lui souhaite bonne nuit, ses paupières papillonnent, elle se dirige jusqu'à sa chambre pour enfiler rapidement sa chemise de nuit et se glisser sous ses draps. Elle sombre aussitôt dans un sommeil dépourvu de rêves.

Simone ne tarde pas à prendre sa suite mais, avant, elle approche son oreille de la porte de la petite. Combien de fois a-t-elle ainsi écouté la respiration tranquille et régulière de ses propres enfants ? Elle laissait la porte entrouverte toute la nuit, toujours, pour les entendre, pour que le lien entre elle et eux ne soit pas rompu, pour qu'elle puisse d'un bond les rejoindre et chasser les cauchemars naissants, essuyer les sueurs de fièvre, nettoyer les vomissures ou soulager les angines. En maman sacrificielle, elle dissertait volontiers sur ses inquiétudes et ses joies simples, et souriait modestement de ces cernes que personne ne pouvait ignorer et qui flattaient son orgueil de mère dévouée.

Elle pousse la porte, juste pour passer la tête et deviner dans la pénombre la silhouette étendue sur le lit. Isabelle ressemble à sa mère au même âge. Elles étaient elles aussi vives, naturelles, spontanées. Tout était simple. Et puis vinrent l'amour, le mariage, les enfants. Ce rôle de mère qui l'a happée intégralement et auprès duquel Henri n'avait pas de place. Oui, elle le reconnaît, elle l'a évincé de ses préoccupations, elle l'a relégué. Mais a-t-elle fait ça parce qu'il était devenu hargneux et désagréable, ou est-il devenu hargneux et désagréable parce qu'elle a fait ça ?

Simone prend une profonde inspiration. Elle se détourne, glisse dans le couloir à pas feutrés jusqu'à sa chambre et se couche rapidement.

Elle dort elle aussi très profondément quand son époux rentre de sa soirée. Elle ne l'entend pas, elle ne surveille plus depuis longtemps le retour de son homme, elle se fiche de savoir où il était et avec qui.

Simone dort. Simone dort très profondément.

Lorsqu'il ouvre la lourde porte de l'appartement, au cœur de la nuit, Henri sent la profondeur du sommeil des deux femmes, et son propre état d'éveil, son énergie intérieure qui tranche avec le silence ambiant. Il s'avance dans le couloir, tourne vers la cuisine pour boire un verre d'eau au robinet. Il a chaud, il est repu du savoureux repas et du vin abondant qui l'accompagnait, ivre aussi du rire de ses amis, de la richesse de leurs discussions, de leurs canailleries. Dans le milieu du journalisme parisien, les dîners sont importants, à l'image des réunions dans les salons d'antan. Il faut s'y montrer brillant et décontracté. Le bon mot au bon moment, l'esprit alerte sur tous les sujets, un avis sur tout, de préférence légèrement insolite, inattendu mais pas trop, ne pas avoir l'air de sombrer dans la décadence mais savoir se montrer atypique, dans les limites des valeurs indiscutables. Tout un art. Et ce soir tout le monde était très en forme, le niveau des débats, élevé, et lui, particulièrement en verve. Il se sent fort soudain, et en colère aussi. L'odeur de cet appartement le submerge, le terrasse. Cette lavande qu'elle met partout, c'est insupportable. Il a beau le lui dire, elle s'obstine et l'ignore. De toute façon, elle l'ignore.

Depuis trop longtemps. Depuis les enfants et plus encore depuis leur départ.

Henri s'avance dans le couloir. Il voit la porte de la chambre où dort Isabelle, entrouverte. Il la pousse légèrement, comme ce matin quand il l'a regardée dormir, mais cette fois il s'avance carrément jusqu'au bord de son lit. Il entend son souffle et distingue la forme de son corps dans les contours blancs de sa chemise de nuit. Il fait si chaud que même le drap est difficile à supporter. Alors la petite dort étendue sur le matelas de laine, tout simplement. Il s'avance encore, la détaille en silence. Elle soupire dans son sommeil, il a peur qu'elle s'éveille, il ne bouge plus, plus du tout, il bloque sa respiration, et son regard explore les bras fermes, les seins pointus, le ventre plat, le sexe sombre sous le tissu de coton. L'une de ses jambes s'étale toute droite dans le prolongement de son corps, avec tout au bout des orteils roses épanouis en corolle, tandis que son autre jambe part à l'oblique, pendant en dehors du lit. Son pied effleure le parquet, sa chemise de nuit est étirée entre ses deux jambes écartées. Elle dort ainsi, les jambes grandes ouvertes, les bras étalés de chaque côté de sa tête, le visage tourné dans l'oreiller, avec le menton qui touche presque son épaule. Henri serre les poings, s'approche encore, son cœur palpite jusque dans sa gorge, cette porte ouverte et ses jambes qui ne le sont pas moins… Simone dort à proximité, elle pourrait le surprendre, là devant cette fille étalée comme après l'amour, avec son désir à lui, difficile à masquer, qui le surprend par son ampleur et son urgence. Il fait demi-tour, il faut qu'il s'en aille.

Mais Isabelle soupire encore, avec un vague gémissement sur la fin qui le pétrifie. Au lieu de quitter la pièce, il ferme alors la porte de la chambre et ôte ses chaussures. Il s'approche de la jeune fille. Il ne va pas la toucher, non, juste la regarder. Il force ses yeux dans le noir, la pénombre l'empêche de vraiment bien la distinguer, ses joues rondes, douces, son nez pointu, sa peau veloutée. Il approche sa main, comme pour voir mieux. Il n'allait pas la toucher, non, juste la regarder, et pourtant ça y est, il la touche, il effleure ce genou tendu vers lui.

La peau d'Isabelle est brûlante et douce, moelleuse, accueillante. Elle dort profondément, il touche la dentelle, il devine la peau sous la dentelle, il effleure la peau, la peau de la cuisse, sa respiration s'emballe, son sexe se tend, son cœur s'affole, la chaleur le prend, l'engloutit, l'accable, la vie l'accable, la vie l'étrangle, la vie le tue.

Isabelle lui a souri dans la bibliothèque, elle a baissé les paupières en un jeu de cils tout à fait charmant, évidemment séducteur. Elle circulait dans son bureau, les pieds nus, les cuisses nues sous ce genre de jupes en daim très courtes qu'elles portent maintenant. Il approche son visage de son ventre, il veut respirer ce corps, il veut sentir sa chaleur, après il s'en va. Il se penche, il frôle de son nez le coton blanc de la chemise de nuit, il sent les effluves de sa peau, ce parfum de sueur mélangé à la savonnette, et cette odeur plus piquante qui lui indique que ce n'est plus une enfant, qu'elle est prête pour l'amour, qu'elle l'attend, qu'elle l'espère. Ses pieds nus sur le tapis, ses paupières qui papillonnaient… Petite garce, magnifique petite garce… Cette fille est une sorcière dans des habits de fée, elle sait parfaitement s'y prendre pour embobiner les hommes.

Ses genoux craquent quand il s'accroupit au bord du lit, elle ouvre les yeux, sursaute, il sourit, prend un ton paternaliste pour lui chuchoter, bonsoir ma jolie, ta porte était ouverte, tu as chaud, n'est-ce pas, pauvre chérie, tu transpires, ta peau est moite. Elle dit qu'est-ce que vous voulez, Henri ? Il glousse un peu dans le noir, mais rien, je ne veux rien, je te regarde, tu es si belle, une femme, une dame. Il est près de son lit, debout, très grand, immense, il la surplombe, elle ne voit pas les traits de son visage dans la pénombre. Elle ramène vite ses jambes, ses bras, elle se recule dans le lit contre le mur, elle se demande pourquoi il est là, elle a chaud, bon sang, il fait si chaud, sa bouche est sèche, pâteuse, sa langue épaisse bloque les mots.

Comme elle s'écarte de lui, ça laisse un espace vide sur le bord de son lit et il s'assoit près d'elle. Il dit même merci. Merci, ma toute belle, de me faire de la place. Il pose sa main sur son bras, on dirait qu'il veut lui parler, se confier, elle n'ose pas reculer davantage, elle ne veut pas le vexer, elle se demande ce qu'il veut. Il fait glisser son index sur son bras nu, du coude à l'épaule, elle voudrait s'éloigner mais elle n'ose pas bouger, elle n'ose même plus respirer. Il sourit pour la rassurer, mais il est inquiétant ce sourire, il est même terrifiant. Il se penche, il pose ses lèvres sur son bras. Elle voudrait reprendre son bras mais son corps ne répond pas, reste immobile et raide. Il laisse son front contre sa peau, il soupire, il enroule son bras autour de sa taille, il remonte sur le lit, elle demande encore qu'est-ce que vous voulez, Henri, mais sa voix est plus mince qu'un fil de soie, elle ne veut pas réveiller Simone, elle a peur de réveiller Simone, quelle honte si Simone surgissait…

Il s'allonge de tout son long contre Isabelle dans le lit, il la serre dans ses bras, il place son visage dans son cou, il chuchote des bouts de phrases, il mélange les plaintes et les compliments, il laisse échapper des petits jets de rires de temps en temps, des hennissements curieux et retenus qui ne lui ressemblent pas. Isabelle pense à son regard sévère, hautain. Cet air autoritaire et jugeant qu'elle craint. Il glisse sa main du bras au ventre, du ventre au sein. Elle dit non, non, Henri, non. Il murmure j'aime bien quand tu dis mon prénom. Je ne te fais pas de mal, je te fais juste un petit câlin, tu es si douce, laisse-moi faire, n'aie pas peur, tu es belle, regarde, je te connais, n'aie pas peur, laisse-moi faire, laisse-toi faire, je ne te fais pas de mal, que du bien, que du bonheur, c'est facile, rien de grave, n'aie pas peur. Et il se presse plus fort contre elle, il passe une jambe par-dessus sa jambe à elle, il embrasse son cou, sa poitrine, ses joues, et de sa main libre il caresse son ventre, ses hanches, ses cuisses. Elle cherche à se dégager, elle repousse cette main, cette bouche, cette jambe mais la main, la bouche, la jambe toujours reviennent, se font pressantes, lourdes, ne lâchent rien. Elle a envie de pleurer. Elle le pousse, mais faiblement, comme si ses bras étaient en coton. Elle dit s'il vous plaît Henri, laissez-moi, s'il vous plaît, et sa voix est un murmure, un souffle fragile dans le noir.

Il s'agace tout à coup, il maugrée, et ce râle emplit la pièce. Il bascule sur elle, il dit d'un ton sévère je me mets là, rien de mal, juste je me mets là, tu vois ? Elle gémit sans bruit, elle étouffe sous son poids, il l'écrase, il la maintient. Et il parle, d'une voix qui se veut douce, rassurante, et Isabelle est terrifiée par cette douceur, ce ton trop gentil qui la menace. Laisse-moi me poser un peu contre toi, murmure-t-il, de quoi as-tu peur, tu me dois bien ça. Voyons, je ne fais rien de mal, on ne fait rien de mal, la vie est dure, tu ne le sais pas encore. Je vais te montrer comme certaines choses sont douces et font du bien. Il n'y a pas à avoir peur, je sais ce que je fais, et tu dois me faire confiance. N'est-ce pas que tu me fais confiance ? Dis-le, Isabelle, dis-le que tu me fais confiance. Tu es tellement belle, tellement douce… Ne bouge pas, chut, ma beauté, chut, tu vas la réveiller, je me mets là, c'est tout.

Il respire de plus en plus fort, il se cale contre elle, elle a une peur épouvantable, paralysante. Son cœur cogne jusque dans sa tête. Elle le pousse avec les mains, mais il est lourd, il est si lourd, et elle ne veut pas réveiller Simone, surtout, ne pas réveiller Simone…

Tout à coup il s'agite, on dirait encore qu'il se met en colère contre elle qui ne comprend rien à ce qu'il veut, qui le repousse des genoux, qui tourne la tête pour éviter ses lèvres humides qui la dégoûtent. Isabelle entend des cliquetis, il défait la boucle de sa ceinture. Elle le pousse encore, de ses deux mains, de son gémissement sourd qui voudrait crier mais qui se retient, il ne faut pas que Simone entende, juste lui dire de partir, juste qu'il s'en aille, qu'il la laisse, qu'il s'éloigne. Elle cherche l'air, elle pleure par à-coups. Il se démène pour ouvrir les boutons de son pantalon. Il dit, là, je me pose juste là, là où c'est doux et chaud. Voyons, on ne fait rien de mal. On t'a trop dit que c'est mal, ce n'est pas mal, c'est de la tendresse. Rien que de la tendresse. Elle sent son haleine épaisse, son odeur puissante, elle sent les gouttes de sa sueur tomber de son visage, et elle sent une chose brûlante et raide contre sa cuisse. D'instinct ça la terrifie, une peur atroce, c'est dangereux, c'est menaçant. Laisse-moi faire, laisse-moi, dit-il, et sa voix devient brutale, sa voix ordonne, moque son simulacre de résistance, tu ne peux pas être comme toutes ces garces qui ne savent pas ce qu'elles veulent, tu ne veux que ça ! Il lui chuchote dans l'oreille qu'elle le veut, bien sûr que tu le veux… Il ricane d'aise, il dit je sais quand une femme me désire. Elle étouffe sous son poids, elle n'entend plus, elle ne comprend pas les mots, elle s'affole, elle pleure. Elle voudrait qu'il s'en aille, elle le pousse et il la gronde, arrête, ça suffit ces gamineries, et de sa main puissante il écarte sa jambe fermement, il lutte avec le tissu de sa chemise de nuit, il s'énerve, elle se débat faiblement, elle essaie de fermer les cuisses, de rassembler ses genoux, de protéger son sexe.

Il maugrée, se place d'autorité, et gémit lorsqu'il trouve enfin ce qu'il semblait chercher avec vigueur et maladresse.

Alors elle sent la douleur, subite, inattendue, écorchée à l'intérieur, une brûlure effroyable, elle laisse échapper une plainte qu'il stoppe net en plaquant sa main sur sa bouche, il lui tord la nuque, il lui écrase les épaules, il la tient enfoncée dans le matelas de laine épaisse, il est si lourd, il l'empêche de respirer. Chaque mouvement qu'il fait augmente la douleur et la déchire un peu plus. Elle pleure, elle hoquette dans cette main qui l'étouffe, les larmes et la morve dégoulinent sur les doigts d'Henri, elle agite les pieds dans le drap entortillé, elle remonte ses genoux pour lui résister comme elle peut, mais il pousse fort entre ses cuisses comme s'il voulait aller toujours plus loin. Il la cogne de ses hanches dures, une fois, deux fois, dix fois, il ahane, il sue à grosses gouttes sur la poitrine d'Isabelle qui pleure, qui geint, qui le repousse, mais si peu maintenant, sans conviction.

Une résistance timide, ridicule, qui a déjà renoncé, qui a lâché prise, qui se résigne.

Une résistance inutile qui attend seulement la fin.

Amandine, juillet 1990

Elle lave le drap. Au petit matin, dans le minuscule lavabo installé là depuis que leurs enfants sont partis vivre leur vie et que cette pièce est devenue une chambre d'amis. C'est ce que lui avait expliqué Christine à son arrivée. Amandine fait le plus discrètement possible, la tache de sang frottée au savon, à l'eau froide, le drap posé comme elle peut pour le mettre à sécher. Ensuite elle se recouche, enroulée dans la couette qui a été miraculeusement épargnée. Elle voudrait sombrer, se cacher dans le sommeil, mais son corps tressaute sans cesse, frissonne, ses dents claquent comme si elle avait froid, et c'est vrai qu'elle a froid, ses doigts ses pieds sa peau, tout son être, jusqu'au cœur de son squelette, le froid partout comme si elle était morte.

Au réveil, elle écoute les bruits de l'appartement, s'interrogeant sur la manière la plus habile d'éviter de croiser l'un ou l'autre de ses occupants. Il faut qu'elle se douche, il faut qu'elle se lave, qu'elle se frotte, qu'elle s'étrille pour chasser cette odeur épouvantable qui s'accroche à elle, son odeur de sueur masculine, ce parfum ignoble de musc et de chèvrefeuille, il faut qu'elle échappe à cette odeur. Et aussi qu'elle nettoie son sexe meurtri, abîmé, comme boursouflé de l'intérieur. Elle a cette sensation écœurante que le sexe de René est encore en elle, elle sent sa raideur, sa chaleur, elle sent sa puissance. Elle regarde et touche du bout des doigts ce qui coule encore d'elle, un sang rouge clair, strié de zébrures blanchâtres et gluantes. Elle observe aussi ces deux hématomes symétriques, de chaque côté, à l'intérieur de ses cuisses, là où les hanches de René ont cogné, ont forcé quand elle cherchait maladroitement à résister.

Elle se lève et rassemble ses affaires de toilette et ses vêtements. Elle veut fuir cet appartement, très vite, elle veut aller au Père-Lachaise, oui c'est ça, elle veut courir jusque là-bas, là où il ne sera pas, au cimetière. Elle glisse dans le couloir en priant pour ne rencontrer personne, elle n'entend d'abord aucun bruit derrière la porte close du bureau. Pourtant il y est, elle en est sûre, elle guette, prête à bondir pour s'échapper, et reconnaît des bruits de papier, des feuilles qu'il manipule, le parquet qui grince lorsqu'il se déplace. Il est glaçant, ce calme dans le bureau, cet affairement tout à fait ordinaire, comme si tout n'était qu'un songe, une idée, un délire… Elle tend l'oreille, l'entend toussoter de l'autre côté de la cloison, se précipite en silence le long du couloir, s'enferme dans la salle de bains, se douche en insistant sur sa vulve, qu'elle frotte, savonne et frotte encore, elle sort ensuite de la baignoire, attentive aux bruits de l'appartement, terrifiée à l'idée qu'il entre malgré le verrou. Elle s'habille en vitesse sans prendre la peine de bien se sécher. Et elle fuit.

Amandine descend quatre à quatre les escaliers de l'immeuble et sort dans la rue. La lourde porte se referme derrière elle en claquant. Elle marche vite, personne ne se retourne sur son passage, le bitume a la même densité qu'hier sous ses sandales, les oiseaux chantent de la même façon, le soleil luit avec tout autant d'ardeur, les rideaux de fer des magasins se lèvent calmement, comme chaque jour, les voitures circulent dans le brouhaha habituel, les gens s'engouffrent dans les bouches de métro… Comme avant. Comme hier. Rien n'a changé. Rien. Le monde s'est effondré et la vie poursuit son chemin, ignorante ou sourde face aux désastres intimes. Elle prend le chemin du cimetière.

Dans les allées, elle marche sans regarder les dalles, sans lire les noms comme les autres jours. Elle ne voit rien de ce décor qui la ravissait encore la veille, tant elle est recroquevillée sur son dégoût, son sexe tuméfié, ses cuisses douloureuses, la sensation persistante de sa main lui écrasant la bouche pour la faire taire, lui tordant la nuque pour la maintenir immobile. Elle se concentre, petite Amandine, sur son corps qui geint doucement, sur son âme qui pleure en silence, durcissant sa gorge qui lui fait mal, son cœur qui bat en se trompant, en ratant des mesures, en dérapant. Elle a la tête qui tourne, elle a envie de vomir, elle tourne brusquement entre deux stèles, se penche vers la terre craquelée de chaleur, hérissée de quelques herbes jaunies, et vide sa détresse en éclaboussures liquides, bilieuses et aigres.

— Ça va, mademoiselle ? Vous avez besoin d'aide ?

Elle a cru entendre, mais il n'y a personne dans le cimetière, personne pour tenir ses cheveux quand elle dégueule sa répugnance, sa douleur, et puis sa solitude et sa honte. À bout de spasmes, elle finit par se redresser. Elle trouve un robinet, lave ses mains jusqu'aux coudes, passe sous le jet ses tibias et ses pieds mouchetés d'éclaboussures nauséabondes, asperge son visage, rafraîchit longuement sa nuque brûlante. Elle se sent épuisée, accablée. Elle se redresse. Au loin un cortège funèbre glisse silencieusement le long d'une allée, la famille marche d'un même pas lent, les fronts bas et les regards fermés. Le spectacle qui l'aurait simplement intéressée la veille la terrifie aujourd'hui. Elle court vers la sortie. Il lui faut du bruit. Des voix, des mouvements, de la vie. Elle court le long de la grille qui borde le cimetière, elle court dans les rues, elle frôle les façades. Au détour d'un immeuble, elle découvre une cabine téléphonique et l'envie d'entendre la voix de sa mère l'engloutit tout entière. Elle s'engouffre dans l'espace étroit et puant, fouille dans sa poche pour trouver sa carte téléphonique, réfléchit mentalement pour estimer le nombre d'unités qu'il lui reste, compose le numéro à Bourges, attend, fébrile, qu'à l'autre bout quelqu'un décroche.

Sa mère est surprise. D'habitude, elles s'appellent plutôt en soirée, entre l'heure du retour du boulot d'Amandine et le moment où il n'est plus correct de téléphoner chez les gens, fussent-ils des amis. C'est elle qui téléphone, pour que René et Christine n'aient pas à payer des notes importantes, eux qui sont déjà tellement généreux en accueillant ainsi leur fille tout un été. Oui, la mère d'Amandine est bien surprise, et bien contente. Elle demande et donne des nouvelles, de sa voix habituelle, de sa voix de toujours. D'un ton badin, elle bavarde, raconte les derniers potins de Bourges, les petites histoires du quartier, le cancer de Madame Truc, l'amygdalite du petit Machin, tu te rends compte, en plein été, pauvre chéri, remarque, il peut manger des glaces. Et toi, ma chérie, ça se passe toujours bien ? Et le travail ? Tu t'y plais ? Ce n'est pas trop dur ? Et René et Christine, tu es polie, n'est-ce pas ? Tu aides sans attendre qu'on te demande, j'espère ! Tu sais, c'est une immense chance, pour nous, qu'ils te logent comme ça tout l'été.

L'hôtel qui l'a embauchée pour les deux mois estivaux l'aurait accueillie si elle n'avait pas eu de point de chute à Paris. Le gérant proposait une minuscule chambre sous les toits, réservée aux employés, à un prix très modéré. Mais René et Christine, en l'apprenant, avaient aussitôt réagi : « Pas question, voyons, Amandine va venir à la maison. C'est à deux pas, elle sera bien mieux avec nous que dans un placard étouffant. Elle sera un peu comme en famille ! » Et sur le moment, effectivement, ça paraissait bien mieux. Comme elle parle bien anglais, elle a évité le ménage ou la plonge et elle s'occupe d'installer les arrivants, de les enregistrer à la réception, de leur donner les clés, les horaires, d'expliquer le fonctionnement du service de restauration. Et quand il n'y a personne à accueillir, elle s'occupe des réservations par téléphone, des transferts vers l'aéroport. Elle renseigne, elle informe, en anglais, parfois un peu en espagnol. Un job tranquille, pas salissant, pas épuisant, où il faut surtout savoir sourire et être réactif. Tout paraissait idyllique. Une chance incroyable. L'alignement des astres. Ses potes au lycée l'enviaient à mort.

Oui, elle sait tout ça.

— Maman, parvient-elle à articuler, je me disais que… finalement ce serait mieux que j'habite dans le logement que propose l'hôtel. C'est vraiment pas cher et je serais sur place, tu vois, ce serait plus pratique.

— Ah non, Amandine, hors de question. Tu m'imagines dire à René et Christine que tu veux partir de chez eux ? Qu'est-ce qu'ils penseraient ? Et pourquoi tu irais dans un cagibi certainement minuscule et étouffant, tu es mieux dans ce grand appartement quand même ! Non, et puis tu es bien jeune pour être livrée à toi-même. Tu dis que tu trouves que c'est dur, et bien qu'est-ce que ce serait si tu devais gérer tes repas, ton linge ! Non, vraiment je ne vois pas l'intérêt. Henri et Christine prennent soin de toi, ça nous rassure, avec papa. Au moins je suis sûre que tu ne fais pas de bêtises !

La phrase est dite sur le ton de la taquinerie. Elle ne peut pas entendre qu'Amandine déglutit difficilement, au bord de la nausée. Celle-ci prend son élan, plusieurs fois, elle attend le bon moment pour glisser sa détresse. Elle ouvre la bouche pour cracher l'horreur, pour déverser son dégoût. Un truc qui commencerait par maman, maman… Maman !

Et maman comprendrait, bien sûr, tout de suite, que quelque chose ne va pas bien, que quelque chose déraille, que quelque chose est arrivé. Mais sa bouche se referme et celle de maman continue sa litanie, déverse ses conseils, tu es grande maintenant, ma chérie, tu sais comment te comporter, je ne me fais pas de soucis, je suis fière de ma grande fille.

Amandine prétexte une personne pressée qui souhaite utiliser la cabine et raccroche précipitamment. Elle regarde longuement le combiné pendu à son socle, les touches grises usées et crasseuses, les graffitis gravés sur les parois de verre, le sol dégueulasse, collant, jonché d'innombrables mégots écrasés, les gonds de la porte suintant de graisse noirâtre. Elle entend le bruit légèrement assourdi de la rue, juste là, juste derrière la vitre, hors de sa portée, comme si elle était enfermée dans un terrarium ignoble et étroit. Elle glisse de nouveau sa carte et compose le numéro de Lola. Avec un peu de chance, elle sera encore chez elle. Elle l'écoutera. Elle lui dira quoi faire, comment réagir, comment relever le front. Lola est pleine de bon sens, Lola est son amie, elles partagent les mêmes rires, les mêmes secrets, elles savent tout l'une de l'autre. Elle aurait dû, c'est sûr, appeler Lola en premier.

Les sonneries s'enchaînent dans le vide, chacune d'entre elles vrille les tympans d'une Amandine à bout de nerfs, le front posé contre son poing, les genoux tremblants, le corps moite dans l'atmosphère étouffante de la cabine téléphonique dont la porte à soufflet l'enferme obstinément. Les gens passent autour et ne la remarquent pas. Ils filent, pressés, indifférents. Enfin résonne la voix de Lola au bout du fil, assourdie, rauque.

— Je te réveille ?

Lola grogne un oui, toussote pour s'éclaircir la voix, bâille longuement.

— C'est mon jour de pause, je suis sortie hier, il y avait rassemblement chez Jérémy, on s'est couchés à pas d'heure.

— Ah… C'était bien ?

Amandine devine aux bruits qu'elle perçoit le parcours de son amie dans cette maison qu'elle connaît par cœur. Elle l'imagine coincer le combiné avec son épaule pour libérer ses mains et attraper un filtre, remplir la cafetière d'eau, verser la bonne dose de café, puis ouvrir le frigo, chercher le lait, attraper un bol, des céréales. En même temps, elle parle, elle raconte la soirée, les copains, les anecdotes, les histoires d'amour, les accrochages et les fous rires. Lola rit, tout à fait réveillée, heureuse de papoter, de faire vivre un peu plus longtemps ce bon moment. Amandine écoute, le front toujours contre le poing, de grosses larmes roulant sur ses joues. Elle finit par dire, avec un trémolo en fin de phrase : « C'est chouette… Vous avez dû bien vous marrer… » Alors il y a un petit silence, et Lola réplique, acide :

— Quoi, tu voudrais qu'on s'arrête de vivre parce que t'es partie ?

— Non, c'est pas ça mais…

— Ben ouais, t'aurais dû être là, mais t'y étais pas. Franchement, t'es pas cool, Amand', de me reprocher de m'amuser sans toi. Je te signale que comme boulot d'été, moi, j'ai la caisse du magasin de mes parents, comme tous les ans de toute ma vie. Tu te barres à Paris, avec un boulot génial et plein de trucs à vivre, et tu trouves le moyen de te plaindre ?

— Mais pas du tout, Lola, arrête ! J'ai un coup de blues, c'est tout…

— Ouais ben reprends-toi, ma vieille. Dis-toi que j'aimerais bien y être, moi, à Paris, avec un beau petit tailleur d'hôtesse d'accueil, à améliorer mon anglais face à du touriste de luxe. Ça me changerait de la blouse rose à la con et des péquenauds d'ici.

Lola change brutalement de ton, la colère disparaît en un éclair pour aborder un autre sujet, et sa voix se charge de bonne humeur.

— D'ailleurs, j'ai pensé un truc : l'année prochaine, on pourrait se chercher un Erasmus pour partir ? Ce serait trop cool, toutes les deux, hein ? On prépare ça tranquillou en première année et on se barre l'année suivante. Oh j'ai trop envie, Amand', tu imagines ?

Et Lola projette, anticipe, crée un avenir possible quand Amandine ne voyait qu'un futur hideux. Elle écoute son amie, relance d'une question, d'une suggestion, s'investit dans la conversation, sourit, puis rit franchement, élabore la stratégie, le fantasme du départ, l'idée d'un ailleurs rompant avec la vie immédiate, avec ce cauchemar encore cuisant entre ses jambes mais qu'il suffirait d'ignorer, de réduire à rien, de détruire de sa mémoire. Ce sera plus facile en créant de la distance. Partir à l'étranger, très loin. Mais oui, bien sûr, Lola a raison. Il faudra partir.

Lorsqu'elle raccroche et sort de la cabine, Amandine est comme ivre, cotonneuse, prise en étau entre le cauchemar tout frais et le futur amnésique que Lola lui a promis de sa voix bondissante. Elle rejoint en automate son poste derrière le guichet de l'hôtel. Elle accueille les clients, elle remplit le registre, elle explique le règlement, elle conseille sur des excursions ou des visites qu'elle n'a pas faites elle-même, vante des restaurants qu'elle ne connaît pas, récite une vérité qu'elle a apprise par cœur, qu'on lui a recommandé d'apprendre par cœur, et bien sûr elle avait obéi. De temps en temps, le souvenir, sans prévenir, vient la percuter en plein cœur. Un coup violent qui lui fait perdre le souffle et bourdonner les oreilles. Plusieurs fois elle se retient au bord du guichet pour ne pas vaciller. Et le soir elle traîne longtemps après l'heure de sa débauche. Elle tourne et vire sans se décider à partir, si bien que Michel, le responsable du personnel qui l'aime bien et la taquine volontiers, finit par prendre sa voix d'ogre pour lui intimer l'ordre de rentrer chez elle avant l'heure du loup. Alors ses jambes l'amènent jusque devant la lourde porte d'immeuble, lui font monter les escaliers, entrer dans l'appartement. Elle entend dans sa tête un brouhaha de voix, celle de sa mère qui lui répète d'être polie et sage, celle de Lola qui rêve d'un ailleurs, rit sans arrêt et projette du bonheur, celle de son père qui lui rappelle de lui faire honneur, et une petite, lointaine et étranglée, qui voudrait s'en aller et chouine inutilement. Elle enlève sa veste en jean, pose son sac besace et ôte ses chaussures dans le petit vestibule. Comme les autres soirs.

Christine est assise sur l'accoudoir du canapé, près de René qui sirote un whisky. Ils regardent une émission de divertissement à la télévision. C'est censé faire rire, mais ni l'un ni l'autre ne montre de signes, sinon d'hilarité, du moins d'une simple gaieté. Leur visage est fermé et les corps, si proches, prennent garde à ne pas s'effleurer. Ils se tournent en même temps vers Amandine lorsqu'elle entre dans le salon. Christine se lève aussitôt, lui demande si elle a dîné, propose de lui faire un thé car justement elle allait en préparer un. Amandine n'a pas le temps de répondre que Christine a déjà disparu dans la cuisine. On l'entend agiter des objets, faire couler de l'eau, allumer la gazinière. Le silence est lourd dans le salon. René ouvre son journal pour en reprendre la lecture, et Amandine guette le retour de Christine, le thé fumant, les biscuits et le chocolat qu'elle place toujours sur le plateau. Celle-ci démarre la conversation de la cuisine, où elle l'interpelle en haussant la voix pour se faire entendre. Tu as passé une bonne journée ? Quelle chaleur, n'est-ce pas ? Il y a beaucoup de touristes en ce moment ? J'aime bien Paris l'été, moi. C'est lequel déjà, ton jour de repos ? Si je pouvais me libérer, on pourrait aller faire du lèche-vitrines qu'en dis-tu ?

Amandine ne parvient pas à répondre, sa gorge est dure, douloureuse, ses épaules contractées. Mais de toute façon Christine n'attend pas de réponse et René ricane dans sa barbe, les yeux rivés sur son journal. Il chuchote à son intention : « Viens plutôt dans mon bureau demain matin. J'ai choisi un roman pour toi, je voudrais te l'offrir. »

Puis il lève les yeux vers elle, sourit en montrant d'un coup de menton la direction de la cuisine et ajoute d'un air railleur : « À moins que tu préfères le lèche-vitrines ? »

Amandine n'a pas le temps de répondre. Christine revient avec le plateau qu'elle pose sur la table basse. Elle sert deux tasses car René n'en boit jamais, en garde une pour elle et tend l'autre à Amandine, puis elle s'installe dans son fauteuil, face à la télé et reporte son attention sur l'émission qu'elle a montée elle-même, qui est pleine de rires enregistrés et de gens de bonne humeur. Amandine avale péniblement quelques gorgées de son thé brûlant. Plus personne ne parle, alors elle se lève et annonce qu'elle est épuisée, qu'elle va boire ça dans sa chambre et se coucher sans tarder. Christine la suit aussitôt dans le couloir, le plateau à la main, et s'arrête derrière elle à l'entrée de la chambre. Le drap qui séchait, coincé entre la chaise et le bureau, a disparu. Le lit a été refait de propre, Christine explique :

— J'ai voulu déposer ton linge, et j'ai vu que tu avais eu un petit souci la nuit dernière, alors je t'ai changé les draps.

Amandine n'ose pas la regarder. Christine lui souhaite une bonne nuit et referme la porte.

Elle a guetté toute la nuit. Les bruits, les respirations, les frémissements des murs, les gémissements du parquet. Quelques voitures dans la rue ont fait monter vers elle des morceaux de vie de l'extérieur, des rappels à la réalité rassurants. Elle a dû s'endormir, sans doute, et rêver. Son corps est resté en alerte, tendu et à l'écoute, mais son esprit s'est autorisé des apartés et lui a insufflé quelques images, des bouts d'enfance surtout, le visage de sa mère qui rit en lui faisant coucou alors qu'elle tourne sur un manège trop rapide qui lui colle le vertige. Elle n'aime pas la girafe sur laquelle elle est assise, elle a dû la choisir par dépit. Elle le sait dans son rêve, elle est montée dessus sans oser se plaindre, sans rien dire parce que maman a prévenu, tu prends ce qui reste, tu te contentes, ma fille, ne te montre pas capricieuse. Elle voulait l'avion, celui qui monte quand on appuie sur le bouton en faisant un bruit de soufflet. Elle voulait pouvoir s'envoler. Elle cherche des yeux le visage, le sourire de sa mère, mais ça tourne trop vite, elle ne peut pas, elle n'y arrive pas. Elle entoure de ses deux bras le long cou jaune et lisse de cette girafe ridicule et rigolarde et serre les cuisses de toutes ses forces pour ne pas être éjectée hors du manège.

Elle a dû s'endormir, oui, un peu sans doute. Parce qu'elle ouvre les yeux sur le jour déjà là. Elle s'extirpe du cocon étouffant de la couette où elle s'est enroulée étroitement, elle a des courbatures comme si elle avait lutté. Elle se lève furtivement, choisit ses vêtements. Elle aurait voulu fuir de nouveau l'appartement, elle aurait préféré qu'il n'ouvre pas la porte et ne l'interpelle pas dans le couloir. Mais sa voix impérieuse résonne alors qu'elle glisse vers la salle de bains comme un fantôme.

— Amandine ? Je t'attends dans mon bureau.

Pendant qu'elle se douche et s'habille, il prépare du café, des toasts, de la confiture, et dispose le tout sur le plateau. Lorsqu'elle sort de la salle de bains, ses cheveux sont encore mouillés et son cœur est affolé. René marche d'un pas paisible vers son bureau, en portant ce petit déjeuner à bout de bras. Il ne se tourne pas vers elle, il ne regarde pas dans sa direction pour l'inciter à le suivre, il s'attend à ce qu'elle lui emboîte le pas et ne se donne pas la peine de le vérifier. Et évidemment, elle va le suivre. Elle garde ses distances et craint jusqu'à son regard, mais elle le suit. Il pose le plateau sur la vaste table de travail où sont éparpillés ses dossiers, ses papiers, des livres divers d'où émergent des marque-pages bariolés. Il fait le tour et s'installe dans son grand fauteuil en lui indiquant du menton le siège de l'autre côté. Assieds-toi. Prends une tasse. Je te prépare un toast ? Elle murmure non. Il lève un sourcil interrogateur vers elle. Elle se reprend : non merci, René. Il hausse les épaules. Tu devrais manger, dit-il, la chaleur a tendance à couper l'appétit mais, à ton âge, il faut se nourrir. Tu bois assez ? Tu as une petite mine. Elle ne répond pas. Il ajoute tu es peut-être un peu déshydratée. Elle boit une gorgée de café et répond non non, je bois assez. C'est bien, dit-il, ne va pas tomber malade… Et puis il se tait. Elle boit son café à petites lampées en peinant à chaque fois pour déglutir, elle évite autant que possible de le regarder. Elle est mal à l'aise, ses genoux sont serrés l'un contre l'autre et ses épaules verrouillées.

Il beurre un toast avec application, le mord tout en la fixant. Ses yeux sont d'un vert transparent. Et, pour l'heure, ils brillent d'un éclat presque surnaturel. Elle se souvient d'avoir pensé qu'il avait vraiment de très beaux yeux, gâchés par un visage bien trop sévère. Il mâche, lentement, boit une gorgée. Le silence est écrasant. Elle prend son élan et sa voix s'élève, toute frêle et timide, à peine audible.

— Je voudrais partir, René.

La franche morsure dans le toast craquant s'interrompt un court instant, puis il reprend calmement sa mastication, sans paraître troublé.

— Tu n'es pas prisonnière, Amandine. Je croyais que tu serais contente que je t'invite de nouveau. J'ai dû me tromper.

— Non… Enfin oui, merci, c'est gentil, je voudrais juste partir pour aller lire. J'aime bien lire le matin, au grand air.

— Je le sais, tu me l'as dit. C'est bien. C'est très bien.

René pose sa tartine entamée sur le plateau, se lève en repoussant sa chaise de bureau à roulettes et s'avance vers la fenêtre. Son regard s'élance sur les toits, en face, les tubes en zinc des cheminées hérissées, dressées à perte de vue. Lorsqu'il reprend la parole, sa voix est un murmure.

— C'est insensé. Je ne pensais pas être faible à ce point pour me laisser séduire par une gamine, la fille de mon meilleur ami qui plus est…

Il la regarde, secoue la tête en souriant et poursuit :

— Comment as-tu fait pour m'ensorceler ainsi ? Je ne dors plus, je n'arrive même plus à travailler correctement… Je ne pense qu'à toi.

Amandine ne répond rien, elle ne comprend rien, ses mâchoires sont si crispées qu'elle en a mal jusque dans la nuque. Il détourne de nouveau son regard vers les toits devant lui, glisse ses mains dans les poches de son pantalon.

— Il ne faut rien dire. À personne. Nos vies à tous les deux seraient détruites si on savait que j'ai succombé à ton charme.

Les gens racontent toujours n'importe quoi, ils ne comprennent pas, ils ne savent que juger.

Il s'approche d'elle, contourne le fauteuil sur lequel elle est assise. Il est derrière elle, elle appréhende qu'il la touche, elle redoute sa main sur son épaule mais il ne la touche pas, il choisit un roman dans les rayonnages.

— Tiens, ma belle, lis ça, Kundera, tu ne peux pas passer à côté. *L'Insoutenable Légèreté de l'être*, on ne peut choisir titre mieux adapté à ce qui nous arrive.

Il lui tend le livre, elle le prend. Il la regarde un court instant, immobile, puis s'éloigne brusquement et retourne derrière son bureau.

— Tu le liras ?

— Oui, bien sûr…

— Ton avis m'intéresse. J'ai pu voir à quel point tu es mûre déjà, c'est un régal de parler avec toi. Ça me change des conversations vides. Ça me change de la stupidité.

Il l'observe une seconde et ajoute dans un souffle que ça parle d'amour, d'amour et de sexe, que ce n'est pas un livre pour les petites filles, c'est un livre pour les femmes.

Elle ne répond pas, elle tient le livre à deux mains, elle évite son regard. Il reste un moment silencieux. Il semble hésiter, elle a peur qu'il contourne le bureau, elle voudrait partir, elle ne sait pas comment s'y prendre. Alors elle baisse les paupières en désespoir de mots. Il gémit doucement, un gémissement qui s'épuise en un rire vaincu, conquis.

— Mon Dieu, regardez-la…

Il écarte les mains en un geste résigné et conclut, sur le ton de celui qui ne peut pas lutter :

— Tu me rends fou.

Marie, juillet 2009

Après la conversation dans le bureau, Olivier n'est pas revenu tout de suite dans la chambre de Marie. Les premières nuits, elle a guetté les pas, les bruits, les déplacements inhabituels, mais rien. Et le sommeil, doucement, a regagné ses droits sur la peur. Par intermittence d'abord, avec des réveils brusques, le corps terré, serré sur lui-même, le cœur cognant dans sa poitrine, l'œil encore embué et déjà fouillant l'obscurité avec avidité, et l'oreille tendue comme une corde d'arc pour sentir vibrer dans l'air le moindre soupçon de soupir ou de râle. Et puis, nuit après nuit, ces sursauts violents se sont espacés, le sommeil est devenu moins saccadé, les rêves ont été moins évidents, plus étranges, plus lents, plus inaccessibles, tronqués, voilés, fardés, méconnaissables. Son cerveau, sidéré dans un premier temps, a trouvé la parade pour atténuer le souvenir abject. Nier, contourner, minimiser.

Bien sûr il y a des ratés. Un jour qu'elle sert les consommations à une table de la brasserie, elle se penche au-dessus de l'épaule d'un homme qui porte le même parfum de chèvrefeuille musqué qu'Olivier. Ce jour-là elle lâche son plateau au beau milieu des gens et s'enfuit en titubant vers les cuisines, la peur au ventre et le souffle court. C'est Axel, le chef de salle, qui vient aux nouvelles, l'air soucieux. C'était un petit vertige de rien du tout, dit-elle pour le rassurer. Et comme il s'inquiète de savoir si elle a mangé, au moins, depuis le matin, et si ce ne serait pas une bête hypoglycémie, elle répond oui, oui, évidemment que j'ai mangé ! Mais la réponse est trop véhémente pour être honnête et, quand il lui demande de préciser quoi, qu'est-ce qu'elle a mangé depuis le matin, elle avoue qu'elle n'en est pas très sûre, en vérité. Avec le service non-stop à la brasserie, les touristes qui défilent et se restaurent à toute heure, elle n'a pas eu tellement le temps.

— Et puis, ajoute-t-elle, j'ai un peu mal au bide… alors je n'ai pas beaucoup d'appétit.

— Bon, dit Axel, tu vas me faire le plaisir de manger comme il faut. C'est pas vendeur les serveuses qui tombent dans les pommes. Et puis tu vas te reposer aussi, tu as une petite mine. Tu as encore un mois et demi à faire, ça m'étonnerait que tu y arrives sans manger ni dormir.

Axel aime bien rigoler, faire des farces, chahuter. Il l'envoie aux tables compliquées, il lui donne des gages, des défis idiots comme placer un mot improbable en prenant la commande. Pachyderme, oléoduc, apathie… Quand elle revient sans avoir noté la liste des consommations demandées, en la répétant à voix basse pour ne rien oublier, il chuchote exprès des noms de boissons aléatoires pour troubler sa mémoire et la faire se tromper. Elle soupire et le pousse du coude, arrête, Axel, arrête, c'est pas marrant ! Il rit en agitant sa bedaine sanglée dans son tablier de serveur à trois poches. Il l'aime bien, la gamine, elle illumine son été. C'est bien un truc de jeune fille, ça, de tomber dans les vapes pour un oui pour un non. Les hormones qui les travaillent, tu penses, ça bouillonne de partout là-dedans.

D'ailleurs, sans en avoir l'air, Axel la surveille et s'en va poursuivre le service aux tables qui sentent le soufre pour Marie.

Les petites serveuses, ça fait retrousser les babines à plus d'un marlou, et elle a beau être raisonnable, la gamine, elle pourrait bien se faire embarquer pour un tour de chauffe qui peut laisser des traces. Axel ne veut pas de ça, il s'arrange d'ailleurs toujours pour vérifier quand elle s'en va à la fin de son service que personne ne l'attend au coin de la rue. Il sait trop que les fillettes sont vulnérables. Il redoute qu'on fasse des misères à sa protégée. Alors il se poste sur le trottoir, entre les tables de la terrasse, les mains dans les poches et le sourcil attentif, et il la suit des yeux le plus longtemps possible, jusqu'à ce que le balancement de sa jupe disparaisse derrière l'immeuble qui lui bouche la vue. Il a l'impression de la protéger de son regard. C'est ridicule, il en a bien conscience mais, au moins jusque-là, aucun homme ne lui fera d'avances déplacées. Elle paraît toute fluette dans sa robe à fleurs, toute menue et fragile. Mais elle marche avec vigueur, on sent qu'elle n'envisage pas de quitter sa route et se perdre dans les faubourgs. Cette démarche énergique rassure un peu Axel. Il est déjà tard, pas assez pour que la nuit soit tombée, mais suffisamment pour que les matous commencent à rôder.

Et elle rentre en effet. Imposante porte cochère, interminables escaliers de bois ciré, sa veste en jean sur le portemanteau, ses baskets sur le repose-chaussures et, dès son apparition dans le salon, le subtil ballet des évitements. Elle s'arrange pour ne jamais être seule, même quelques secondes, avec Olivier. Elle craint sans cesse qu'il ne lui frôle la main en lui passant le saladier ou en la croisant dans le couloir. Elle suit Sylvaine dans la cuisine sous prétexte de l'aider et se tient toujours à quelques mètres de lui. Puis soudain elle réalise que c'est lui qui la tient à distance. Elle devrait s'en trouver soulagée, mais Olivier la regarde avec une sorte de désapprobation qui l'affole. Elle voit bien le changement progressif d'attitude, elle voit bien qu'il tord la bouche en une moue de dédain quand elle bavarde avec Sylvaine. Olivier ne lui parle plus, ne la regarde pas, ou avec cet air de mépris qu'il oppose à son épouse à longueur de temps et qui liquéfie Marie. Du mépris, ou une sourde menace qu'il fait voleter au-dessus de sa tête et qui la glace d'effroi... Il a dit de n'en parler à personne mais, s'il est lui-même mécontent comme son attitude le laisse supposer, alors il décidera peut-être de tout révéler à ses parents. Qui sait ce qu'il pourrait raconter, et de quelle manière il pourrait tourner la réalité !

Son père a du respect, et même de l'admiration pour Olivier. Et sa mère aime profondément Sylvaine, son amie depuis l'enfance. Marie le sait pour l'avoir entendu bien des fois à la maison : Olivier et Sylvaine ont réussi dans la vie, avec chacun une belle situation professionnelle gagnée à la force du poignet. Ils se sont montrés courageux et audacieux, et ils ont su tirer leur épingle du jeu dans un monde de crocodiles, acheter un bel appartement, payer une école privée haut de gamme pour leurs enfants, vivre confortablement dans la Ville Lumière. Ils ont voyagé, beaucoup, Olivier est un érudit curieux et passionnant, journaliste reconnu dans le milieu, et Sylvaine occupe un poste important à la télé, sans oublier d'être une mère de famille investie et énergique. Ils ont réussi, oui, et malgré tout ça ils ont su demeurer accessibles, généreux, hospitaliers. Le père de Marie le dit souvent : « Mon ami Olivier aurait pu être snob mais il est resté simple, et c'est la meilleure preuve de son intelligence... » et il insiste sur le « mon ami ». On sent bien qu'il est fier, qu'il savoure la satisfaction de compter parmi les proches de cet homme tellement intelligent, on sent bien que ça flatte son orgueil.

Ce matin, Marie prend son petit déjeuner seule dans la cuisine. Elle entend Olivier qui va et vient dans l'appartement. Elle espère qu'il ira directement dans son bureau, qu'elle pourra partir sans avoir à lui parler mais il surgit et se plante devant elle, la surplombant de toute sa hauteur. Elle cesse de mâcher sa tartine, elle le regarde, elle attend. Immédiatement elle se crispe, courbe l'échine d'avance, il va l'accuser, c'est sûr. Elle ne sait pas de quoi, elle cherche et se sent déjà fautive.

— Alors ? Kundera ?

Oui, bien sûr, Kundera... Elle a essayé de le lire mais elle est incapable d'entrer dans cette histoire. Les mots défilent devant ses yeux sans la pénétrer. Sa concentration est fuyante, elle glisse, son esprit s'échappe constamment. Elle a fini par jeter le livre par terre, excédée. C'est la première fois qu'elle sent une telle résistance, elle en éprouve un profond désarroi et une grande amertume. La chose est claire, elle a fait illusion face aux textes scolaires pendant ses années de lycée mais là le couperet tombe : on s'est trompé sur ses capacités. Elle ne vaut rien.

— Tu n'aimes pas ? reprend Olivier d'un ton surpris.

Marie secoue la tête :

— J'ai lu quelques chapitres, ment-elle, mais vraiment je n'accroche pas.

Olivier semble éberlué. Il s'assoit sur le siège près d'elle, sans cesser de la fixer. Il croise les doigts sous son menton, l'air pensif.

— Oui, effectivement, beaucoup de gens trouvent l'écriture de Kundera un peu ardue. Mais je pensais que toi, tu n'aurais pas de difficulté... ça me surprend. Tu as essayé, vraiment essayé ?

Elle acquiesce en silence, les commissures de ses lèvres sont crispées, il pose une main sur sa joue.

— Voyons, ne te mets pas dans un état pareil, c'est moi, c'est ma faute, je n'ai pas tenu compte de ton manque d'expérience. Bien sûr, tu ne pouvais que tout comprendre de travers.

Il laisse sa main se perdre dans ses longs cheveux, il les repousse derrière son épaule avec une lenteur calculée, en frôlant son cou et le lobe de son oreille, en se penchant un peu vers elle. Elle ne bouge pas, elle ne respire plus, elle voudrait repousser cette main dangereusement proche mais ne peut que la surveiller du coin de l'œil.

— Bon, poursuit-il, je vais réfléchir à un autre titre puisque celui-ci ne te convient pas. Quelque chose de plus simple, de plus… évident.

La main s'éloigne. Marie hausse les épaules, agacée. La nécessité de se défendre s'impose mais elle peine à trouver une parade valable.

— C'est pas qu'il me convient pas, c'est que je n'aime pas son style.

— C'est bien ce que je dis, rétorque-t-il, tu manques d'expérience, j'aurais dû m'y attendre.

Elle se crispe, piquée par ce sous-entendu. La colère qui monte en elle, inattendue, lui fait redresser les épaules et elle se tourne vers lui, le regard noir.

— Je sais que Kundera était très à la mode il y a vingt ans. C'était sans doute inédit, cette manière d'écrire… Mais moi ça me plaît pas, c'est tout.

Le sourire d'Olivier décline lentement. Il ne s'attendait pas à ce qu'elle lui réponde sur ce ton. Elle surprend son air interloqué, en éprouve à la fois de l'inquiétude et une certaine satisfaction. Elle se lève, lave son bol et range la confiture, puis elle attrape son sac pour signifier son départ et ajoute en marmonnant dans son giron :

— Je vais encore essayer, hein, puisque ça paraît si important pour vous, mais franchement, pour le moment, je trouve ça assez décevant.

Pendant une poignée de secondes, ils se jaugent du regard, l'un et l'autre immobiles. Puis elle se détourne et quitte la pièce sans rien ajouter. Elle dégringole les escaliers à fond de train et déboule dans la rue, le souffle court. Elle se remémore la scène, en avançant à grandes enjambées sur le trottoir, en claquant fortement ses talons sur le bitume. Je l'ai mouché, se dit-elle, ah ben ça oui alors, je l'ai bien mouché, le pépère...

Elle attrape son BlackBerry dans sa poche et fait défiler les numéros de son répertoire sur l'écran. Il faut qu'elle appelle Lou, tout de suite, qu'elle lui raconte, dans le détail. Celle-ci répond presque aussitôt, elle est heureuse de papoter avec sa copine.

C'est que depuis quelque temps Lou sent un malaise indéfinissable. Marie appelait tous les matins avant d'embaucher à la brasserie et, chaque fois, elles pouffaient de rire pour un oui pour un non, se comprenant au micro-soupir, à la plus petite inspiration. Les silences même un peu longs ne pesaient à personne. Ils faisaient office de ponctuation, créant du sens au cœur de conversations bondissantes et interminables où il ne se disait finalement rien de spécial en apparence mais où l'essentiel était là puisqu'on y exprimait par ces élans gloussants la très haute sphère de l'amitié.

Mais depuis quelques jours, depuis... quoi... une semaine, quelque chose s'est détraqué dans leurs échanges. Les silences sont devenus étranges. Lou s'en est étonnée, d'abord. Marie vit autre chose, autre part, c'était prévisible mais c'est tout de même bien rapide. Elle se détourne des petits tracas et des minuscules projets de leur groupe de copains, elle reste silencieuse, elle ne s'investit pas, elle semble ailleurs. Alors Lou a commencé à froncer les sourcils, vexée, à préparer quelques piques bien senties pour rappeler avec aigreur à son amie où sont les priorités.

Mais aujourd'hui Marie paraît bien plus gaie, bien plus dynamique dans la conversation. Elle écoute et relance, s'exclame, coupe la parole comme autrefois. Rapidement dans la conversation, elle se met à parler d'Olivier, son logeur. Depuis le début de son séjour parisien, elle l'évoque toujours en termes peu flatteurs, railleurs et craintifs à la fois. Aujourd'hui elle ricane d'une curieuse façon, elle le moque effrontément et retrouve pour sa longue diatribe sa verve habituelle et son débit ultra rapide. Elle raconte cette histoire de bouquin, un roman de Milan Kundera qu'il veut qu'elle lise absolument.

— Il est imbuvable, son truc, dit-elle, j'ai bien le droit de pas aimer, non ? Mais voilà, le mec il est journaliste, il habite la *capitale*, il est plein de fric, alors l'avis des autres c'est de la merde ! Je lui ai cloué le bec, t'aurais dû voir ça. Depuis le début du séjour il me gonfle, je te jure, Lou, il se la joue « je sors de la cuisse de Jupiter », tout ça parce qu'il a une chronique dans un hebdo et qu'on voit sa tronche dans des émissions que personne ne regarde. Mais la vérité c'est qu'il sait rien de rien, il végète dans son trou minuscule, dans son appart minable, avec sa bibliothèque de crâneur et son air supérieur. Je peux pas le blairer. Il se croit plus intelligent, plus cultivé que tout le monde, mais en fait c'est un pauvre mec, incapable d'écouter les autres et de sortir de ses idées toutes faites.

Marie est intarissable, reprenant quand elle en a fini sa litanie au début, et Lou commence à trouver ce monologue un peu pénible. Elle la coupe :

— Mais quoi ? Je comprends pas. Tu m'expliquais l'autre jour qu'il avait une bibliothèque de rêve, qu'il allait te prêter des bouquins, tu voulais en profiter pour prendre de l'avance pour la fac… Tu as changé d'avis ?

— Non, c'est pas ça. Je vais en profiter, évidemment, je serais bien conne, mais quand même, tu peux pas t'imaginer comment il est ! Il me glace, il est toujours grincheux, il est désagréable, il est pédant, il est… Je peux pas te dire comment il est. Enfin, tu peux pas comprendre, il faut le voir, mais moi, je vais pas me laisser faire, je vais lui montrer que je suis pas son jouet, que j'ai aussi mon avis sur la question ! C'est pas parce que j'ai dix-sept ans que je sais rien. Il va pas me la faire longtemps, je peux te le dire.

Lou ne comprend plus rien, elle entend des exclamations décousues, des morceaux de phrases qui s'entrecoupent, elle sent bien que son amie est survoltée, elle essaie de capter ce qui se passe, mais c'est flou, c'est incompréhensible. Au bout d'un moment, déconcertée, elle demande à Marie :

— Mais qu'est-ce qu'il t'a fait ce mec, pour que tu puisses pas parler d'autre chose ?

Marie déglutit et reste silencieuse. Lou enchaîne, inconsciente du malaise de sa copine :

— Bon enfin, de toute façon, tu lis bien ce que tu veux, qu'est-ce que ça peut lui foutre ? Et t'as raison de pas te laisser faire.

Quand Marie raccroche, l'énergie qui l'habitait avant de parler à Lou l'a entièrement quittée. Elle est épuisée. Elle longe les murs d'enceinte du cimetière du Père-Lachaise, ruisselante de sueur et légèrement hébétée. Ses jambes flageolent et sa bouche est sèche, ses mains tremblent un peu. Elle passe le grand porche d'entrée, elle va s'asseoir sur un banc. Elle sort de son sac le roman qu'elle avait commencé, dont elle avait dévoré les premiers chapitres, avant. Elle l'ouvre à la bonne page et le garde ainsi, écartelé et inutile, au creux de ses mains. Son regard en fixe obstinément le centre, à l'endroit de la reliure, là où il n'y a pas de mots.

Elle voudrait se sentir forte comme tout à l'heure, comme avant d'appeler sa copine, mais elle se sent vide. Comme un citron dont on aurait pressé le jus jusqu'à la dernière goutte. Elle se sent raclée de l'intérieur, débarrassée de sa pulpe au point qu'il ne reste plus d'elle que sa peau, son enveloppe extérieure, molle et amère.

Elle referme le bouquin, exaspérée, le range au fond de son sac, loin de son regard, et remonte les genoux pour y fourrer son visage et se serrer contre elle-même. Elle se balance un peu, d'avant en arrière, se berce en se répétant en boucle d'arrêter d'y penser. Arrêter d'y penser. En boucle.

Amandine, juillet 1990

Le soir même, René revient. Lorsqu'elle réalise sa présence du fond de son sommeil, il est déjà installé sur une chaise à côté de la table de nuit.

— Pardon, dit-il, je ne pensais pas te réveiller…

Elle s'assoit précipitamment en haut du lit, dans le coin du mur, en remontant le drap sur sa poitrine, sans répondre. Elle frotte ses yeux, son visage, pour émerger complètement. Il lui sourit dans la pénombre, elle entend qu'il sourit, parce qu'il émet un léger soupir, un souffle avec le nez, il secoue la tête, il est amusé.

— Tu es très belle, ne t'inquiète pas. À dix-sept ans, on est toujours beau, même au réveil.

Elle repousse une mèche de cheveux derrière son oreille, elle occupe ses mains, elle serre ses genoux, elle toussote, mal à l'aise, elle attend la suite sans répondre. Il pose ses coudes sur ses cuisses et croise ses doigts devant lui. Il bascule la tête vers le sol et elle voit le sommet de son crâne avec ses cheveux sombres un peu clairsemés, et sa nuque blanche tendue. On dirait qu'il présente son cou au bourreau. Elle a cette pensée, la nuque livide dans le noir, nue et fragile, la lame qui s'affaisse et le bruit que ça ferait.

Il relève la tête, il la regarde dans la pénombre, elle attend toujours.

— J'ai été assez troublé par ton attitude ce matin, dit-il. Ton point de vue m'intéresse même si, pour être franc, ce rejet *a priori* me paraît assez étrange.

Amandine ne comprend rien, ne voit pas de quoi il parle ni pourquoi il vient lui faire la conversation en pleine nuit. Elle voudrait juste qu'il s'en aille, qu'il quitte sa chambre, qu'il la laisse. Elle attend encore sans répondre, écarquille les yeux dans le noir, serre le drap sur ses cuisses devant elle. Il se redresse, appuie lourdement son dos contre le dossier de la chaise en bois qui s'en plaint en grinçant, et croise les jambes. On dirait bien qu'il prend son temps, on dirait bien qu'il n'est pas pressé. Amandine murmure, hésitante :

— On pourrait parler de tout ça demain, peut-être ?

— Oui, c'est vrai.

Il chuchote un rire enfantin et polisson en secouant la tête pour contredire ce qu'il vient d'affirmer : non, ce n'est pas vrai, il ne veut pas remettre ce tête-à-tête à demain, et ce rire signifie que c'est l'évidence même.

— Je viens parler avec toi en cachette parce que je préfère éviter d'être sans cesse coupé par Christine. On ne peut pas discuter avec elle dans les parages ! Tu le vois bien, elle nous interrompt à tout bout de champ, elle s'interpose.

Amandine se dit qu'elle n'a jamais entendu Christine couper la parole à son époux pour la bonne raison qu'elle n'a jamais entendu René s'exprimer en présence de sa femme. Il est mutique sitôt qu'elle est là. C'en est troublant d'ailleurs, cette présence lourde et affligée, cette désapprobation épaisse qu'Amandine a d'abord prise pour elle, et qu'elle ressent maintenant très précisément comme un mur entre eux deux. Ils ne se supportent pas. Ils se haïssent. Christine l'ignore, René la méprise. Et Amandine, entre les deux, feint de ne pas sentir l'odeur putride de la détestation conjugale.

René la regarde intensément dans la pénombre :

— Tu seras d'accord pour admettre qu'il vaut mieux qu'elle ignore ce qui se passe entre nous ?

René avance la main vers Amandine, du bout des doigts il caresse la peau de son bras nu et blanc. Elle se contracte sans oser reculer, il glisse de son coude à son poignet, attrape sa main, l'enlace entre les siennes, l'amène contre son front, ferme les yeux en respirant son odeur.

— Amandine, murmure-t-il, Amandine, qu'est-ce qu'il nous arrive ?

Il relève les yeux vers elle, elle voudrait retirer sa main, s'écarter, mais ne trouve pas le déclencheur qui lui donnerait le courage, la peur est plus forte, et l'incrédulité, la perplexité qui la cloue, l'empêche de se dérober. Il ne veut peut-être pas la toucher davantage, il va sans doute s'en tenir à cette main tenue, et alors qu'aurait-elle à lui reprocher, quel mal fait-il, pourquoi lui demander de cesser un geste aussi anodin ? Oui, il va quitter la chambre, il faut qu'il quitte la chambre, il faut qu'elle patiente parce qu'il va partir de lui-même.

— Amandine…

Il embrasse l'intérieur de son poignet et soupire profondément. Elle déglutit, incapable de répondre, de bouger, de retirer son bras, obnubilée par ces lèvres humides qui parcourent l'intérieur de son poignet et ouvrent ses doigts pour se poser au centre de sa paume. Elle sent la chaleur de son souffle dans sa main. Il la dégoûte, ce souffle, l'humidité de ce souffle sur sa peau. Elle voudrait qu'il parte, qu'il s'éloigne, qu'il arrête de l'embrasser, qu'il ne la touche plus, plus jamais. Il relève la tête, ses pupilles luisent dans le noir.

— Tu m'as dompté, sorcière, dit-il.

Il se lève et va pour quitter la chambre. Son imposante silhouette, détourée par la lumière pâle de la lune, pleine ce soir, victorieuse et puissante, s'arrête un instant dans l'encadrement de la porte :

— À demain ?

Amandine tente une échappée timide.

— Je voulais partir assez tôt, demain matin. Je voulais profiter du frais au cimetière.

— Je sais que tu aimes t'évader, être seule. Je respecte ça. Mais je suis surpris de ton attitude de ce matin, je m'interroge, et… j'espère que je ne me suis pas trompé.

Il secoue la tête, fronce les sourcils et sourit en même temps.

— Quoi qu'il en soit, je pense qu'il vaut mieux se parler seul à seule. Il y a des complicités qui sont difficiles à masquer. Et tes yeux brillent tellement… Tu me fascines, vraiment, je ne sais pas ce qui me plaît à ce point chez toi. Et justement j'attends de le découvrir, avec beaucoup d'impatience.

Il laisse un temps, un silence que rend plus dense la noirceur de la nuit, et ajoute :

— C'est toi qui décides.

Il fait un pas et avance la main vers sa joue. Il va la toucher, elle se rétracte intérieurement. Le contact est fugace, il se détourne aussitôt pour quitter la chambre. Une fois à la porte, avant de sortir, il la regarde encore et elle cesse de respirer, son visage est dans l'ombre, elle ne voit pas son expression mais il reste un long moment immobile, la main sur la poignée, puis :

— À demain.

Il referme la porte derrière lui. Elle s'enfouit sous son drap, malgré la chaleur, en boule étroite, comme un chiot. Elle frissonne, tendue, nerveuse, interloquée aussi. Elle a bien cru, oui, elle a vraiment pensé qu'il allait rester. La toucher de nouveau. Se coucher sur elle. Mais non, finalement il est parti, il a fermé la porte, exactement comme elle l'espérait. Elle a entendu ses pas dans le couloir qui s'éloignaient, avec régularité et un appui franc sur les lattes grinçantes, une démarche tranquille d'homme tranquille.

Le lendemain, Amandine se prépare en espérant ne pas rencontrer René dans le couloir. Elle pourrait se glisser hors de l'appartement, prétendre qu'elle le croyait endormi, ou déjà sorti ? Elle n'imagine pas opposer un refus à cette invitation nocturne qui semblait bien être un ordre. Elle se promet seulement d'écourter le moment au maximum.

Elle se revoit dans son bureau, la dernière fois, et cet instant de bascule alors qu'elle se sentait considérée et appréciée. Elle tournait et virait, ses pieds nus foulant par intermittence le gros tapis ou le parquet ciré, s'attardant à ressentir cette différence de texture sous la plante de ses pieds, en passant de l'un à l'autre juste pour le plaisir d'avoir alternativement sous ses orteils l'épaisseur douce et chaude de l'un, la rudesse lisse et fraîche de l'autre… Il avait contourné son bureau et, en attrapant ce livre au-dessus de sa tête, il s'était attardé un peu contre elle. Il avait pressé son torse contre son dos, mais elle n'était pas sûre qu'il l'ait fait exprès. Peut-être était-ce le mouvement nécessaire pour atteindre l'ouvrage, une légère perte d'équilibre. Sûrement qu'il ne s'était même pas rendu compte. Amandine revoyait précisément le moment. Elle était restée là, attendant qu'il s'éloigne pour se remettre à respirer. Elle aurait dû se reculer, s'éloigner franchement et marquer sa volonté de rester à distance. Elle a bien senti qu'il y avait un flottement, une incrédulité chez lui, chez elle, elle n'a pas su à cet instant-là évacuer cette confusion avec un éclat de rire léger. Elle aurait dû s'exclamer : « Oups, pardon, excusez-moi, René, je vous gêne. » Mais non, elle était restée immobile, quasiment calée dans ses bras. Tout est parti de là, et maintenant elle ne peut plus revenir en arrière.

Elle glisse furtivement dans l'appartement, mais René ouvre la porte de son bureau sans même prendre la peine de l'appeler et elle s'avance presque malgré elle en murmurant un bonjour hésitant. René sourit et lui propose une tasse de café. Il est décontracté et démarre aussitôt une conversation enjouée à propos de son dernier article, qui lui a donné du fil à retordre cette nuit et qu'il doit livrer demain au journal. Il aimerait lui faire lire, d'abord, qu'elle lui donne son avis.

— Je peux essayer, répond-elle, mais peut-être qu'il vaudrait mieux demander à Christine ?

Il pouffe de rire et jette en se tournant vers elle :

— Tu parles…

Amandine rosit. Il se compose un regard de velours pour poursuivre :

— Écoute, Amandine, je suis las. Je m'étiole entre ces murs. J'ai besoin de vie, d'air pur, de renouveau.

Il secoue la tête lentement, écrasé semble-t-il par l'accablement. Il s'éloigne de son bureau, contourne le fauteuil où Amandine est assise, et s'approche de la bibliothèque, dans le dos de la jeune fille. Elle l'entend fouiller des papiers, elle se tourne vers lui, il est penché sur un dossier épais, duquel il tire un feuillet noirci de son écriture en disant :

— Ah, le voilà ! Tiens, lis-moi ça et dis-moi ce que tu en penses.

Elle parcourt l'article, sans en comprendre d'abord un traître mot. Tout son esprit est tétanisé par la certitude du regard de René braqué sur elle. Mais il prend sa tasse de café et se dirige vers la fenêtre. Il contemple la rue, en bas, une main dans la poche de son pantalon, lui laissant ostensiblement le champ libre pour s'immerger dans son texte. L'article évoque les essais nucléaires qui se poursuivent à Mururoa, malgré l'affaire désastreuse du naufrage du *Rainbow Warrior* il y a cinq ans. Amandine en a entendu parler, même si elle était trop petite à l'époque pour s'y intéresser. Elle sait cependant que les essais se poursuivent malgré les actions régulières des associations antinucléaires qui ne cessent de dénoncer le scandale. Lorsqu'elle a terminé sa lecture, il se tourne vers elle, visiblement en attente. Elle se contente de signaler une phrase un peu longue ici, peut-être un connecteur peu pertinent là, et une faute d'accord. Il va vers elle, lui prend le papier des mains, corrige immédiatement, biffe et remercie pour la qualité de sa lecture. Elle hausse les épaules en signalant que ce n'est pas grand-chose. Il insiste alors :

— Que penses-tu du fond ? Est-ce que je suis clair, percutant ?

— Ben oui, répond-elle, oui c'est clair, de toute façon c'est dégueulasse ce qui se passe là-bas, c'est sûr... On dirait qu'on peut faire ce qui nous chante sous prétexte que c'est à l'autre bout du monde. On s'en fiche que des gens meurent et qu'un écosystème entier soit déglingué. C'est bien dit dans votre article, oui, oui, c'est percutant, on sent bien que ça vous scandalise.

Il laisse passer un silence, visiblement ravi.

— Garde ça, Amandine, garde cet enthousiasme, cette énergie, cette capacité à t'émouvoir et à t'indigner. Tu as encore une vision très simpliste du monde mais tu vas grandir, et dans le bon sens, j'en suis certain.

Elle se raidit, vexée. Il le voit, sourit encore, mais avec une pointe de cruauté au fond de la prunelle. Il se lève alors, s'approche d'elle et pose sa lourde main à la naissance de son cou.

— J'espère que je ne t'ai pas froissée ?

Il serre légèrement ses doigts sur son épaule, à peine, et puis il rit de son rire de nez, de dragon vieillissant, un souffle grotesque qui gagne dans la gorge pour s'achever en une sorte de jappement étrange et ridicule. Elle baisse la tête, elle dit non non, tout doucement, non non je ne suis pas froissée. Il se détourne en soupirant fort, comme quelqu'un qui est extrêmement satisfait de lui-même. Elle en profite pour bondir de son fauteuil.

— Je vais y aller, là. Merci René. Pour le café.

Il fait un geste en l'air pour lui signifier qu'elle peut effectivement disposer, qu'il ne la retient pas. Il ne la regarde pas, il est déjà passé à autre chose, mais elle saisit avant de refermer derrière elle un air victorieux qui lui déplaît et la blesse. Elle attrape son sac sur le guéridon, descend quatre à quatre les escaliers de l'immeuble et jaillit dans l'éclaboussure de soleil qui la surprend lorsqu'elle franchit la porte cochère.

Une fois à l'abri dans la rue, elle ralentit le pas et laisse la conversation revenir à sa mémoire. Il jubilait. Il l'a humiliée, sciemment. La colère monte de nouveau dans son ventre. Elle est punie de son audace de l'autre jour, voilà. Elle sent encore sur son épaule le poids de sa main. Il l'a posée et a serré un peu. On aurait dit un avertissement. Mais il en est resté là. Comme cette nuit, quand il lui a tenu la main et rien de plus.

Elle n'ira pas au cimetière ce matin. Elle bifurque en direction de l'hôtel où elle travaille et s'arrête dans un bar où elle commande une limonade. Elle s'installe un peu en retrait, ouvre son livre pour se donner une contenance, faire quelque chose de ses mains et fixer son regard quelque part. Elle tourne même les pages de temps en temps pour parfaire l'illusion.

Elle voudrait rentrer chez elle, elle s'imagine faire sa valise, courir à la gare et prendre la poudre d'escampette. Il faudrait alors fournir des explications, à Christine qui ne comprendra rien et à ses parents qui seront encore bien plus surpris. Même René fera l'étonné. Il faudrait inventer une raison. Mais quoi ? Le boulot trop difficile à l'hôtel ? Le mal du pays ? L'idéal serait qu'elle tombe malade. Et encore, il faudrait un truc assez grave pour justifier une démission. Sinon son père ne l'acceptera pas. Il lui dira d'être courageuse, que la vie n'est pas un bonbon qu'on suçote paisiblement. Il va lui parler de grandir et d'être raisonnable. Il demandera même peut-être à René de lui faire la morale. Elle était tellement contente à l'idée de passer l'été à Paris, elle a tellement insisté pour qu'ils lui donnent la permission et ils étaient tellement satisfaits, tous, de cet arrangement idéal. Comment fera-t-elle pour justifier ce brusque et incompréhensible renoncement ?

Elle observe les gens autour d'elle. Ça grouille et ça bavarde, ça s'exclame et ça s'interpelle. Elle a la sensation d'être dans l'œil du cyclone, immobile et silencieuse, petite et vulnérable. Au bout du comptoir, il y a un type qui ne cesse de la reluquer. À un moment il lève son verre vers elle et lui fait un clin d'œil. Elle reprend son semblant de lecture précipitamment. Mais qu'est-ce qu'il lui veut ? Pourquoi il la dévisage comme ça ? Elle craint qu'il ne se déplace jusqu'à elle et ne cherche à engager la conversation. Elle devine sur son front l'insistance du regard du gars, de l'autre côté de la salle. Le mieux c'est de l'ignorer. C'est ce qu'elle se dit. Mais au bout de quelques minutes interminables, n'y tenant plus, elle lève les yeux pour constater qu'il la regarde toujours. Il attendait pour faire son show que son public soit attentif et, puisque désormais c'est le cas, il démarre pour de bon : il lève un sourcil, sourit, donne un léger coup de menton dans sa direction et passe une langue salace sur ses lèvres. Amandine ne respire plus, panique, rassemble ses affaires en catastrophe. Elle laisse des sous sur la table à côté de sa limonade à moitié consommée et file vers la sortie. Elle doit passer à deux mètres du type qui la suit des yeux avec un air gourmand. Il dit alors très fort « Au revoir mademoiselle, bonne journée mademoiselle ! » et, se penchant vers le barman, ajoute qu'elle a un beau petit cul bandant, qu'elle aime sûrement la bite et que ça se sent. Elle n'entend pas la réponse du serveur, elle n'entend que des rires gras qui se mêlent au tintement de la clochette quand la porte se referme derrière elle.

Isabelle, août 1973

Le soir même, Henri est venu. Et tous les soirs suivants. Chaque nuit, Isabelle l'entend pousser la porte qui s'ouvre en frottant l'épaisse moquette de la chambre, refermer derrière lui avec précaution, s'avancer à pas de loup jusqu'à son lit. Il approche le siège de bureau et s'y installe. La première nuit, il lui a longuement parlé à mi-voix, après avoir allumé la petite lampe du bureau derrière lui. Il délaisse celle de la table de chevet qui l'éclairerait par-dessous, créant des ombres fantomatiques qui lui donneraient à coup sûr l'air d'un type effrayant. Il ne veut plus l'effrayer. La première fois était une erreur, même si l'avoir ainsi à sa merci, à la fois résistante et dominée, excitante et apeurée, était un moment délicieux. Oui, la première fois il s'est laissé submerger, il n'a pas pu résister à cette envie de la posséder, de se saisir de son corps souple et offert, d'empoigner sa peau veloutée, de pénétrer son sexe serré et moelleux, si chaud, si doux. Il en frémit encore, tant la sensation de sa puissance était grisante. Grisant mais idiot, et dangereux. Elle avait beau l'avoir harponné copieusement, il reconnaît qu'il s'est jeté sur elle comme un mort de faim. Il se le reproche tout en ayant pour lui-même une certaine dose de compassion. Elle l'avait tellement asticoté, cette garce aux yeux luisants ! Il s'est tenu à distance, un temps, et puis cette soirée un peu trop alcoolisée avec ses amis mondains lui a fait perdre ses moyens. Elle avait laissé sa porte ouverte ! Quand même, il reconnaît s'être montré trop empressé et avoir peut-être été trop vite. Et maintenant il ne pense plus qu'à ça, la retrouver, la prendre à nouveau. Lui donner ce qu'elle attend en somme mais en chassant de leurs étreintes cette sauvagerie première, quasiment bestiale. Il se promet de lui apprendre, à cette impatiente, que le sexe se consomme avec fougue mais sans précipitation.

La lampe est basse, conçue pour concentrer l'éclairage sur la table de travail, elle lui permet à peine de faire la lecture à la jeune fille de sa voix grave et enveloppante, pas plus. La lumière écrasée, adoucie, les garde l'un et l'autre dans une pénombre censée être rassurante. Il la regarde beaucoup et elle ne sait que faire de ce regard, comment l'accueillir, comment le repousser, et même comment le comprendre.

Le deuxième soir, après un moment de lecture comme la veille, il pose le livre sur ses cuisses, la fixe sans rien dire. Elle pense ça y est, il va recommencer, mais il prend seulement son bras, le caresse longuement, en l'effleurant à peine, en regardant sa peau avec une joie infinie. Amandine est raide, elle fixe la pointe de ses genoux et ne dit rien, pas un mot. Il rouvre le livre, mouille son doigt pour en tourner la prochaine page. Elle voit bien ses lèvres s'agiter, porter le texte, mais elle n'entend que les résonances de son chaos intime, son cœur cognant comme un gong et prenant toute la place dans sa tête.

La troisième nuit, il ne lit pas, il bavarde. Elle doit lutter contre la lourdeur de ses paupières tout en se tenant sur le qui-vive pendant qu'il lui parle de tout et de rien, de la vie, de la mort, de l'amour surtout, comme à une confidente, une intime, comme à une compagne en qui on a confiance. Elle finit par s'assoupir, épuisée par le manque de sommeil et au matin elle s'éveille dans un sursaut pour constater qu'il a simplement quitté la chambre sur la pointe des pieds. Elle s'en étonne si fort que son jugement se prend à évoluer. Il n'a rien fait, ça fait trois nuits et il n'a rien fait, peut-être qu'il ne recommencera pas ? Peut-être que c'était une erreur, un dérapage sans après, la violence de ce désir qu'elle provoque ? Il vient la trouver chaque nuit, il a besoin de parler, peut-être ? Il a juste besoin de parler et il vient la trouver, elle ?

Elle se lève ce matin-là et trouve Henri attablé avec son épouse devant leur petit déjeuner dans la minuscule cuisine. Quand elle apparaît sur le seuil, Simone lui jette un œil rapide et lui demande distraitement :

— Ah, bonjour. Bien dormi ?

Elle lui sourit, acquiesce, oui merci, Simone.

Simone ne dit rien de plus, elle boit son café à petites lampées et regarde fixement devant elle. Isabelle se sent mal à l'aise, elle ne sait que dire, se tient debout près de la cafetière avec sa tasse à la main, puisqu'il n'y a dans cette cuisine que deux chaises autour d'une table minuscule. René est retourné à la lecture de son journal, Simone finit par sortir de sa rêverie et se tourne vers la jeune fille debout derrière elle.

— Tu attends que je te laisse la place ?

— Non, non, j'ai le temps, répond Isabelle.

— Eh bien pas moi, je file, à ce soir.

Elle se lève, laissant la chaise libre pour la jeune fille qu'elle contourne pour poser son bol dans l'évier et quitter la cuisine. René lève un œil vers elle, sourit furtivement. Ils entendent l'eau couler dans la salle de bains, les bruits de brosse à dents, le cliquetis du poudrier qu'elle referme, et finalement la porte d'entrée qui grince en s'ouvrant et claque en se refermant.

René poursuit la lecture de son journal, le silence est pesant, et Isabelle se sent obligée de le rompre.

— Je suis désolée, René, je me suis endormie hier.

Il sourit d'un air complice :

— Ma conversation était soporifique, sans doute.

— Non, non, pas du tout, se défend-elle, c'est juste que je suis crevée…

— Ne te fais pas de soucis, je comprends très bien. Et puis j'ai adoré te regarder dormir.

Il n'attend pas de réponse, il se lève, lave son bol, celui de Simone. Isabelle ne bouge pas un cil, à l'écoute de chacun de ses gestes dans son dos. Il s'essuie les mains au torchon, récupère son journal resté sur la table, puis il pose sa main à la naissance de son cou, au même endroit exactement que l'autre jour dans la bibliothèque, il presse un peu, se penche vers son oreille et murmure : « À ce soir, Isabelle. »

Le soir, de retour comme tous les soirs dans la chambre de la jeune fille, il passe un long moment silencieux, et puis de nouveau il lui prend la main. Il la caresse, cette main réticente, sans la quitter des yeux. Il enlace ses doigts entre les siens, les attire contre ses lèvres et soupire longuement. Puis il se laisse glisser à genoux près du lit et pose sa joue sur son ventre. Ils restent quelques instants l'un et l'autre immobiles. Elle sent son souffle chaud à travers le tissu de sa chemise de nuit à fleurettes. Elle attend qu'il se redresse. Elle prie pour qu'il se redresse. Mais il fait glisser sa main sur la cuisse, remonte vers le haut sous le tissu, tout en douceur, tout en patience, en la regardant intensément, pupilles dilatées, fiévreuses, paupières tremblantes.

Quand il quitte la chambre, elle est toujours étendue sur son lit. Elle a refermé les cuisses et s'est recroquevillée contre le mur.

Il caresse son front avant de partir, il embrasse sa tempe, et il dit dans un souffle : « C'était délicieux. »

Elle pleure un peu, puis s'endort, écrasée d'une fatigue qui la précipite dans un sommeil total, un sommeil refuge d'où elle a du mal à s'extirper au matin.

Le soir suivant il vient encore, et le soir d'après. Tous les soirs désormais il se glisse dans la pénombre et prend possession d'Isabelle. Il lui chuchote des mots d'amour, lui prend les mains pour les poser sur son cou, son torse, il lui assène des ordres agacés quand elle résiste, puis l'instant d'après lui murmure tendrement des mercis, chuchotant des compliments, encourageant, félicitant sa proie tétanisée qui finit par comprendre que le calvaire dure moins longtemps si elle se laisse faire. De toute façon il ignore ses refus timides ou bien il lui rétorque qu'elle exaspère son désir, il parle alors de savantes provocations, il l'appelle friponne, en riant, en moquant ses tentatives pour se soustraire à ses caresses, en la félicitant d'avoir compris si jeune le pouvoir des femmes à rendre les hommes fous, qu'elle est merveilleuse, sublime, qu'elle sait comment l'exciter, qu'elle est la plus habile des amantes. Chaque soir, lorsqu'il le lui demande, elle s'avance vers lui et baisse les paupières, elle se met à sa disposition et il lui relève le menton, les yeux brillants. Il lui ordonne d'ôter sa chemise de nuit, là, debout devant lui, parce qu'il aime le spectacle de son corps déployé, son ventre tendu, ses seins haut perchés quand elle fait passer le vêtement par-dessus sa tête. Il l'assoit sur ses genoux, il parcourt sa chair du bout des doigts… Il dit souvent « C'est bien » et elle attend, obéissante, terrorisée.

Il prend possession d'elle soir après soir, la manipulant comme une poupée de chiffon, malaxant ses seins, caressant ses fesses, effleurant à droite, saisissant à gauche… Il écarte ses cuisses avec une brutalité qui arrache un râle de douleur à la jeune fille, et il la félicite alors, en la traitant de pute exquise, de merveilleuse petite traînée. Il alterne à longueur de séances les mots tendres et les insultes les plus sordides. La plus douce des caresses se mue soudain en empoignade autoritaire. Un moment il la tient muselée, écartelée, soumise et larmoyante, puis il change brusquement de ton pour lui demander la permission de la pénétrer, de la remplir. Il a alors un air suppliant, presque touchant, douloureux. Elle hoche la tête pour qu'on en termine, pour qu'il en finisse et quitte la chambre. Ensuite elle essuie le sperme qui coule de son vagin, du mieux qu'elle peut, en frottant sa vulve meurtrie avec dégoût, et se cache sous ses draps, pour s'abrutir de sommeil en attendant le matin et sa fuite vers le cimetière, cet endroit silencieux et calme où elle se réfugie avant sa journée à la quincaillerie. Elle erre dans les allées en tenant dans ses mains un livre qu'elle n'ouvrira pas. Puis vient le cliquetis de la caisse enregistreuse, les collègues chahuteurs, le patron bienveillant. Elle s'applique pendant ses heures de travail à ne rien montrer aux autres des images atroces qui lui reviennent par intermittence. Elle s'applique à faire taire son corps en niant vaillamment ses meurtrissures et ses douleurs, à museler son âme en serrant les dents.

Et le soir suivant Henri revient, et la scène se répète, la même ou à peu près, qu'elle subit sans un mot, ou juste en répondant ce qu'il veut entendre, *a minima*, un couinement de souris prise au piège dont il semble se satisfaire la plupart du temps.

Le pire, ce sont les soirs où il se sent d'humeur causante. Il s'assoit, sans la toucher. Il bavarde autour d'un fait d'actualité ou de politique, ou bien il lui parle littérature, ou bien encore il lui explique qu'il rencontre des difficultés dans l'écriture d'un de ses articles, un papier qu'il doit rendre au journal et qu'il ne parvient pas à achever. Il se met alors à rire, à l'accuser, elle, de lui prendre toute sa tête et tout son temps.

Petit à petit, il parle plus bas, plus lentement, il revisite à sa manière ce qu'il appelle *leur histoire*. Il évoque des anecdotes, revient sur des conversations, sur le ton de celui qui se souvient d'un passé commun magnifique, leur aventure à tous les deux, merveilleuse, romanesque. Leur sublime secret. Il a hésité, oui, il a résisté même, il le lui affirme en souriant tendrement. Mais elle a eu raison de ses atermoiements avec cette invitation à peine voilée et tellement habile : *À l'ombre des jeunes filles en fleurs*, c'était une manière parfaite de l'attirer dans ses filets.

Elle écoute mais au fond elle ne fait qu'attendre, puisqu'elle sait où il en viendra de toute manière. Et effectivement, au bout d'un moment, il tapote son genou, viens là, ma toute belle, je ne t'ai même pas embrassée. Alors elle doit s'installer, et il laisse courir ses mains sur ses jambes, son ventre, ses seins, il lui parle à l'oreille, il dit quel monstre je fais, je viens et je ne te fais même pas ton câlin, ma chérie, ma beauté. Elle hoche la tête, il embrasse son cou, remonte sur sa joue, prend ses lèvres, glisse sa langue et ses mains furètent entre ses cuisses à la recherche de l'entrée de son sexe qu'il fouille sans ménagement. Ses murmures deviennent grognements, des râles décousus qui énumèrent invariablement tout ce qu'il sait qu'elle aime et qu'il lui demande de confirmer. Et bien sûr elle confirme, évidemment elle confirme, pour atténuer, amoindrir, accélérer, qu'il parte, qu'il s'arc-boute en ruisselant de sueur et qu'il la laisse enfin.

Au matin le ton change. L'attitude, le regard n'ont plus cet éclat autoritaire, cette luisance lupine qui épouvantent Isabelle. La plupart du temps, d'ailleurs, il ne sort pas de son bureau,

Isabelle se prépare sans le voir et file. Si toutefois il la croise dans l'appartement, il lui sourit gentiment, lui demande si elle se sent en forme ce matin, et lui souhaite une agréable journée.

Les soirées sont longues et mornes. Simone pique un napperon, assise dans son fauteuil, Henri parcourt son inévitable journal grand ouvert sur la table basse et Isabelle fait semblant de lire en attendant l'heure où il lui paraît raisonnable de se retirer dans sa chambre. Le silence, tout le monde semble s'en accommoder, et Simone ne fait plus tellement d'efforts pour entretenir la conversation avec la petite. Elle espérait beaucoup de son séjour avec eux. Elle pensait avoir une compagnie pour l'été, un peu de fraîcheur, de légèreté, une bouffée d'air pur dans cet appartement étouffant. Au départ, ça se présentait plutôt bien. Henri était muet comme un tombeau, comme à son habitude, mais Simone avait décidé de l'ignorer et de se concentrer sur la gamine. Elles ont même passé une sacrée bonne soirée toutes les deux. Elle pensait bien avoir créé une certaine complicité ce soir-là. Mais il n'en a rien été, dès le lendemain Isabelle s'est montrée distante, froide même. Simone n'est pas idiote, elle a bien remarqué ses regards fuyants, ses mines gênées. Un jour qu'elle passait dans sa chambre récupérer du linge pour compléter une machine, elle a vu sur la table de chevet d'Isabelle quelques livres de la bibliothèque de son époux, lui qui ne les prête qu'avec réticence. Elle a alors compris le changement chez la petite. Elle la prend de haut sans doute. Il l'intronise dans son antre de culture, il lui fait miroiter qu'elle est prodigieuse et elle y croit. Comme elle doit croire sur parole ce qu'il lui confie à son sujet sans doute, dans l'intimité des conversations qu'elle imagine entre eux. Puisqu'il lui prête des livres, il faut bien qu'il lui parle, et puisque ces conversations se tiennent en dehors de sa présence, il faut croire qu'elle n'y a pas sa place.

Puisqu'on fait en sorte qu'elle n'entende pas, elle va s'appliquer à rester sourde, voilà tout.

L'aiguille de Simone pique le tissu tendu avec un petit bruit sec suivi d'une longue glissade du fil pour tirer la couleur en points de croix microscopiques, les pages du journal se froissent dans un grand mouvement ample à intervalles réguliers, et Isabelle annonce qu'elle va se coucher. Elle s'adresse à Simone pour lui souhaiter bonne nuit, laquelle lui répond bonsoir Isabelle, repose-toi bien. Du coin de l'œil elle la regarde quitter la pièce. Elle lui trouve mauvaise mine quand même. Ces cernes sombres qui marquent le dessous de ses yeux, et ces joues rebondies qui fondent à vue d'œil… La maman d'Isabelle va se poser des questions si elle la lui ramène épuisée et amaigrie.

C'est vrai qu'Isabelle est fatiguée. D'ailleurs Gabriel, à la quincaillerie, le lui fait remarquer ce matin-là. Il est venu rattraper une bourde qu'elle a faite sur la caisse enregistreuse, rien de bien méchant, elle s'est trompée en tapant le prix, et la note a été multipliée par cent. L'erreur est tellement flagrante que personne ne songe à lui en vouloir : « Allons, Isabelle, calme-toi, ne cesse-t-il de répéter, ce sont des choses qui arrivent ! »

Il la taquine pour faire passer cette ombre grise sur son front, ces larmes qu'elle peine à retenir et qui font rougir ses paupières. Elle est excessivement désemparée, ses mains tremblent anormalement, on dirait bien qu'elle va tomber dans les pommes tellement elle est pâle. Le client plaisante lourdement pour détendre l'atmosphère : « Bah, dit-il, jolie comme vous êtes, je suis prêt à payer cent fois ma note pour vous rendre le sourire ! »

Voyant qu'elle ne parvient pas à retrouver son calme, Gabriel l'envoie prendre sa pause. « Va te rafraîchir, prends ton temps, t'as pas l'air dans ton assiette… » Dans la salle de repos, il y a déjà Sabine, l'autre jeune fille embauchée comme elle pour l'été et qui prend elle aussi sa pause de la matinée. La voyant si troublée, les mains tremblantes et les tempes blêmes, Sabine lui donne un verre d'eau et la regarde avec inquiétude : « Ben, Isabelle, ne te mets pas dans des états pareils pour une erreur de caisse, c'est pas grave enfin ! »

Isabelle hausse les épaules, les sanglots l'étouffent et elle ne parvient pas à dire une phrase en entier sans hoqueter. Elle va jusqu'à son casier pour attraper un mouchoir propre qu'elle pense avoir dans son sac à main. Elle l'ouvre et là, derrière son sac, il y a une pince cisaille pour découper le métal. Isabelle se tourne vers Sabine pour voir si elle l'a vue, mais celle-ci fume sa cigarette à la fenêtre et ne la regarde pas. Vite elle glisse la pince dans la poche de sa blouse, elle ira la remettre en place dans les rayons en retournant à sa caisse, après sa pause. Elle se demande bien qui lui met chaque jour des objets du magasin dans son casier. C'est une blague bizarre, quand même… Un jour un cadenas, le lendemain un marteau, le jour d'après une tenaille. Une fois même il y avait un collier pour chien, de ce modèle avec des piquants, conçu pour se resserrer autour du cou de l'animal s'il tire sur sa laisse. Elle les découvre à chaque fois le soir dans son casier et se trouve forcée de remettre discrètement les objets en rayon. On va finir par la prendre pour une voleuse.

De temps en temps, elle s'arrête au bureau des PTT pour téléphoner à Lucie. Elle retrouve dans les bavardages de son amie les accents de sa rue, les prénoms connus, le monde sécurisant, le monde d'avant. Lucie parle à toute vitesse, remplit les vides de petits morceaux éparpillés de sa vie à Bourges, les anecdotes les amourettes les petites disputes, dans un ordre aléatoire.

— Dommage que tu ne sois pas là, dit-elle, tu me manques trop, ma Zaza, vite que tu reviennes, c'est trop chiant ici sans toi.

Et Isabelle sourit, les larmes aux yeux, mais bravache quand même :

— Ouais, tu me manques aussi, mais bon, je vois pas le temps passer. Mine de rien, c'est crevant la caisse, tu vois… Et puis je dors pas beaucoup.

— Ah bon ? Pourquoi tu dors pas ? Tu sors, tu fais la fête ?

— Non, ben non ! Avec qui je sortirais ? Je veille souvent parce que… je discute tard avec Henri.

— Henri ? C'est ton logeur, c'est ça ? Ben dis donc… Vous avez quoi à vous dire de tellement palpitant ?

— Il est journaliste, tu sais ? Alors bon, c'est un mec super cultivé, et brillant. Il connaît plein de monde à Paris. Il dit que mon point de vue est intéressant, que je devrais me tourner vers le journalisme au lieu de viser prof, que c'est plus intéressant, plus valorisant, et surtout bien mieux payé.

— Ah ouais ? Tu passes un été de rêve à ce que j'entends ! Il se prend pour ton pygmalion ? Il te fait du gringue ou quoi ?

Lucie éclate de rire, si fort qu'elle n'entend pas le silence crispé au bout du fil. Elle reprend sur un ton léger :

— Ben ma mimine, quand tu vas revenir, je vais te préparer une fête du tonnerre, histoire de te remettre les deux pieds dans la bouse de chez nous.

— J'espère bien qu'on fera la fête à mon retour ! s'exclame-t-elle avec une vigueur excessive.

— Enfin, poursuit Lucie railleuse, si t'es pas trop vannée bien sûr ! Je sais pas ce qu'il te fait, ton Henri, mais j'ai l'impression que tu vas pas revenir comme t'es partie ! Tu commences même à causer pincé, à la parisienne !

Et le rire reprend, éclatant, innocent, sûr de ne pas faire de mal puisque c'est sans méchanceté, une boutade, un petit bourrage de côtes entre copines de toujours. Isabelle a le temps pendant ce rire de reprendre contenance.

— Il m'explique un peu le monde, la politique, tout ça. Je te dis, il est hyper cultivé.

— Ouais, je vois, tu l'as mis dans ta poche ! Il n'espérerait pas un peu plus que des conversations, le bonhomme ?

— N'importe quoi, tu divagues… Je l'intéresse parce que je suis intéressante, c'est si incroyable que ça ?

— Mais je n'en doute pas, Isa ! Ça n'empêche pas de reluquer un peu tes seins, puisqu'il les a sous les yeux ! Allez, avoue, il t'a à la bonne, le type ?

Le nouvel éclat de rire de Lucie est stoppé net par la réaction inattendue de son amie qui se met à hurler dans le combiné :

— Arrête ! Arrête de dire des conneries, putain ! Je suis pas une salope et tu me fais chier !

— Oh là là, Isa, ne gueule pas comme ça : je blaguais ! Je te fais marcher et tu galopes, t'es à cran ou quoi ?

Isabelle reste silencieuse. Lucie reprend :

— De toute façon tu as bien raison d'en profiter. C'est pas sur les bancs du lycée qu'on a eu trop l'occasion de fignoler nos positions politiques. Tu es en formation intensive, tu aurais tort de faire la fine bouche. Je te dis ça parce que je t'envie, même si tu dois pas te marrer tous les jours…

Isabelle se laisse aller contre la paroi de la cabine téléphonique. Elle frotte son front de sa main moite en retenant péniblement ses larmes et répond d'une toute petite voix :

— Pas vraiment, non.

Claudine, août 1937

Ce matin, Claudine se rend directement au cimetière du Père-Lachaise. Il faut qu'elle finisse cette lettre à ses parents, et aussi elle a besoin d'air. Elle étouffe dans cet appartement accablé de bibelots et de tentures, elle n'en peut plus de l'étroitesse des pièces, de la promiscuité, des odeurs de cet endroit chargé de tristesse et de colère, de conflits muets, de tensions pesantes.

L'imminence de son retour fait monter en elle des bouffées d'impatience qu'elle peine à contenir. Elle compte les jours, elle compte les nuits.

Elle s'installe sur un banc ombragé, sort la lettre commencée la veille et son petit morceau de crayon dont il ne reste bientôt plus grand-chose à force d'être taillé. Elle parle à ses parents de sa vie ici, de cette expérience de secrétaire dans l'entreprise qui l'a embauchée pour l'été, de cette autonomie goûtée avec bonheur (elle évite le mot *liberté*, trop fort, qui pourrait les épouvanter), de la chance qu'elle a eue d'avoir pu vivre cette expérience, d'avoir ressenti la fatigue d'un quotidien de travail et de responsabilités. Papa appréciera de voir que sa fille connaît désormais les valeurs qui lui sont chères, celles du labeur et de l'obéissance. Il lui semble l'entendre s'exclamer qu'il n'a pas défendu son pays dans la boue et l'ignominie pour voir sous son propre toit se vautrer une bêcheuse, une ingrate qui ne sait pas ce que travailler signifie. Claudine leur dit quand même combien elle a hâte de revenir à la maison, que plus l'échéance du retour approche, plus elle se rend compte de l'importance de la famille, des amis, des racines. Bourges, ses rues, son accent, ses odeurs, tout lui manque.

Elle veut rentrer, elle veut sa chambre à elle, ses draps, ses petites affaires, elle veut papa et maman en bas dans le salon, les bruits de sa maison, le plancher qui craque juste devant sa chambre, la charpente qui grince, le carillon du livreur. Elle veut sa vie, elle veut sa vie d'avant. Elle en pleurerait presque mais ça elle ne l'écrit pas.

Claudine parle aussi de ses hôtes. Elle vante l'intelligence et la culture d'Alphonse, son goût pour la littérature et son plaisir à en parler. Papa reconnaîtra bien là son ami de tranchées, celui que tous appelaient « le professeur », qui leur faisait la lecture tous les jours de ce désastre, même dans la boue, même sous la pluie, même dans le froid, même la nuit parfois, quand l'odeur des morts rôdait tout autour d'eux. La littérature pour chasser la peur. Elle confie à son père les inquiétudes d'Alphonse à propos de la situation politique. Il craint une nouvelle guerre, malgré tout ce que la France met en œuvre pour l'éviter. Son père avait un discours similaire avant son départ, il sera flatté de constater que son érudit d'ami partage les mêmes opinions.

Claudine parle ensuite de Marthe, mais c'est la Marthe du début de son séjour à Paris qu'elle décrit. Son bavardage incessant, ses questions permanentes, sa gentillesse un peu intrusive, son empressement à vouloir prévenir les moindres besoins de la jeune fille. Elle ne raconte pas, surtout pas, que petit à petit Marthe est devenue de plus en plus lointaine et silencieuse. Les soirées sont plongées dans un silence lourd, pénible et interminable. Claudine essaie bien de lire mais, depuis des semaines, elle fait juste semblant, pour avoir quelque chose sur quoi poser son regard, pour avoir quelque chose entre les mains. Alphonse épluche les journaux ou écoute la radio, penché vers elle pour mieux entendre tandis que Marthe tricote ou reprise. Parfois, elle lève le nez de son ouvrage, elle regarde Claudine avec insistance, elle la scrute sans rien dire et la jeune fille en est atrocement gênée.

Claudine ment. Elle ment à son père, elle ment à sa mère, et peut-être aussi se ment-elle à elle-même, se raconte-t-elle une histoire, celle qu'elle aurait voulu vivre. Dépeindre la vérité, même avec humour, même en minimisant comme elle a pu le faire en écrivant à son amie Jeanne au début de l'été, c'est tout bonnement impossible. C'est trop tard. Elle a deux vies désormais. Une le jour où elle essaie de donner le change, d'être conforme à l'ancienne Claudine, joyeuse et énergique, une autre la nuit où elle serre les dents en attendant que ça passe.

La nuit, chaque nuit, elle est son jouet. Elle a pris le parti de s'extraire de son corps, de le regarder de loin comme si elle n'était pas vraiment là, d'espérer le matin, sans proférer un son, une parole ou une plainte. Elle a pris le parti du silence.

Dans sa lettre, Claudine esquisse un quotidien léger et heureux, elle relit le tout et se félicite elle-même : papa sera content. Ensuite elle s'en va se dégourdir les jambes dans les allées du Père-Lachaise. Elle découvre tout à fait par hasard celle de Pierre Abélard et constate qu'Héloïse est enterrée avec lui. Les deux amants réunis pour l'éternité. Claudine se souvient de leur histoire, racontée avec emphase par son professeur de littérature lorsqu'ils avaient exploré le thème des couples célèbres et de la tragédie amoureuse.

Claudine avait été émue par leur aventure, la puissance de leur amour, cette fureur à outrepasser les conventions quoi qu'il en coûte, c'était tellement romantique… Et puis la fidélité de l'un à l'autre dans les épreuves et dans le temps, Héloïse prenant le voile pour consacrer sa vie à prier et étudier après que son amant eut été châtré, lui jurant ainsi un attachement définitif et jamais contrarié. Le professeur avait expliqué ce choix comme un sacrifice amoureux et à l'époque Claudine avait pris la chose pour argent comptant. Mais, en y réfléchissant, les femmes qui se consacrent à Dieu ne sont pas censées le faire pour être fidèles à un mortel, mais bel et bien pour s'offrir corps et âme au Seigneur. Il y a une contradiction dans cette histoire, et Claudine se demande si la jeune Héloïse n'aurait pas tout simplement choisi de s'épargner de nouvelles expériences charnelles. Elle voulait peut-être ne plus être à la merci des hommes en s'enfermant elle-même derrière les murs protecteurs d'un couvent, elle s'est peut-être tout simplement mise à l'abri de leurs appétits et de leurs désirs ? Cette histoire a probablement été enjolivée, elle est bien placée pour savoir qu'il est difficile de connaître les détails de ce qui se trame dans les alcôves.

Le professeur avait parlé d'un enfant né de cette passion. Qu'est-il devenu, et comment ces deux-là ont pu être réunis dans la mort, alors qu'on leur avait si fort interdit d'être ensemble dans la vie ? Elle imagine qu'on l'enterre avec Alphonse. L'idée est répugnante.

Elle vérifie l'heure sur sa montre-bracelet, celle que son parrain lui a offerte pour sa première communion, et range immédiatement papier et crayon dans le petit sac pendu à son autre poignet. Elle démarre son travail dans une demi-heure, il est bien temps de quitter le cimetière pour rejoindre l'entreprise. Elle prend la direction de la sortie principale, celle avec ses deux immenses pylônes arrondis. Elle se met en route d'un pas décidé, consciente qu'elle est déjà un peu en retard. Elle tourne, à droite, à gauche, s'attendant à chaque virage à apercevoir le grand portail de l'entrée. Mais, au fur et à mesure qu'elle avance, elle se rend compte qu'elle ne reconnaît rien. Elle s'arrête, interdite. Elle cherche des sépultures connues, des bancs qu'elle aurait déjà utilisés, des arbres qui lui seraient familiers. Mais plus rien ne lui est familier. Elle accélère le pas et s'arrête à chaque intersection, totalement désorientée et de plus en plus inquiète. Enfin, c'est inconcevable ! Où est donc la sortie ? La tombe d'Abélard est dans la division sept, dans le secteur de la porte du Repos, et le grand portail est à deux pas, elle aurait dû le voir en tournant par là ! Elle commence à paniquer, s'assure que personne ne la regarde pour grimper sur un banc et, comme ça ne suffit pas, elle monte sur un tombeau massif et plus haut. Mais les grands arbres lui cachent la vue, les allées étroites bifurquent, descendent et remontent, empêchant le regard de porter assez loin pour apercevoir des repères connus. À force de tourner, elle se retrouve dans une zone qu'elle n'avait jamais explorée, un endroit visiblement peu visité où les pierres tombales sont couvertes de mousse, les stèles de guingois, soulevées par les racines des arbres dont certains ont poussé au beau milieu des tombes. Claudine imagine les morts, dessous, pris dans les racines qui ont creusé leur chemin, centimètre par centimètre dans leurs orifices, se sont nourris de leur putréfaction et ont fini par broyer les squelettes dans un craquement lugubre qu'il lui semble entendre. Affolée, elle se met à courir droit devant, en pleurant, le nez ruisselant de larmes et les joues écarlates. Un employé en bleu de travail, occupé à ratisser les espaces entre les mausolées, la voyant arriver échevelée et gémissante, surgit devant elle pour arrêter sa course folle.

— Eh bien, mademoiselle, vous vous êtes perdue ?

Elle halète, suffoque, manque de s'écrouler dans ses bras tant ses jambes peinent à la porter. Il la prend par les épaules pour la soutenir, la force à s'asseoir et attrape le sac de jardinier qui gît près de la petite charrette où il rassemble les déchets végétaux. Il en sort une bouteille de vin, un verre, et lui sert une belle rasade. Cette petite a l'air d'avoir eu sacrément la trouille. Un coup de rouge lui remettra les idées d'aplomb, pense-t-il. Elle parvient, au milieu de ses sanglots et hoquets, à bégayer qu'elle préférerait de l'eau. Il lui dit de boire ça et de reprendre son souffle pendant qu'il va en chercher à la pompe toute proche. Quand il revient, elle a réussi à se calmer un peu, elle boit lentement, respire profondément et répond enfin :

— Je ne sais pas comment c'est possible, je me suis perdue. Je ne savais plus où j'étais, j'ai eu peur, c'est ridicule, pourtant je viens tous les jours ou presque depuis deux mois, je ne comprends pas.

— C'est immense ici… Vous n'avez pas vu les panneaux ?

Il lui désigne d'un coup de menton l'un d'entre eux qui indique entre autres directions celle de l'entrée principale. Comment est-elle passée à côté sans le voir ? À ce moment-là, elle entend au loin la cloche de l'église du quartier qui annonce neuf heures, elle se lève brusquement en bredouillant qu'elle doit partir, qu'elle est en retard pour son travail, qu'elle devrait déjà y être, bon sang, ils vont se demander ce qu'elle fabrique ! Elle se lève précipitamment, remercie en rendant le verre au petit monsieur serviable, et file en courant vers la sortie maintenant bien visible, évidente. Il la regarde s'éloigner en grattant son crâne sous sa casquette et reprend son labeur dans le silence retrouvé du cimetière.

Quand elle arrive enfin à l'entreprise, tout le monde s'inquiète effectivement de son absence. Marcel, le chef d'atelier, l'accueille sur le perron de l'entreprise.

— Dis donc, la souris, dit-il de sa grosse voix de ténor, qu'est-ce que tu fichais ? Ça ne se fait pas d'arriver en retard au chagrin !

Il ne gronde pas, pas vraiment, parce que depuis deux mois qu'elle est là c'est son premier retard, elle a sûrement une très bonne excuse. Il ne s'attend vraiment pas à la voir fondre en larmes comme une petite fille, les mains tremblantes et le front fiévreux. Son ton, qui se voulait à mi-chemin entre l'autorité et la rigolade, change brusquement de registre. Il lui prend le coude, la regarde avec attention, inquiet et perplexe.

— Eh bien, eh bien, mais qu'est-ce que… Voyons, ne te mets pas dans tous tes états, ce n'est pas la fin du monde !

Comme elle suffoque et ne parvient pas à aligner trois mots, il lui intime l'ordre de se rafraîchir avant de rejoindre son poste à l'administratif. Elle fait oui oui de la tête, comme prête à obéir, mais elle ne bouge pas d'un pouce, pétrifiée sur place et pâle comme si elle allait tomber dans les pommes. Si bien qu'il finit par s'exclamer : « Eh bien, mais qu'est-ce que c'est que cette panique, tu as croisé un ogre ou quoi ? »

Il faut un long moment à Claudine pour parvenir à retrouver son calme. Plusieurs fois dans la journée, les larmes la submergent de nouveau sans qu'elle parvienne à les retenir. Aux collègues qui l'interrogent, elle répond qu'elle ne comprend pas, qu'elle est sans doute fatiguée, qu'elle ne dort pas beaucoup, que ses parents lui manquent, qu'elle voudrait rentrer chez elle. Le patron heureusement ne la surprend pas dans cet état, et les autres s'efforcent de lui changer les idées en la faisant rire. Tout le monde a de la compassion pour cette jeune fille toute frêle qui semble effectivement épuisée, le teint gris et les cernes creusés. Il est bien temps, oui, qu'elle retourne chez elle à Bourges, la souris. Ce n'est pas facile d'être loin des siens quand on n'a que dix-sept ans.

Le soir, quand elle rentre à la maison, Alphonse est sorti. Elle est seule avec Marthe qui prépare le repas et semble de bonne humeur. Elle évoque le début du séjour de Claudine et cette soirée qu'elles avaient passée toutes les deux. Elle glousse : « Oh là là, la prune nous avait un peu tourné la tête, mais nous avions passé un bon moment, n'est-ce pas ? »

Claudine sourit sans répondre. Elle plaque ses mains sur ses cuisses pour en contrôler le tremblement. Elle est terriblement nerveuse. C'est cette nuit-là qu'Alphonse est entré dans sa chambre pour la première fois. Elle fait beaucoup d'efforts pour ne pas y repenser. Pour oublier dans la journée les événements de la nuit. Pour effacer de sa peau les traces de ses caresses, annuler l'impact de ces mots d'amour qui ressemblent à des menaces, chasser de son esprit les paroles abjectes qu'il lui chuchote à l'oreille, supprimer de ses pensées toutes ces étreintes qu'elle subit, nuit après nuit. Elle s'efface et laisse son corps abandonné entre ces mains qui empoignent et s'immiscent, qui s'acharnent. Claudine découvre avec effroi que la tendresse peut être cruelle, infiniment brutale quand elle est imposée. Car Alphonse y met de la tendresse, il la couvre de mots d'amour, il la caresse longuement, et elle, elle détourne son esprit. Elle s'isole en pensée. Elle laisse sa chair en pâture, comme si ce corps violé n'était pas le sien.

Marthe propose à Claudine un petit verre de guignolet pour terminer le repas. Elle hausse les épaules quand celle-ci refuse, visiblement un peu contrariée de ce défaut de complicité.

— Allons, dit-elle, ça ne te fera pas de mal, de te dégourdir un peu la tête!

— Non vraiment, merci Marthe.

— Bon, à ta guise. Tu verras que quand tu auras mon âge et mon expérience tu ne cracheras pas sur un moyen d'égayer ta vie, va!

Claudine ne répond pas. Elle regarde Marthe tremper ses lèvres dans le breuvage sombre en soupirant d'aise. Elle sourit à la gamine, la lippe malicieuse et la prunelle brillante, et se met à disserter sur un ton à mi-chemin entre l'humour et l'aigreur:

— Je t'assure, ma petite Claudine, pense à prendre du bon temps. Car je vais te dire un secret: la vie n'est pas bien marrante. Tu crois que tu vas garder toute ta vie tes jolies pommettes et tes seins tout ronds, mais la vie des femmes, c'est une suite de sacrifices, une vie d'esclave, une vie d'invisible. On te donne une bague pour te faire croire que tu mérites de l'or, on te colle trois ou quatre marmots dans la foulée, sans même que tu aies compris d'où ça venait… Ensuite tu t'agites toute la sainte journée pour leur rendre la vie douce, tu te lèves les nuits quand ça chouine, quand ça cauchemarde, tu ne vis plus qu'entre la merde des uns et les pets des autres. Tu remplis des gamelles, tu raccommodes, tu briques, tu t'échines, et ta beauté, ta jeunesse, ton énergie s'en vont doucement avec le savon des lessives.

Claudine écoute et Marthe trempe encore ses lèvres dans son guignolet.

— Crois-en mon expérience, ma grande. Tu te crois chanceuse, avec ta pauvre bague et tes rêves de princesse, mais tu n'es rien. Lui, bien sûr, c'est un héros! Il a fait les tranchées, tu penses, ça l'absout de tout… Ce que tu as pu faire pendant ce temps, la peur au ventre pour ta marmaille, c'est sûr, ça ne compte pas.

Claudine écoute avec surprise. Jamais elle n'avait vu les choses sous cet angle, jamais elle n'avait pensé à ce qu'avait pu être la vie des épouses pendant la guerre. Marthe hausse les épaules et enchaîne :

— Oui, on en a bavé mais les médailles sont pas pour nous, ne t'inquiète pas. Et tu vois, tel que je pressens l'avenir, ils sont tout prêts à remettre ça, c'est sûr !

— Mais quand même, répond Claudine qui repense aux discours d'Alphonse, on ne peut pas laisser ce Hitler faire n'importe quoi...

— Je suis bien d'accord, et ils seraient bien inspirés d'envoyer un escadron pour le zigouiller, ce fou furieux ! Mais non, tu vas voir, tous ces messieurs en uniforme bien repassé par leur dame, ils vont se réunir et décider d'un air grave d'envoyer nos gamins défendre la patrie, l'honneur et tout le tintouin. Est-ce qu'on nous demande notre avis, à nous, les femmes ? Pendant qu'ils s'occupent de l'honneur, qui s'occupe de faire bouillir la marmite et d'élever les gosses, hein ? J'ai frémi de perdre mon époux à la première, je vais trembler de perdre mon fils à la suivante. Pour Alphonse je m'en fais pas, pendant les guerres on a toujours besoin de journalistes. Ne serait-ce que pour bien mentir à la population. Et lui, il s'y connaît, en manipulation.

Claudine déglutit, les yeux écarquillés de surprise. La véhémence de Marthe la cueille à froid, elle ne sait que répondre, mais ça tombe bien, Marthe n'attend pas de réponse. Elle se sert une autre rasade et poursuit :

— Une invisible, je te dis... et de surcroît une invisible qui doit savoir se taire. Mais tu es une fille intelligente, je crois que ça, tu l'as déjà compris.

Claudine se tient toute droite, tendue, les yeux grands ouverts et la bouche close. Marthe attend quelques secondes, elle regarde son interlocutrice avec un petit air circonspect.

— Tu es sûre que tu ne veux pas un petit verre ?

— Non merci. Je suis fatiguée, je crois que je vais aller me coucher.

— Va donc, Claudine, va te reposer. Je me demande ce que vont penser tes parents, ce séjour chez nous a l'air de t'avoir épuisée, on dirait vraiment que tu n'as pas dormi depuis deux mois.

Claudine bredouille un bonsoir et file dans sa chambre. Elle se laisse glisser au pied de son lit, les coudes sur le matelas, se prend la tête dans les mains et pleure, pleure à se vider de son eau. Elle ne sait plus rien faire d'autre que pleurer, elle ne veut pas de tout ça, elle a peur, elle veut rentrer chez elle, elle veut rire avec son amie Jeanne comme autrefois, et oublier. Elle veut que maman la prenne dans ses bras, la berce. Elle veut que papa la houspille pour de rire, comme il le faisait quand elle était petite, en faisant tourner ses yeux dans leurs orbites, en prenant la grosse voix et en gonflant son torse. Elle voudrait retrouver les « pour de faux » de son enfance joyeuse, et fuir les « pour de vrai » d'aujourd'hui, qui la broient comme une noix sèche.

Elle ne sait pas combien de temps elle sanglote ainsi, elle ne sait même plus pourquoi. Elle entend simplement au bout d'un long moment la porte de sa chambre s'ouvrir derrière elle, la main d'Alphonse se poser sur son épaule. Elle sursaute et se retourne avec un air effaré. Il souriait, en lui découvrant le visage ravagé et les paupières gonflées, il ne sourit plus.

— Qu'est-ce qu'il y a ? Pourquoi tu pleures ?

Les sanglots qui étaient devenus silencieux, enfouis dans les draps, presque apaisés par la proximité du sommeil, reprennent de plus belle. Les hoquets lui soulèvent la poitrine, la font renifler et troublent sa vue. Il s'accroupit devant elle, répète : « Eh bien ? Qu'y a-t-il ? Pourquoi ces larmes ? » Et elle secoue la tête, elle ne sait plus, elle ne sait pas, perdue et vidée de force, il prend son menton et cale son regard vert, lumineux, presque transparent dans le sien :

— C'est Marthe ? Elle t'a dit quelque chose ?

Claudine hausse les épaules et secoue la tête négativement. Il paraît soulagé.

— Quoi alors ? Quoi ?

— Je suis fatiguée, hoquette-t-elle, je veux rentrer chez moi.

Il sourit, il pose sa main sur sa joue mouillée.

— Tu as un peu de chagrin mais ça va passer, tu vas rentrer chez toi et oublier cette harpie. Elle salit tout avec sa mauvaise humeur, elle est tellement terne qu'elle rend tout gris autour d'elle. Toi tu es lumineuse, tu étincelles.

Les pleurs de Claudine redoublent, il la prend dans ses bras, il chuchote à son oreille.

— N'aie pas peur. Ta sensibilité c'est ta force. Tu es jeune, tu as la vie devant toi, elle te jalouse et te le fait payer. Je ne suis pas surpris, ça lui ressemble. Mais tu vas rentrer chez toi bientôt, ne te fais pas de soucis. Tu vas me quitter, c'est le destin, rien ne peut empêcher ça. Nous reprendrons nos vies chacun de notre côté, et notre aparté magnifique sera juste un souvenir. J'espère que tu penseras un peu à moi, quand même ? Quand tu seras devenue ce que tu vas devenir, une brillante jeune femme, tu penseras un peu à moi ?

Deuxième partie

Bourges

Amandine, septembre 1990

Arrive enfin le jour du départ. La valise est prête dans l'entrée. Elle a gardé dans son sac besace le dernier bouquin que René lui a offert. Hier soir, il est entré dans sa chambre avec ce paquet.

— Pour toi ma princesse, pour que jamais tu ne m'oublies.

— Merci René, il ne fallait pas…, a-t-elle répondu.

Puis elle a déchiré le joli papier bariolé de chez Gibert, et elle a lu le titre. *L'Amant*, de Marguerite Duras. Elle a levé les yeux vers lui, désarçonnée, un peu inquiète. Il souriait de travers, il a murmuré qu'il était bien triste de la voir quitter la maison. Elle n'a pas répondu, elle a eu envie de pleurer, encore.

Elle va rentrer à Bourges, enfin. Elle va quitter cet appartement maudit, elle ne sera plus jamais à sa merci. Elle le hait, bien sûr, mais là, tout à coup, le spectacle de cette peine qu'il affiche la trouble. Il lui a dit déjà qu'il redoutait son départ, qu'elle allait lui manquer, et aussi combien sa vie était terne, insipide, combien elle avait illuminé son existence en arrivant sous son toit. Allez, viens là, a-t-il dit en tendant les bras vers elle, et Amandine s'est avancée pour qu'il puisse la serrer. Il l'a tenue un moment comme ça, toute raide avec les bras ballants et, au bout de quelques instants, il l'a repoussée, la tenant par les deux épaules et plantant ses yeux dans les siens. Il a froncé les sourcils sans rien dire, et il a quitté la chambre.

Elle regarde ses bagages prêts, sa valise fermée, la chambre autour d'elle, rangée, propre, vidée des traces de sa présence. Elle regarde le petit lavabo dans le coin de la pièce, et la table de chevet, la couverture bien pliée sur le dessus du lit, le placard béant sur des cintres inutiles. Tant pis, tant pis s'il est malheureux, tant mieux même, qu'il aille au diable.

Amandine est bien contente de partir, ça c'est sûr. Franchement il était temps, elle n'en pouvait plus, elle aurait fini par faire une connerie. Hier, quand elle a rendu sa tenue d'hôtesse d'accueil dans l'hôtel où elle a travaillé tout l'été, son collègue Michel lui a posé la main sur la joue au moment de lui dire au revoir. Il a été gentil avec elle, Michel, pendant les deux mois. Rien à dire, un brave homme. Il l'a aidée patiemment quand elle était novice et qu'elle s'embrouillait dans les registres, qu'elle se trompait de clé ou de numéro de places de parking. Il a rattrapé en rigolant ses bourdes et ses maladresses. Et le jour où elle a fait cette crise d'angoisse dans l'ascenseur, alors qu'elle accompagnait des clients jusqu'à leur chambre parce qu'ils n'arrivaient pas à ouvrir ! Ce jour-là, il avait été adorable. Il lui avait attrapé un sac en papier pour qu'elle respire dedans, il avait plaisanté pour alléger l'atmosphère, il avait tout fait pour qu'elle se détende, et ensuite il lui avait épargné ce genre de situations, trouvant pour elle une explication indiscutable : Amandine est claustrophobe. Elle sait bien, elle, que les ascenseurs ne lui ont jamais fait peur avant. Elle sait bien que ce jour-là, elle a paniqué parce que l'étroitesse de l'ascenseur imposait une proximité des corps qu'elle n'a pas supportée. Elle s'est mise à transpirer abondamment, à trembler, incapable de se contrôler. Elle ne pouvait plus respirer, elle avait chaud et ses oreilles ont commencé à bourdonner. Elle a lutté un moment, et finalement elle est tombée dans les pommes, là, au milieu des clients dans l'ascenseur. Quand les portes se sont ouvertes, ils l'ont sortie, ils l'ont allongée dans le couloir de l'étage et lui ont relevé les pieds contre le mur. C'était vraiment comique, ou grotesque, c'est selon, et Michel est arrivé en courant pour s'occuper d'elle.

Oui, il a été vraiment génial, et elle lui en est reconnaissante. Mais là, le jour de son pot de départ, cette main qu'il a posée sur sa joue, cette main chaude et tendre, anormalement câline… Amandine a fait un bond en arrière, violemment, et elle a crié : « Me touche pas ! » Michel en est resté comme deux ronds de flan. Les autres employés se sont arrêtés de parler et il a retiré sa main en vitesse, puis il a haussé les épaules et il a dit « Mais qu'est-ce qui te prend ? » avec un air un peu inquiet. La tête de celui qu'on a pris la main dans le sac. Amandine s'est demandé si par hasard il n'y aurait pas pensé lui aussi, sous ses airs paternalistes. Et puis elle a compris que c'est elle qui avait un problème. Elle n'a rien à reprocher à Michel, rien du tout. S'il avait voulu, il aurait tenté des trucs avant ce dernier jour, et pas devant tout le monde. Qu'est-ce qui lui a pris de gueuler comme ça ? Elle hurle face à ceux qui lui veulent du bien, s'abandonne sans réagir à ceux qui lui veulent du mal, c'est n'importe quoi. Elle est montée à l'envers, c'est pas possible ! Elle doit apprendre à se contrôler. Ces accès de fureur, cette haine qu'elle ressent… « C'est trop tard, se dit-elle à elle-même, c'est trop tard, pauvre conne, alors maintenant tu serres les dents, tu serres les fesses, et tu passes à la suite. »

Elle doit cadenasser la bête en elle. La museler. La rendre inexistante, la tuer dans l'œuf. Elle ne sait pas comment elle va s'y prendre, mais c'est ça qu'il faut faire. Calfeutrer la rage, au plus profond, masquer, déguiser, farder, faire tout ce qu'il faut pour que les autres ne s'aperçoivent pas de ce qu'elle est en vrai.

L'heure du départ approche et Amandine peine à calmer son impatience, elle tourne et vire comme une mouche coincée derrière une vitre. Ils sont prêts à prendre la route, ils sont attendus à Bourges pour le déjeuner, Christine veut s'arrêter choisir un bouquet de fleurs pour la maman d'Amandine, et aussi des pâtisseries pour le dessert. Elle se réjouit de passer quelques heures loin de Paris, à la campagne, à bavarder de tout et de rien avec sa vieille amie. Elle ne le dira pas à haute voix, bien sûr, mais elle se réjouit aussi de la fin de cette cohabitation. La petite est devenue un témoin de leurs silences, un témoin gêné et encombrant dont la présence, au lieu de lui donner une bouffée d'air comme elle l'avait espéré, l'a acculée à ses aigreurs. Elle pensait s'en faire une alliée, une complice, mais ses efforts ont été vains. Elle lui a proposé de l'emmener un jour avec elle pour lui faire découvrir son travail, pensant que les plateaux télé et les animateurs vedettes pourraient l'intéresser. Elle lui a proposé une virée shopping dans les beaux quartiers. Elle a même évoqué l'idée d'aller fouiner aux Puces de Saint-Ouen alors qu'elle déteste ça. Elle n'a obtenu à chaque fois que des refus polis ou des silences embarrassés. Et pour couronner le tout, elle a vu apparaître ces livres qu'elle sait appartenir à René, qu'elle ne peut s'empêcher de remarquer entre les mains d'Amandine, le soir, dans ces moments interminables où chacun tait ses ruminations. Dès lors elle a considéré que la petite avait, en quelque sorte, choisi son camp. Elle a ignoré les perches tendues, tant pis pour elle.

Dans la voiture, sur le trajet, René fixe obstinément la route devant lui et ne dit pas un mot, Christine regarde vaguement par la fenêtre et ne parle pas non plus, et Amandine, silencieuse à l'arrière, a le nez plongé dans son bouquin. Elle a relu vingt fois la description de la jeune fille dans le début du roman, le chapeau d'homme, la robe légère en soie naturelle usée, la lumière, la moiteur, les eaux mouvantes du Mékong et le regard insistant de l'occupant de la limousine noire. Elle feuillette au hasard, cueillant ici et là des bribes, des passages qui attirent son œil. L'écriture lui paraît sautiller, il n'y a rien de linéaire dans le récit comme il n'y a rien de linéaire dans cette exploration étrange qui la fait basculer d'un passage à l'autre, incapable comme elle est de lire pour de bon. Elle butine. Mais il lui semble qu'elle se remplit malgré tout de l'attitude stupéfiante de la jeune fille face au Chinois. Même ses questionnements paraissent pleins d'assurance. Elle le dit, le désir est en elle, ce n'est pas une question de beauté, de stratégie, il n'y a rien à faire pour le provoquer, juste être là, être soi.

Amandine feuillette avec voracité, en avant, en arrière, cherchant les morceaux de texte où l'amant apparaît, délaissant les autres. Elle veut comprendre. Il est fou d'elle, il ne peut pas lui résister, et il est malheureux comme les pierres. Elle ne fait rien de particulier pourtant, elle se contente d'être là. Il la prend, elle se laisse prendre et elle y trouve un plaisir inouï. Pour Amandine, la chose n'a provoqué que douleur, dégoût, et envie d'en finir.

La jeune fille de Saïgon n'hésite pas, elle sait. C'est elle qui décide, qui choisit, et il s'épuise à la contenter. Elle le domine avec nonchalance. Amandine voudrait être comme ça, forte à l'intérieur, sublime de dédain, avec cette candeur étrange, cette capacité à éloigner ou attirer d'un seul regard.

Elle aurait dû se montrer audacieuse, profiter de son pouvoir sur lui.

La voiture a quitté l'autoroute, ils sont bientôt arrivés. René la regarde dans son rétroviseur : « Alors ? Ça te plaît on dirait ! » Christine lui lance un coup d'œil rapide et détourne de nouveau la tête sur les boulevards de Bourges qu'ils longent à ce moment-là. Amandine, sans répondre, adresse à René dans le miroir un regard fauve, tout plein de la puissance empruntée à l'héroïne.

Il gare la voiture devant la porte de la maison. Il ouvre sa portière, descend et se dirige vers le coffre pour en sortir la valise d'Amandine. Christine descend de son côté et contourne l'avant du véhicule pour aller droit vers l'entrée du pavillon, son bouquet de fleurs et ses pâtisseries à la main. Amandine s'extirpe de la chaleur de l'habitacle en prenant son temps, elle s'approche de René, lui prend son bagage des mains et lui murmure en le regardant droit dans les yeux: « C'est un texte intéressant, pas à dire... Dommage que je ne l'aie pas lu il y a deux mois, rien n'aurait été pareil. »

René se raidit. Elle lui sourit comme un chat et s'arrange en passant pour frôler son entrejambe du dos de sa main. Il a un instant de stupeur et lui glisse dans un souffle rauque: « Tu es folle, pas ici... »

Non, pas ici. Pas à Bourges, pas chez elle, sous le toit de ses parents. Pas ici, et plus jamais nulle part d'ailleurs. Elle lève un menton insolent vers lui. Il a le regard tout rond de celui qui tombe des nues. Tout à coup, ses yeux si verts et si autoritaires lui paraissent scintiller d'une fragilité inattendue. Elle le toise. Il déglutit. Elle hausse les épaules, lui tourne le dos et s'éloigne.

Évidemment, plus jamais. C'est ce qui lui donne brutalement une telle assurance. La lecture en pointillé de Duras, et aussi les bruits de sa ville, de sa rue qui lui reviennent. La certitude d'être en sécurité, de pouvoir de nouveau contrôler ce qui peut lui arriver. Elle avance vers la porte, vers sa maison, vers ses parents. Christine a déjà sonné et patiente en regardant les fenêtres de l'étage. Amandine est chez elle, elle n'a pas besoin d'attendre qu'on lui ouvre, elle actionne la poignée et, juste avant de s'engager dans le vestibule, elle jette à René un très rapide regard chargé de défiance qui le fait frémir à distance. Il y a une once de peur dans sa réponse silencieuse, et aussi un frisson de désir. Elle pose sa valise dans l'entrée et appelle : « Papa, maman, nous voilà ! »

Sa mère apparaît la première à la porte de la cuisine, le sourire aux lèvres, et les mains qui furètent dans ses cheveux pour les remettre en ordre. Elle sourit fort, la maman, les yeux rendus humides par l'émotion de revoir enfin sa grande fille. Elle s'approche, lui prend les mains, les écarte de chaque côté pour la regarder en entier avant de l'embrasser en la serrant contre elle. Elle la trouve drôlement changée, elle le répète plusieurs fois, grandie peut-être, le regard plus affirmé sans doute, les épaules plus élancées, le menton… plus haut… enfin changée quoi !

René et Christine s'approchent à leur tour, saluent la maîtresse de maison, les bises claquent. Le père d'Amandine arrive, il embrasse sa fille sur les deux joues, il parle fort, il dit qu'il espère bien qu'elle a changé, la princesse, et qu'elle n'a pas oublié de laisser son foutu caractère à la capitale. Christine contredit poliment, allons allons… pas du tout, Amandine est une crème !

Tout le monde parle en même temps, tout le monde sourit beaucoup, il y a pendant quelques minutes un joyeux brouhaha dans le vestibule. Christine donne son bouquet, la mère s'exclame qu'il ne fallait pas avec les yeux luisants de plaisir, elle veut savoir si les gâteaux dans la boîte ont besoin d'être mis au frais, le père entreprend de son côté son vieil ami René, demande si la route a été bonne, si sa fille a été sage, si un rafraîchissement lui ferait plaisir, avec cette chaleur, et aussi s'il s'intéresse aux petites plantations de potager, lui, le titi parisien. Est-ce qu'on ne laisserait pas les femmes s'occuper entre elles pour aller humer un peu l'odeur des pieds de tomates et s'en griller une au passage ? René tapote l'épaule du père en riant : « Bien sûr, emmène-moi faire le tour de ton domaine, dit-il, je n'attends que ça ! » Alors le père l'entraîne vers le fond de la maison, où une petite porte basse permet d'accéder au jardin situé à l'arrière, et au carré de terre soigneusement délimité où il aime faire grandir chaque année quelques légumes qu'il bichonne et arrose au compte-gouttes. C'est un méticuleux, le papa d'Amandine, un soigneux, un prévoyant. Maison et jardin en ordre, une place pour chaque chose et chaque chose à sa place. Il ne goûte guère les surprises et les changements de dernière minute. C'est un homme qui évalue son futur, calcule et anticipe, et prévoit en conséquence. Il ne se laisse pas prendre au dépourvu, ça non. La voie est tracée, les choses planifiées, et ainsi on n'a pas de raison de craindre les embûches de la vie.

Amandine abandonne les adultes à leurs retrouvailles et leurs bavardages, et monte ses affaires dans sa chambre. Elle pose son bagage sur son lit et l'ouvre en grand, observant une minute son contenu. Elle met son walkman sur son oreiller, jette les livres sur son bureau derrière elle et fourre tous ses vêtements dans le grand panier à linge sale. Tout est propre et bien repassé pourtant, Christine y tenait, mais Amandine ne veut plus sentir l'odeur de Paris sur elle. Elle ouvre ensuite sa penderie et choisit une robe, une qu'elle n'avait pas emportée pour son séjour parisien, qui sent encore la lessive d'ici, une robe du temps de l'innocence, du temps de l'insouciance, une robe d'avant.

Elle sait qu'en bas, ses parents et leurs invités doivent démarrer l'inévitable apéritif. Elle a une bonne demi-heure devant elle avant de devoir les rejoindre pour passer à table. Elle prend une douche soigneuse, se rase les jambes, les aisselles, et dans la foulée élimine aussi les poils de son pubis. Elle frotte son corps dans ses moindres recoins, se rince et se sèche au millimètre. Puis elle retire la serviette qui enserre ses cheveux mouillés, les démêle et les secoue pour les laisser libres sur ses épaules. Elle met les petites boucles d'oreilles de sa communion, hésite entre ses claquettes et ses ballerines, et décide finalement de garder les pieds nus. C'est tellement bon de sentir la moquette frisée de sa chambre sous ses orteils…

Amandine entend les appels insistants de sa mère, en bas. Il faudrait qu'elle descende maintenant mais elle rechigne à quitter sa chambre de fillette. Elle caresse le bord des meubles, elle touche les objets du bout des doigts, sa boîte à bijoux, sa collection de petites tortues en porcelaine, ses stylos de lycéenne dans leur pot à crayons, celui qu'elle avait fabriqué avec son maître du CM2 et qu'elle a toujours. Les classeurs de sa terminale encore rangés sur l'étagère, à côté de la pile de ses agendas scolaires, conservés depuis la sixième, tout bariolés et remplis de souvenirs. Et au beau milieu de son bureau d'écolière, sur le sous-main carte du monde, *L'Amant* gît, un peu en travers. Elle ne le lira pas. Elle sait déjà que le simple fait de l'ouvrir ferait resurgir le souvenir du ronron de la voiture de René et le silence de ses occupants. Elle ne le lira pas. Ce n'est pas une décision c'est un fait. Une impossibilité doublée d'une satisfaction à ne pas faire ce qu'il attend d'elle. Elle s'imagine même le déchirer en petits, tout petits morceaux. Le brûler peut-être. Un sourire mauvais apparaît sur ses lèvres.

Elle embrasse toute sa chambre du regard, submergée par un torrent d'émotions contradictoires qui poussent les larmes derrière ses yeux, augmentent son rythme cardiaque et font trembler ses mains. Elle doit vraiment descendre maintenant. Elle entend encore la voix de sa mère qui l'appelle du jardin et celle de son père qui râle après elle et sa manie de faire la sourde oreille. Elle respire un bon coup et s'engage dans l'escalier.

Lorsqu'elle apparaît sur la terrasse où les deux couples bavardent à l'ombre de la tonnelle, tous les regards se tournent en même temps vers elle. Il y a un petit moment suspendu, un silence de quelques instants pendant lequel tout le monde la dévisage. René cille en la voyant apparaître dans cette robe qu'il ne lui connaît pas, les cheveux libres et encore humides sur les épaules, les pieds nus sur l'herbe tendre du jardin… Elle est ravissante, sauvage, gracieuse, légère. Il en est bouleversé, mais il dissimule son trouble. Il lui semble que cette petite garce le provoque. Il s'en amuse et s'en agace en même temps. Christine aussi détourne les yeux pour reprendre la conversation avec son amie. Quand Amandine a surgi, elle était en train d'expliquer la meilleure manière de caraméliser les pommes pour faire correctement une tarte tatin, elle entend aller au bout de son bavardage. La mère d'Amandine, elle, regarde sa fille en souriant et, laissant de côté la tarte tatin, lui saisit la main et s'attarde à la contempler.

— Tu devrais enfiler des chaussures, tu vas te blesser à marcher pieds nus.

Elle ne le dit pas, mais elle trouve qu'Amandine a maigri, qu'elle est blanche comme un cachet d'aspirine et que ses yeux sont cernés. Elle ne le dit pas, non, mais elle constate que sa fille semble fatiguée, petite mine et sourire figé. Quelque chose a changé, c'est évident, ces deux mois ont transformé son enfant, elle le voit, elle le sent, elle se dit que c'est bien normal, qu'elle n'a pas dû rigoler tous les jours à travailler comme ça d'arrache-pied dans cet hôtel. Le soleil n'a pas eu bien l'occasion de colorer sa peau, peut-être que c'était finalement un peu trop long, un peu trop dur, un peu trop pénible pour une jeune fille sans expérience. Elle voit les orteils nus sur la pelouse, cette robe qu'elle ne pouvait plus mettre et dans laquelle elle entre de nouveau, même si elle est trop courte... Et puis elle note ce quelque chose d'inédit dans le regard de sa fille. La même lueur sauvage que tout à l'heure dans le vestibule, un éclat ombrageux qu'elle ne lui connaissait pas. Le corps est amaigri mais l'âme s'est épaissie, on dirait...

Amandine ne prend pas la peine de répondre à sa mère. Elle se sent comme la jeune de fille de Saïgon, évanescente, mystérieuse, une brindille dans une robe flottante, mais avec un regard qui sèche tout le monde, qui en impose, qui n'a peur de rien, et surtout de personne. Elle contourne René pour prendre place sur le siège resté libre près de lui. Tout le monde la suit des yeux, elle s'installe, croise les jambes, découvrant des genoux en pointe, exhibant une cheville fine et des orteils en corolle. Elle balance le pied nonchalamment, et son père en est vaguement gêné. Il se tourne vers sa femme : « On peut passer à table, peut-être ? »

Amandine garde le reste du temps cette attitude fermée, hautaine, elle ne desserre pratiquement pas les lèvres du repas, elle pose les yeux sur l'un ou l'autre, sans prendre part à la conversation, on sent bien qu'elle s'ennuie, et surtout on sent bien qu'elle ne cherche pas à le cacher. René et Christine ne paraissent pas le remarquer mais ses parents ne voient que ça et en sont très surpris.

C'est que d'ordinaire elle est bavarde comme une pie, leur fille, prenant part à tous les sujets même ceux auxquels elle n'entend rien. Combien de fois son père lui aura-t-il ordonné de se taire, de laisser parler les adultes, lui rappelant que de son temps les enfants étaient priés de ne répondre que si on les interrogeait. Là, il aimerait qu'elle s'intéresse à la conversation, mais elle les regarde sans les regarder, écoute sans écouter, picore dans son assiette sans y prendre de plaisir et, de temps en temps, elle porte son attention au fond du jardin, comme si elle ne rêvait que de prendre la fuite. Le père s'offusque en pensée, sans rien en laisser voir… Il voudrait qu'elle exprime un minimum son contentement d'être de retour, ne serait-ce que pour sa mère qui s'est mise en quatre pour accueillir sa fille avec les honneurs, réfléchissant depuis des jours au menu qui lui ferait plaisir, impatiente de la serrer dans ses bras, de l'étouffer de sa tendresse. À peine si elle a tendu la joue tout à l'heure dans le vestibule, se laissant embrasser sans rendre la pareille, froide et distante. Il a pensé qu'elle avait peut-être un peu la nausée après la route, ça lui arrive parfois, et comme René a dit qu'elle avait lu tout le temps… Mais ensuite elle a disparu dans sa chambre pendant au moins une heure et, même si on peut comprendre qu'elle prenne du plaisir à retrouver ses meubles, ça paraît long quand même. Vraiment, elle se comporte bizarrement, comme une ado de mauvaise humeur, la moue boudeuse et l'ennui porté en étendard. Et cette robe trop courte, ces orteils roses à la vue de tous… ça ne se fait plus à partir d'un certain âge, elle n'est plus une enfant tout de même ! C'est presque indécent. De toute façon, cette irruption pendant l'apéritif, cette démarche qu'elle avait, cette manière de prendre place parmi eux sans leur adresser un mot… c'était très étrange. Elle n'a rien fait de particulier, d'ailleurs elle n'a rien fait du tout, et n'en a pas dit davantage, mais on sent l'insolence… Oui, c'est ça, c'est silencieux certes, mais tout est dans le regard.

René et Christine repartent dans le milieu de l'après-midi. Il faut faire redescendre Amandine de son antre pour leur dire au revoir. Ils sont déjà prêts tous les deux dans le vestibule et elle s'avance pour leur faire la bise : « Merci beaucoup, merci pour tout, vraiment, merci encore. »

Bon, quand même, elle les remercie spontanément, songe le père. Il craignait de devoir lui rappeler les usages devant ses hôtes, mais heureusement elle garde quelques traces de la bonne éducation qu'il lui a donnée. René l'embrasse distraitement, Christine la serre dans ses bras en disant : « Tu vas nous manquer ma petite Amandine, vraiment, tu vas beaucoup nous manquer. »

René s'impatiente : « Bon, on y va ? », et Amandine pense c'est ça, barrez-vous. Elle se compose un sourire ostensiblement convenu et le fait disparaître aussitôt, mais Christine ne voit rien de ce subtil doigt d'honneur, et René non plus. Il ne la regarde pas. Il a son air fâché, buté, hautain.

Dès qu'ils ont franchi la porte, Amandine commence à parler de rejoindre Lola sur la place. La mère répond tout de suite oui, alors le père se contente de marmonner qu'elle pourrait rester avec eux un peu, leur raconter son été, passer un moment tous les trois…

— Mais bon, ajoute-t-il avec un geste las, mon avis ne compte pas, de toute manière. Alors va retrouver tes copains, visiblement c'est plus important que tes parents.

Amandine ne relève pas la petite pique, elle dit « À tout à l'heure » de ce ton monocorde qu'il ne lui connaissait pas, et elle part immédiatement. La mère hausse les épaules vers son mari :

— Mais enfin, laisse-la rejoindre Lola ! C'est normal, elles doivent avoir des tas de petits secrets à se raconter. On l'aura pour nous ce soir, laisse-la retrouver son petit monde, il n'y a pas de mal.

Le petit monde en question est sur la place, à peu de choses près tel qu'il était quand elle l'a quitté deux mois plus tôt. Amandine ne sait pas si ça l'agace ou si ça la rassure. Elle arrivait là avec l'intention de tout raconter à Lola, persuadée que le face-à-face rendrait possible ce que le téléphone avait empêché. Mais finalement, ils sont là, rien n'a changé. Ceux qui se bécotent, ceux qui se chahutent, ceux qui bavardent de tout de rien, ses amis de l'école, de l'enfance, ses amis de toujours. Lola la voit la première alors qu'elle tourne le coin de la rue et arrive près de la fontaine où ils ont l'habitude de se rejoindre, leur point de ralliement. Elle se détache du groupe et se précipite vers elle en hurlant. Elle est trop contente de la revoir et personne ne peut l'ignorer. Elle parle fort, elle gesticule, elle rit à gorge déployée, elle sautille sur place, surexcitée. Amandine ne dira rien aujourd'hui. En tout cas rien des caresses atroces, des intrusions immondes, des baisers mouillés dégueulasses. Elle parle de son job à la réception d'un hôtel, avec ce tailleur un peu strict mais quand même assez court sur les jambes et l'obligation de porter des chaussures à talons, parce que les touristes aiment bien que les Parisiennes ressemblent à ce qu'on leur en a dit. Elle raconte quelques anecdotes, les plus drôles, et évoque Michel, son collègue, qui était tellement gentil, qui lui faisait des blagues, qui rattrapait ses bourdes. Heureusement qu'il était là pour la sortir de l'embarras.

Lola, lovée contre son amoureux du moment, lui demande :

— Hey, Amand', tu t'es bien trouvé un petit Parigot pour égayer ton temps libre, non ?

Amandine ferme les yeux à demi, mystérieuse.

— Je n'ai pas trouvé *un* Parigot, non…

Lola se tape les cuisses en pouffant de rire et en hurlant :

— Oh !? Pas *un* non. Ça veut dire deux ? Trois ? Oh là là, tu vas tout me raconter, hein ?

— Compte sur moi, répond Amandine.

Isabelle, septembre 1973

Elle n'a rien raconté à Lucie, finalement. D'abord, parce que Lucie est toujours en train de bavarder, de rire et d'échafauder des plans pour sortir et s'amuser. Lucie est pétillante. Une boule de joie, un monceau de gaieté. Isabelle ne trouve pas le bon moment pour interrompre ce tourbillon de vie et y introduire le récit de son calvaire. Au début, elle y pense tout le temps, elle guette l'instant propice pour caler son pied dans la porte, forcer le passage et coincer son amie dans une séance de confidences. Mais les jours passent et le bon moment n'est jamais assez bon. Plusieurs fois elle ouvre la bouche pour libérer son fardeau mais chaque fois le truc se coince, là, dans sa gorge douloureuse. Pour le faire sortir, il faudrait que Lucie reste silencieuse quelques minutes d'affilée, qu'elle comprenne que le moment est crucial, qu'elle cesse de bondir, qu'elle s'immobilise et attende, juste un peu, le temps nécessaire à Isabelle pour prendre son élan, souffler un bon coup et lâcher le morceau. Immobiliser Lucie, c'est vouloir stopper une avalanche avec un « s'il te plaît »... Alors Isabelle se tait.

Pour le moment, personne ne sait. Mieux vaut finalement ne rien dire. De toute façon, elle ne reverra jamais Henri, elle ne remettra jamais les pieds dans cet appartement de malheur dont le seul souvenir des odeurs de moisissures, de soupe et d'eau de javel lui fait venir la nausée. Alors autant calfeutrer le souvenir, le reléguer dans le tréfonds de sa mémoire et l'écraser. Qui a envie de crier au monde entier qu'il est une souillure, hein ? Isabelle se tait. Se tait pour de bon. Après avoir guetté le moment propice pour vider son sac, elle surveille désormais ses paroles pour ne rien laisser deviner.

Ce qu'elle ne sait pas, c'est que l'ignominie présente au cœur de son être et qu'elle met tant d'énergie à museler lui creuse sur le bord des lèvres un rictus amer qui modifie son visage. Elle ne sourit presque plus. Son regard est sévère, son nez se plisse de temps en temps comme si elle ravalait sa bile. Si Lucie babille autant, si elle parle et parle et parle, c'est pour masquer son désarroi. Elle voit bien que quelque chose a changé. Ses questions concernant Paris laissent un grand trou vide dans la conversation. Isabelle reste évasive et Lucie se sent meurtrie. Elle ne pensait pas, vraiment, que son amie se mettrait à faire sa bêcheuse d'un coup, tout ça parce qu'elle a travaillé deux mois à la capitale. Elle a dû vivre des trucs insensés, elle se croit peut-être supérieure… Lucie fait des hypothèses, et un jour elle glisse dans une conversation :

— Tu as fréquenté, à Paris ?

Isabelle hausse les épaules en tordant sa bouche, soudain glaciale.

— Allez, reprends Lucie, tu peux bien me le dire à moi. Avec tous les beaux gars qu'il y a là-bas… tu as rencontré un type ?

Isabelle tourne la tête pour ne pas croiser le regard de son amie. Elle hausse les épaules, il y a comme du dédain dans la manière dont son menton se plisse. Lucie insiste :

— Allez, quoi, je le vois bien à ta trombine, que t'es pas pareille. Tu es tombée amoureuse ?

— J'ai pas envie de te dire.

— Ah ! Alors t'es tombée amoureuse. Et… t'as couché ?

Isabelle saute sur ses pieds, elle hurle : « N'importe quoi ! Tais-toi, tu dis n'importe quoi ! » Elle éructe, elle fulmine et Lucie se défend, stupéfaite par la violence de la réaction :

— Oh, mais ça va, calme-toi, j'ai rien dit de mal ! Si tu veux rien me raconter, tant pis, je m'en fiche.

Elle prend un air contrit et murmure en regardant ses pieds :

— Moi je pensais qu'on se le dirait quand même, quand on le ferait. Je croyais être ton amie.

Isabelle répond, lapidaire : « Moi aussi », et elle se lève pour quitter la fontaine. Les autres s'arrêtent de bavarder, surpris de les voir se disputer, elles qui sont comme deux doigts de la main depuis la petite école. Ils suivent du regard celle qui part brusquement en claquant fort des talons sur le bitume, déchargeant une sourde colère sur les pavés de Bourges qui n'ont rien demandé. Lucie aussi la regarde s'éloigner. Elle est stupéfaite, partagée entre incrédulité et colère. C'est la première fois qu'elle ne comprend pas son amie. C'est la première fois qu'elle se sent à l'écart de sa vie. Ça la chagrine et ça la vexe.

Le soir, à table, les parents reprennent les conversations habituelles, les mêmes qu'avant. Isabelle les observe, interdite : qui sont donc ses parents ? Comment se peut-il qu'ils soient à ce point aveugles alors qu'elle se sent poisseuse, gluante de douleur, qu'elle marche péniblement, qu'elle parle le moins possible, qu'elle dort plus que de raison et mange à peine. Ils se passent les plats, ils aspirent leur soupe avec les mêmes gestes, les mêmes bruits, les mêmes mimiques que depuis toujours. Sa mère tapote ses commissures du coin de sa serviette après chaque gorgée avec un air appliqué tandis que son père enchaîne les cuillerées sans s'arrêter et essuiera son museau d'un large geste une fois l'assiette terminée, en clapant de satisfaction.

Isabelle boude tous les plats. La moindre phrase de sa mère lui fait lever les yeux au ciel, elle répond systématiquement d'un ton exaspéré. Son père, étonné d'abord, feint de n'avoir rien entendu. À la troisième réponse cinglante, il réagit en moquant ce nouveau ton de mégère qu'elle a attrapé en pavanant à la capitale. Le rire s'étrangle bien vite devant la mine renfrognée de cette gamine qu'il ne reconnaît plus. Elle l'agace avec ses grands airs. Elle n'est rentrée que depuis quinze jours et déjà elle l'insupporte.

La première dispute a eu lieu dès le jour de son retour. Elle était partie voir Lucie, et elle est rentrée très tard, bien plus tard qu'il n'est de règle. Ça l'avait mis en état de tension, le père. Il regardait la pendule toutes les trois minutes en maugréant. La mère, elle, vaquait à ses tâches ménagères quelque part dans la maison. Elle a découvert les vêtements d'Isabelle, tous les vêtements de Paris jetés dans le bac à linge sale, avec encore la marque des pliures du repassage soigneux de Simone. Celle-ci lui avait dit plusieurs fois qu'elle avait tout bien lavé, que ça lui avait pris des heures mais qu'elle avait mis un point d'honneur à lui rendre sa fille toute propre. Alors, quand Isabelle est enfin rentrée, la mère lui a posé la question.

— Pourquoi tu as mis ton linge au sale, ma chérie ? Simone l'a lavé et repassé, il sent encore la lessive.

— Oui, je sais, maman, mais je ne veux plus sentir cette odeur, elle m'écœure.

Le père n'avait encore rien dit. Son épouse lui avait fait signe pour qu'il se retienne de houspiller sa fille dès son apparition sur le seuil, mais là, il n'a pas pu se retenir et a répondu avec aigreur :

— Oui, eh bien tu vas prendre sur toi, te pincer le nez au besoin et éviter à ta mère du boulot inutile.

— Si elle ne veut pas le faire, je le ferai moi-même, a répondu Isabelle du tac au tac.

— Je te l'interdis, a tranché le père qui sentait là une occasion de marquer son autorité. Qu'est-ce que c'est que ce caprice ! Tu vas retourner là-haut, reprendre ton linge, le replier et le mettre dans ton armoire.

Elle était montée aussitôt alors il avait pensé avoir été obéi sans discussion, et il ne s'en était plus soucié. Deux heures plus tard, la mère avait trouvé Isabelle penchée au-dessus de la baignoire, en train de lessiver son linge. On avait bien été obligé de finir de le rincer, de le faire sécher, de le repasser de nouveau. Isabelle avait tout fait toute seule sans rien répondre à son père qui pestait derrière elle, à sa mère qui ne cessait de répéter que c'était n'importe quoi, vraiment n'importe quoi, qu'on voyait bien qu'elle n'avait pas eu son content de corvées pour refaire ce qui avait déjà été fait.

Le soir, en se couchant, les parents s'étaient dit que ça commençait mal, le retour de la princesse. Le père avait déclaré que ça ne se passerait pas comme ça, la mère rabâchait qu'elle était tellement, tellement déçue, elle qui avait attendu ces retrouvailles avec tant d'impatience ! En enfilant sa chemise de nuit de son côté du lit, elle avait évoqué la maigreur d'Isabelle, ses traits tirés. Elle a une petite mine, s'étaient-ils dit en éteignant la lumière, une petite mine et un drôle de comportement...

Les jours suivants, les crispations se sont concentrées sur cette manie de vouloir toujours fuir la maison. On dirait qu'Isabelle n'a que ça en tête, dégager la place, rejoindre Lucie et partir en ville avec elle retrouver on ne sait qui on ne sait où. La plupart du temps, la journée en tout cas, elle vaque à peu près comme elle le souhaite, ses parents ne la surveillent pas. Mais le soir après le dîner, il n'est pas question de la laisser sortir.

Elle insiste, ça fait des disputes interminables. Soi-disant que tout le monde sort le soir à dix-sept ans ! Le père se demande bien qui, parce que quand il évoque la chose au bureau, ses collègues affirment tous que leurs filles rentrent à la maison à l'heure du loup. Pas question d'errer la nuit dans les rues comme une… une… Il ne dit pas le mot, il censure la fin de sa phrase en jetant un coup d'œil vers la mère, il se reprend et finalement lâche un simple : « Ce n'est pas correct pour une jeune fille. »

Isabelle n'est pas d'accord, elle hurle, elle claque les portes, elle rage d'être ainsi empêchée. Elle a une vie à vivre et son père est une entrave. Voilà ce qu'elle lui fait ressentir. Lui sans qui elle ne serait rien, lui qui a tout sacrifié pour elle depuis qu'elle est née, qui l'accompagne et rêve pour elle d'un avenir lumineux, une belle maison, un gentil mari, de beaux enfants, lui qui la porte à bout de bras depuis qu'elle a vu le jour se voit brutalement reprocher d'être dans le passage. Quelle injustice, quelle ingratitude !

Ce soir, Isabelle est triste. Elle a évoqué une dispute avec Lucie, c'est tellement inhabituel, il voudrait la réconforter. Et puis il aimerait faire la paix. Il est inquiet, les choses ne s'améliorent pas, elle est maigre et morose, ça ne lui ressemble pas. Il va pour lui saisir l'épaule, il cherche à l'attirer vers lui pour un petit câlin.

Elle le repousse violemment en hurlant : « Lâche moi ! » et lui frappe le bras pour l'écarter d'elle, si fort qu'il se cogne contre le meuble qui est là. Il n'a pas le temps de lui mettre la calotte qu'elle mérite, déjà elle fuit sans demander son reste.

Isabelle monte l'escalier quatre à quatre et court s'enfermer dans sa chambre. On entend le verrou qu'elle ferme d'un coup sec derrière elle. La mère monte écouter sur le pas de sa porte, en catimini, il lui semble qu'elle entend des pleurs étouffés.

Elle voudrait entrer, consoler sa petite fille, la bercer, rattraper le mauvais virage… mais le verrou est poussé. Elle toque doucement. Isabelle répond : « Laisse-moi, s'il te plaît maman, laisse-moi pour le moment… » Elle n'insiste pas, elle redescend dans la cuisine avec l'espoir de calmer son mari. Il la regarde, hors de lui :

— Non mais tu as vu ? Ta petite chérie trop gâtée ? Tu as vu ça ? Si tu crois que je vais me laisser faire !

Il n'en revient pas de cette violence, de cette insolence. Elle était déjà pénible avant de partir, mais gentiment pénible. Trop bavarde, désordonnée, dépensière, bon, des trucs de gamine quoi. Mais depuis son séjour à Paris, elle est devenue désagréable. Silencieuse, hautaine, et maintenant presque menaçante. Il décide de serrer la vis. Elle a dû prendre des habitudes là-bas qui ne sont pas pour lui plaire. Elle a dû se sentir pousser des ailes, pardi. Non, ça ne se passera pas comme ça.

Les jours suivants, il ne lui adresse pas la parole. Isabelle ne parle pas davantage. La mère se retrouve seule à tenter de lancer des conversations autour de la table familiale. L'un et l'autre répondent par des oui et des non tout juste murmurés. L'ambiance est glaciale. Mais le temps finit par adoucir les choses et, au bout de quelques jours, l'affaire semble oubliée.

Par la lucarne de la lingerie qui donne sur le jardin, elle regarde sa fille assise sous le mûrier platane, plongée dans son livre, comme toujours. La lecture à s'en brûler les yeux. Elle n'a jamais pu se décider, la mère, sur le sentiment que ça génère chez elle. D'un côté, elle est ravie de voir son enfant lire, ça lui donne une sensation d'intelligence, quelque chose de noble, un genre *petite fille modèle de la haute bourgeoisie*, comme dans les tableaux du XIXe qu'on trouve sur les boîtes de chocolats.

D'un autre côté, cette attitude immobile, ce « rien-faire » ostensible l'irrite au plus haut point. On se demande bien ce qui peut accaparer Isabelle au point de ne même plus entendre ce qui se passe autour d'elle. Ces livres qu'elle dévore comme si sa vie en dépendait la rendent totalement inaccessible pour la mère, pour le père. Elle devient sourde aux appels, il faut hurler pour la faire répondre. Et quand enfin elle émerge, elle a le regard lointain, les yeux éberlués comme si elle arrivait d'une autre planète. Elle la regarde longuement, à la fois attendrie et agacée, inquiète aussi de cette immobilité et de ce petit air triste qui ne la quitte plus. Elle la regarde longuement, sans réaliser qu'à aucun moment Isabelle ne tourne la page.

La mère s'éloigne finalement de la lucarne. Elle reprend son petit labeur domestique en poursuivant ses ruminations. Vraiment elle s'interroge. Sa fille a changé, et pas dans le bon sens. Morose et colérique, ça ne lui ressemble pas. Il s'est passé quelque chose à Paris qu'elle ne veut pas dire. Et quelque chose d'inavouable, c'est forcément quelque chose de pas correct… La mère observe, échafaude, imagine. Toujours elle en arrive à la même conclusion.

Isabelle n'est plus un bébé mais c'est une jeune fille innocente, toute pétrie de ces romans dont elle se gave depuis si longtemps. Mais la réalité, ce n'est pas la littérature. Les hommes sont de beaux parleurs et les petites filles des proies crédules. C'est si facile de convaincre une enfant, de lui faire croire à n'importe quoi et surtout à l'amour… Elle a beau avoir dépassé les quarante ans, la mère se souvient bien de cet âge où la moindre étincelle met le corps et le cœur en flammes. Pourvu qu'Isabelle ne se soit pas laissé séduire par un homme… Pourvu surtout qu'elle n'ait pas franchi la limite des baisers chastes et sans conséquence !

Heureusement, le père ne semble pas envisager cette hypothèse. Lui qui est toujours si prompt à craindre que sa fille ne devienne une dépravée paraît ne pas être effleuré par l'éventualité de la chose. C'est d'ailleurs assez étrange… Il s'exaspère devant l'attitude d'Isabelle, c'est vrai, mais il n'imagine rien d'autre que les tourments de l'*adolescence*. Le mot est apparu depuis peu, et avec lui celui de *conflit des générations*. Les journaux, la radio, tout le monde ne parle que de ça. Il paraît qu'il faut laisser faire, qu'il vaut mieux discuter, que la parole des enfants doit être entendue. Tu parles, sans un minimum de règles, ce sera la chienlit, comme dirait le Général. On parle même sexualité et contraception à l'Assemblée nationale, c'est dire si on marche sur la tête ! Comme s'il n'y avait rien de plus important dans le pays que ces tracas de bonnes femmes. Certaines gamines manifestent pour avoir le droit de mettre des pantalons sur leur lieu de travail. Des pantalons ! Et puis quoi encore ? Il n'y a plus de limites, plus de contraintes, ils veulent tout et son contraire, ces jeunes qui parlent émancipation et libertés comme s'ils avaient leur mot à dire. Même pas encore capables d'avoir un métier, de tenir une famille, et déjà ils claironnent des idées sur le monde et des avis politiques. Isabelle n'aura pas le loisir de se laisser gagner par ce laisser-aller inconcevable, il y veille. Elle a pris un mauvais pli pendant ces mois à Paris, c'est évident. Mais il va rectifier le tir, reprendre les rênes, assurer l'avenir. Il ferait beau voir qu'on lui tienne tête sous son propre toit.

Claudine, octobre 1937

Le retour à Bourges après son séjour à Paris a été chaotique, tendu, brutal. Claudine s'en veut. Elle s'en veut d'avoir fait subir à ses parents un malaise dont ils ne peuvent connaître la raison. Sa mère a pleuré à cause d'elle, elle le sait, elle n'aime pas provoquer les larmes de sa mère. Son père lui parle peu, sauf pour la critiquer. Il s'agace facilement et lui fait des reproches incessants, alors elle a plus de mal à le plaindre. Ce qui la taraude, c'est plutôt la honte qu'elle ressent vis-à-vis de lui. Elle a pitié de sa mère et fuit le regard de son père. Il lui semble qu'il lit en elle, qu'il la toise, qu'il la méprise. Elle a l'impression qu'il renifle de loin son odeur de fille facile, de traînée. Ses gestes affectueux lui paraissent calculés, ironiques. Elle se crispe malgré elle dès qu'il la touche. Il lui semble que le vice en elle pourrait déclencher le vice chez lui. Une horreur qui lui est venue à l'esprit. Son père ! Elle a eu si peur dans le noir de sa chambre, elle a eu si peur de cette chose qui a germé dans sa tête… Cette pensée monstrueuse, cette idée ignoble ! Elle s'est dit qu'elle était vraiment pourrie de l'intérieur pour imaginer des trucs pareils. Elle a tout fait pour chasser ça de son esprit. Et maintenant elle se tient loin de lui, elle esquive ses baisers et abrège ses câlins. Il en conçoit une certaine amertume. N'insiste pas. Ajoute même parfois : « C'est vrai que tu n'es plus une petite fille… », pour garder la tête haute malgré la peine que ça lui fait.

Et puis il y a le problème avec Jeanne. Plus de fous rires, de confidences, plus de chamailleries, de rêves de midinettes, de chansons fredonnées comme avant, lorsqu'elles se promenaient toutes deux dans les rues de Bourges, bras dessus bras dessous. Elles ne se comprennent plus. Elles s'éloignent sans même résister, l'une et l'autre prises de court par ce brusque changement relationnel, incapables de lutter face à une déchirure qu'elles ne voient pas précisément, dont elles ne ressentent que la douleur aiguë sans parvenir à en comprendre l'origine. Chacune s'interrogeant sur ce qui lui vaut cette distance froide imposée par l'autre.

Jeanne a explosé de colère un jour, oui, bien sûr, à propos d'un supposé mépris de Claudine-la-Parisienne. Rien de bien méchant tout de même ! D'ailleurs, ce n'était pas complètement faux et, si Claudine était de bonne foi, elle l'admettrait volontiers et on passerait à autre chose. Mais elle s'est froissée bêtement et se montre inhabituellement rancunière. Jeanne ne l'a jamais vue adopter une telle attitude. Après une petite bouderie de courte durée, leurs disputes se soldaient jusque-là par des embrassades interminables et des larmes mélangées. La réconciliation s'achevait dans un éclat de rire et on n'y pensait plus.

Jeanne dort mal et se réveille souvent. Elle ressasse une conversation inventée qu'elle aimerait avoir, elle se voit dire ses quatre vérités à son amie, elle imagine des réponses, des rebondissements, des regards. Elle ne comprend pas, elle pressent qu'elle n'aura pas de réponses, et ça la mine, ça la blesse, ça la met en colère.

De son côté, Claudine s'est murée dans une froideur qu'elle ne maîtrise pas, qui s'est plaquée sur son visage sans qu'elle parvienne à l'assouplir. Jeanne lui manque. La légèreté, l'insouciance, les petits soucis sans importance qu'elles montaient en mayonnaise pour avoir le plaisir de discuter pendant des heures, bien sûr que ça lui manque. Affreusement même. Claudine voudrait revenir à ce temps d'avant, quand son corps était propre et son âme lisse. Elle en veut à Jeanne de ne pas deviner sa détresse.

Personne ne voit. Personne ne comprend. Ou alors de travers. À côté.

Claudine, il est vrai, s'applique à ne surtout rien laisser paraître. Elle y parvient trop bien, en somme. Aucune plainte, pas de sous-entendu, elle évoque son séjour à Paris avec l'air de celle qui n'a rien à en raconter. Oui, dit-elle avec un brin de suffisance à ceux qui la questionnent, le travail de sténodactylo était parfois difficile, fatigant, le patron exigeant et pas trop de temps pour flemmarder. Mais rien d'insurmontable non plus.

Un jour que ses parents reçoivent quelques voisins pour un apéritif au jardin, la question fuse de nouveau : « Alors, Claudine, ce séjour à Paris ? » Celle-ci entame la même rengaine, les mêmes réponses évasives qu'elle leur sert depuis son retour. La mère insiste :

— Allez, chérie, tu as bien d'autres choses à nous en dire ! Ne me dis pas que tu n'as pas visité un peu la capitale !

— Ah ça, s'esclaffe le père en bourrant les côtes de son voisin, curieuse comme je la connais, ça m'étonnerait qu'elle n'ait pas circulé un peu partout. Pourvu qu'elle n'ait pas fait de bêtises…

Claudine blêmit. Elle foudroie son père du regard et marmonne plus pour elle-même que pour l'auditoire, pourtant suspendu à ses lèvres et qui ne rate rien de la réponse cinglante :

— Fallait pas m'y envoyer si tu voulais pouvoir tout surveiller.

Le père en ouvre la bouche de stupeur, son épouse le prend de vitesse pour murmurer d'une voix blanche :

— Comment… comment oses-tu parler ainsi à ton père ? File dans ta chambre. Disparais.

Claudine tourne aussitôt les talons et disparaît effectivement. Même cette obéissance immédiate est ressentie comme une insolence. Comme si elle n'attendait que ça, leur fausser compagnie, comme si la punition était en fait une récompense, comme si on la soulageait de la corvée d'être là. Un léger trouble flotte au-dessus de l'assemblée pendant quelques minutes, et puis chacun s'efforce de relancer la conversation. La mère bavarde et maintient une ambiance chaleureuse mais elle ne cesse de penser à sa fille, là-haut dans sa chambre. Son inquiétude s'affine. Elle ne laisse rien paraître mais désormais une conviction s'installe. Elle attend que la petite sauterie s'achève, que les voisins aient pris congé et que son mari soit parti comme d'habitude dans le fond de son jardin bichonner son potager. Elle monte dans la chambre de sa fille, toque deux coups, autoritaires et décidés. Claudine fait oui sur un ton qui laisse entendre qu'elle répond à contrecœur. La mère ne se laisse pas démonter, elle entre et attaque de front, sans préambule :

— Je n'ai pas lavé de linge taché, depuis ton retour de Paris.

Claudine ouvre de grands yeux surpris, visiblement elle ne comprend pas le sous-entendu. La mère s'agace, le rouge lui monte au front, elle tend un doigt accusateur.

— Je te demande comment il est possible que tu n'aies pas saigné depuis deux mois que tu es rentrée !

Claudine ne réagit pas, elle est parfaitement immobile, le front plissé sur son incompréhension. Sa mère jette un coup d'œil vers l'escalier, craignant visiblement que son mari ne surgisse derrière elle. Elle glapit à voix basse :

— Je m'en doutais… Je m'en doutais ! Comment as-tu pu nous faire ça ? Comment as-tu pu, hein ? Qu'est-ce qu'on va devenir ? Mon Dieu mais comment est-ce possible ?

Toujours pas de réaction. Claudine décidément ne comprend pas ce que dit sa mère. Elle cherche le sens des mots qu'elle entend, la raison de cette colère, de cette avalanche de questions qui n'attendent pas de réponses. Elle ne comprend pas. Et la mère tourne en rond dans la chambre en posant son poing contre ses dents comme si elle voulait se mordre.

— Qu'est-ce qu'on va devenir, hein ? Quelle honte, quelle honte ! Dans notre famille ! Comment as-tu pu… Tu nous salis. Tu nous déshonores. Ton père ne tolérera pas ça. Oh mon Dieu, mais qu'est-ce que je Vous ai fait ?

— Mais quoi ? répond Claudine en se redressant si violemment que sa chaise se renverse derrière elle. Quoi ? Qu'est-ce que tu racontes, qu'est-ce que tu veux dire ? Je ne comprends rien, je n'ai rien fait, tu es folle !

La mère stoppe net son errance dans les deux mètres carrés qui séparent le lit du bureau. Elle regarde sa fille, ses lèvres sont blanches, ses yeux fiévreux, son menton tremble. Claudine ne voit pas arriver la gifle qui s'abat sur sa joue et la propulse contre le mur. Une gifle ample, puissante, qui claque et qui percute, une gifle phénoménale qui la projette violemment en arrière. Elle se retrouve assise sur le sol, écrasée de surprise et de douleur. Elle se tient la joue, ses cheveux ont volé et sont éparpillés sur son front. Elle a chaud, très chaud, elle a mal. Les larmes, déjà, ruissellent jusqu'à son menton. Elle aimerait que sa mère se mette à hurler, elle préférerait ça à ce ton glacial et haineux, à ces mots choisis, contrôlés, ces phrases parfaitement maîtrisées. Sa mère n'est pas folle, non, elle sait ce qu'elle dit, elle sait ce qu'elle fait. Claudine la regarde au travers de ses cheveux mouillés de larmes et de morve.

— Ne me dis pas que tu ne sais pas ce que ça veut dire… Tu es enceinte, Claudine, tu es enceinte !

Claudine fait non de la tête, non, non, non, et sa mère croise ses bras sur sa poitrine, l'air mauvais, la bouche pincée, le menton haut et menaçant.

— Ah ! Il est bien temps de regretter ! Et moi qui te défendais contre ton père, qui te soutenais ! Qu'est-ce qu'on va faire, hein ? Qu'est-ce qu'on va faire, dis-le-moi !

Claudine hoquette, sanglote, regarde sa mère d'un air perplexe, puis cache son visage derrière ses mains et gémit sourdement. Elle voudrait que maman la prenne dans ses bras, la protège, lui murmure à l'oreille que ce n'est pas grave, que ça va passer. Comme quand elle se faisait un petit bobo lorsqu'elle était enfant. Sa mère soufflait dessus doucement, la câlinait et chantait la ritournelle des petites filles douillettes, une moquerie pleine de tendresse, de l'amour qui soigne, qui sauve, qui fait sourire au cœur des larmes et rend la douleur acceptable. Mais la mère ne s'approche pas. Elle se recule même, elle met de la distance, son nez se plisse en un rictus de dégoût, et Claudine est écrasée de honte, de douleur, d'accablement. Elle fait encore non de la tête, incapable de parler, de réagir, de réfléchir. La mère parle et parle et parle encore. Du fond de sa détresse, Claudine ne comprend rien. Il est question d'amusement, de légèreté, d'inconscience. Il est question de plaisirs immondes, de culpabilité, de mensonge. Alors elle finit par répondre d'une voix chevrotante :

— Mais maman, je n'ai rien fait !

La mère explose alors. Elle pointe son doigt vers le ventre de sa fille et balbutie, abrutie de colère :

— Tu es en train de me dire que tu ne sais pas comment *c'est* arrivé là ?

Elle hurle sans retenue que c'en est fini les mensonges, qu'il n'est plus temps de nier l'évidence, que jamais elle n'aurait pensé que sa fille, sa propre fille élevée dans du coton, dans le respect et la droiture, se laisserait aller au vice comme ça. Car bien sûr c'est évident, cette attitude exécrable depuis son retour, c'était ça ! Elle s'est vautrée dans la luxure et ne trouve plus à son goût la vie simple et les valeurs de ses parents. Elle se croit femme parce qu'elle a ouvert les cuisses.

C'est cette dernière expression qui fait que, enfin, Claudine comprend. La raison, la cause, l'évidence. Elle comprend ce qui lui arrive. Il est entré en elle. Elle l'a laissé faire. En guise de punition suprême, l'infamie, l'innommable : une grossesse. Elle regarde son ventre. Elle pleure, elle secoue la tête, elle gémit. Sa mère recule encore, pose une main sur la poignée de la porte, mais elle ne l'ouvre pas, elle a un air mauvais quand elle lâche d'une voix frémissante :

— Je vais devoir en parler à ton père. Nous allons décider de ce que nous devons faire. Mais je te le dis tout net, il n'y aura pas de fille-mère dans notre famille.

Elle quitte la chambre en laissant derrière elle une Claudine hébétée, les bras ballants, le front bouillant. Avachie le dos au mur, elle sanglote doucement, les jambes abandonnées devant elle, toutes droites. Une chaussure lui manque. On dirait qu'elle a eu un accident.

Elle remet de l'ordre dans ses cheveux en hoquetant et essuie son nez et ses yeux. Elle se sent poisseuse, fiévreuse. Elle se relève péniblement en agrippant le bord de son petit bureau d'écolière. Ses pensées se brouillent, elle ne parvient pas à les ralentir, à les organiser. Une peur gigantesque et envahissante l'empêche de retrouver une respiration normale, elle halète, cherchant à chaque inspiration à déplacer ce poids étouffant qui s'est installé au niveau de son plexus. Elle s'approche de la fenêtre, elle pose son front brûlant contre la vitre fraîche, y trouve un minuscule réconfort. Elle garde un moment les yeux fermés, les larmes affluent par intermittence sous ses paupières gonflées, sa poitrine se soulève sous la violence de ses sanglots. Elle a chaud au visage et froid dans le corps, elle n'arrive pas à respirer, elle voudrait dormir, elle voudrait s'allonger là et dormir longtemps, profondément, elle voudrait disparaître.

La mère part trouver son époux, occupé à biner paisiblement son petit carré de potager. Il lève les yeux vers elle en entendant son pas, son sourire se fige devant le visage congestionné de sa femme. Elle est anormalement rouge, elle geint en avançant à grandes enjambées dans la petite allée de graviers proprette qui crisse sous ses pas. Il l'accueille dans ses bras quand elle s'y jette et il dit : « Quoi ? Mais quoi, qu'est-ce que tu as ? » La mère ne parvient pas à répondre, elle a le souffle court, comme si elle allait se trouver mal. Il la guide vers le banc en pierre qui trône sous le mûrier platane. Quand le temps est doux, il aime bien se mettre là pour rouler une cigarette, après le dîner.

Ils s'y assoient tous les deux, elle cherche à se calmer, il dit encore : « Eh bien alors ? Quoi ? » Et la mère lui raconte. Le linge qui reste propre, l'attitude qui ne l'est plus, sa fille qui revient le ventre rempli à la maison, le scandale, la honte, l'ignominie ! Le père écoute. Il prend sa tête dans ses mains, les coudes posés sur ses genoux. Il ne répond rien, il ne dit mot, il attend de tout bien savoir, il attend. Et puis, au bout d'un temps de silence qui paraît infini à la mère, il relève la tête et il dit juste : « C'est qui ? »

La mère n'a pas songé à demander. Elle ne sait pas. Un marlou forcément, à Paris ça ne manque pas. Elle a dû tomber amoureuse, se faire berner par un beau parleur. On croyait l'avoir bien éduquée, pourtant ! Elle était censée être pure, raisonnable, sage, innocente. Et voilà, la première porte qui s'ouvre sur la liberté la précipite du côté des filles perdues et elle souille de honte toute la famille. Enceinte ! La ville entière va ricaner. La mère pleure et parle sans arrêt, elle ressasse les mêmes phrases toutes faites, elle bégaie ses lamentations et convoque Dieu de manière abusive.

Le père, lui, ne parle pas. Son visage est tragiquement fermé, une ride profonde barre son front et ses deux poings serrés sont posés sur ses genoux. Il regarde obstinément le fond du jardin. Il ne parvient pas à y croire. Sa fille, sa petite fille… prise par un… un… L'image lui broie les tempes, lui choque le plexus. Il résiste comme il peut mais il n'y a pas moyen. Sa vue se brouille, il respire court, la lumière est trop forte soudain dans son jardin, elle lui brûle les yeux. Il entend le verbiage funeste de son épouse à ses côtés comme un brouhaha lointain et incompréhensible. Il n'a en tête que son enfant, il la revoit avec sa robe rose et son petit col rond, ses genoux écorchés, son rire grelot qui le faisait fondre quand elle était toute petite. Il enfonce ses ongles dans ses paumes. Il rêvait pour elle d'un beau mariage, d'une vie paisible. Il lorgnait quelque joli garçon de leur entourage qui pourrait faire un parti honorable. Une adroite association de familles qui mettrait sa gamine au chaud pour sa vie de femme. Quelque chose qui donne la sensation aux deux familles d'être les gagnantes de l'entreprise. Oui, il avait en tête deux ou trois possibilités qui auraient pu se conclure par un beau mariage, à Bourges. Il s'y voyait déjà, sa princesse resplendissante sur le parvis de la cathédrale, inondée de tout ce blanc, parée de pureté, baignée dans la lumière d'un avenir forcément clément et probablement prospère. Désormais… la perspective du futur est brutalement noircie. Avec un petit bâtard dans l'équation, les prétendants vont se faire moins nombreux et plus regardants. Il les entend déjà, les autres, ricaner en parlant du choix difficile de prendre *la vache et le veau*, il les entend déjà parler de sa fille, de sa Claudine, en termes crus, bestiaux. Il a déjà envie de les cogner.

La colère monte. Comment a-t-elle pu leur faire ça ? Il gronde en direction de la mère, lui intime l'ordre de la fermer un peu. Aussitôt elle s'exécute. Quelques instants. Puis elle hoquette un dernier sanglot et murmure en levant les yeux vers son mari : « Qu'est-ce qu'on va faire ? Mon Dieu mais qu'est-ce qu'on va faire ? »

Marie, octobre 2009

Aussitôt, la mère a pris rendez-vous chez le docteur Testud. Il la connaît bien, il soigne ses angines et ses fièvres depuis qu'elle est toute petite, on lui fait confiance. Il saura comment s'y prendre pour l'IVG, si par chance c'est encore possible. Mère et fille attendent toutes deux, côte à côte dans cette salle d'attente qui a vu les premières toux de Marie, ses pas hésitants d'une chaise à l'autre quand elle avait à peine un an, sa mastoïdite la première semaine du CP, ses alertes appendicite qui n'en étaient jamais. Pendant tout le temps qu'elle est assise là, la mère se rappelle ces anecdotes, ces bobos qui l'avaient si fort inquiétée. Elle serre dans sa main un mouchoir humide de larmes et de morve et repense à cette expression, souvent entendue sans jamais vraiment la comprendre : « Petits enfants, petits soucis. » À l'époque des nuits d'insomnie face à sa fille brûlante de fièvre, cette remarque avait le don de l'exaspérer, mais maintenant… Elle jette un coup d'œil rageur vers le profil de Marie, qui observe la pointe de ses genoux obstinément. Depuis deux jours, elle se passionne pour ses genoux, elle les fixe, en permanence, et plus fortement encore lorsqu'on cherche à avoir des réponses.

Elle ne veut rien dire. On a beau faire, pas moyen de savoir. Le père insiste. Il menace, il supplie, il gronde, il exige. Rien à faire, elle ne dit rien, rien de rien, ni qui ni où ni comment.

La mère tourne autour de sa fille et répète en boucle les mêmes lamentations, les mêmes menaces, les mêmes agacements. Ça en devient presque comique. Il faudrait savoir de quand ça date, et si une interruption est encore possible. Ne peut-elle au moins se souvenir de la date de ses dernières règles ? Se rend-elle compte qu'elle a bêtement laissé passer un temps précieux en faisant l'autruche ? C'est tout bonnement inconcevable. Si c'est trop tard, hein ? Qu'est-ce qu'on fera alors ? Sa vie est foutue, tous les projets, la fac, le voyage Erasmus, et toute sa vie derrière, tout est remis en question, tout ! La date, bon sang, elle doit bien le savoir ! Et puis aussi qui. Qui est l'auteur de ce séisme, de cette abomination ? Leur petite Marie, si bien élevée, si informée… C'est inconcevable. À quoi ça sert toute cette éducation qu'elle a reçue, et les cours au lycée, les préventions à tout va, enfin elle connaît les risques ! Si encore elle n'a pas attrapé une saloperie, on s'en tirera pas trop mal. Un type l'a droguée ? Mais qu'elle parle, enfin, qu'elle dise ce qu'il s'est passé !

Marie subit ces interrogatoires sans broncher. De temps en temps elle sanglote, elle ouvre les lèvres comme pour répondre et se rétracte aussitôt pour garder le silence en laissant couler ses larmes le long de ses joues et de son cou. Pas moyen de savoir. Alors la mère a pris le taureau par les cornes. Elle a appelé son amie Sylvaine, à Paris. Ils ont peut-être vu un garçon rôder ? Ils ont peut-être entendu des conversations téléphoniques ? Remarqué un détail qui aurait paru simplement étrange sur le moment et qui ferait sens après coup ? Ou bien elle serait rentrée un jour dans un état bizarre ? Elle ne sait pas trop ce qu'elle attend, la mère, mais elle se dit que n'importe quelle information qu'on mettrait sous le nez de Marie pourrait être un déclencheur et la pousser à parler enfin.

Sylvaine est tombée des nues. Non, elle ne voit pas. Marie n'est jamais sortie le soir. Il est possible qu'elle se soit attardée après son travail, elle ne saurait le dire car elle rentre en général assez tard elle-même, mais Olivier s'en serait inquiété. C'est vrai qu'elle aimait bien partir tôt le matin pour aller bouquiner au cimetière du Père-Lachaise avant d'embaucher. Oui, elle a toujours trouvé ça curieux, un drôle d'endroit pour passer du bon temps… mais elle l'a crue, forcément, pourquoi elle en aurait douté ? Vraiment, assure-t-elle au téléphone, je suis stupéfaite, je ne me suis aperçue de rien, je suis tellement désolée, je me sens tellement coupable ! Et ensuite elle a longuement tenté de consoler son amie. D'envisager des solutions, d'entrevoir l'avenir, de rassurer. La mère a raccroché, le mouchoir toujours serré dans son poing et le visage fermé sur sa colère et son incompréhension, tuméfié par ses pleurs incessants. Ce voyage à Paris, vraiment quelle connerie !

Dans la salle d'attente du docteur Testud, Marie regarde toujours la pointe de ses genoux. Ses pensées sont confuses, ça hurle dans sa tête, ça bloque dans sa gorge. Elle a essayé de tout dire à son père, de parler, de déverrouiller cette résistance dans ses mâchoires. Elle aurait voulu crier à sa mère que ce n'est pas elle, qu'elle n'a rien fait, que c'est Olivier. Olivier, vous savez ? Olivier le grand ami de papa, son copain de toujours, si serviable et si fidèle. Oui, Olivier qui l'a si gentiment hébergée pendant deux mois d'été et en a profité pour entrer dans son corps pratiquement chaque nuit. Elle aurait voulu qu'ils comprennent qu'elle ne voulait pas, qu'il l'a forcée, qu'il ne lui a pas laissé le choix. Elle aurait voulu tout balancer, elle aurait voulu qu'ils l'écoutent et qu'ils la serrent dans leurs bras, qu'ils lui disent que rien n'est sa faute, qu'ils allaient régler le problème, le faire disparaître. Mais elle a dix-sept ans, pas quatre, et il y a longtemps qu'elle ne croit plus ses parents doués de magie. Elle sait que révéler le nom du responsable ne changera rien à son état. Elle restera pleine de ce machin dans son ventre qui retient son sang et gâche son avenir.

Elle ne dit rien. Si elle commence à raconter, on lui posera des tas de questions, il faudra tout expliquer, dans les moindres détails. Elle devra parler de ce qu'elle a mis tant d'énergie à nier au moment où elle le vivait et qu'elle cherche désespérément à oublier depuis son retour. Il faudra étaler cette intimité abjecte, il faudra ajouter de la honte à la honte. Elle s'imagine devant les flics, elle imagine son père face à cette réalité hideuse, son meilleur copain haletant sur sa fille. Une dégringolade vertigineuse. Sans parler du scandale médiatique, parce qu'Olivier, ce journaliste reconnu et respecté, ne sera pas inquiété par la justice sans que ça se sache. Marie connaît la chanson, son histoire sera forcément révélée sur les réseaux sociaux, la gueule d'Olivier flottera en vignette au-dessus de David Pujadas, son nom et son crime raconté au conditionnel, seront toutes les heures martelés sur France Inter, les détails salaces seront exposés en page d'ouverture de Google, étalés dans les torchons à scandales qu'on place bien en vue dans les maisons de la presse pour attirer le chaland... Le monde entier s'interrogera tout comme s'interroge sa mère. On la montrera du doigt et on se demandera si, par hasard, elle n'aurait pas provoqué tout ça. Car, enfin, elle est bien restée tout l'été ? Si vraiment elle n'était pas d'accord, si vraiment il la forçait, elle aurait dû s'enfuir, ça paraît logique, non ? Au lieu de ça elle est restée là, pendant deux mois pleins. C'est louche, quand même.

Elle se tait, en se tordant les mains, en pleurant abondamment. Et au-dessus de ce silence têtu et incompréhensible, ses parents ne sont plus que lamentations et regards féroces.

Le docteur Testud ouvre la porte de son cabinet et passe la tête, il sourit à Marie alors que son visage à elle est tellement fermé, il tend la main vers la mère qui renifle et murmure un vague « Bonjour docteur » qui s'épuise dans un sanglot. Il les invite d'un geste à prendre place sur les sièges, puis il fait le tour de son bureau et s'installe dans le grand fauteuil pivotant en cuir souple qui grince un peu quand il bouge. Il lève un sourcil :

— Alors, Marie, qu'est-ce qui t'amène, ma grande ?

Marie sent les larmes gonfler ses paupières. Elle baisse la tête, incapable de parler. La mère la regarde d'un air mauvais et prend immédiatement la parole à sa place.

— Marie est enceinte, docteur. Elle a fait le test, il était positif. C'est une catastrophe, une catastrophe ! J'espère qu'il n'est pas trop tard pour intervenir. Si elle nous avait parlé de ça tout de suite, on aurait fait le nécessaire ! Elle est informée, elle sait que le délai est court, elle sait que passé une certaine date ce n'est plus possible. Je ne sais pas ce qu'on va faire. Même maintenant elle ne veut rien nous dire. Je ne comprends pas, elle sait qu'elle peut nous faire confiance, nous sommes ses parents, quand même !

La mère est lancée, elle semble ne jamais vouloir s'interrompre, balance entre la colère et l'accablement, et ne regarde pas sa fille. Le docteur, si. Il observe son visage douloureux, son teint gris, ses cernes, ses cheveux qui pendent un peu sur les côtés, il note cette maigreur qu'il ne lui connaissait pas, cette tristesse qui l'entoure comme un halo glacial. Il laisse passer un temps qui lui paraît raisonnable avant d'interrompre la mère poliment.

— Bon, eh bien on va voir ça. Je vais commencer par t'ausculter, Marie, si tu veux bien.

Elle lève les yeux, hausse à peine les épaules comme si elle était résignée, ses yeux baignent dans un flot de larmes ininterrompu qui délaie leur couleur, son menton tremble, ses mains s'accrochent l'une à l'autre. La mère se tait enfin mais elle ne bouge pas, elle attend. Le docteur la regarde, patiente quelques secondes et insiste :

— Madame, je vais rester en tête à tête avec Marie, il faut que je l'ausculte. Vous retournez un moment dans la salle d'attente, s'il vous plaît.

Elle se lève à contrecœur et sort de la pièce en pinçant les lèvres. Elle ne comprend pas trop pourquoi on la fait sortir, elle veut entendre tout ce que le docteur dira, tout ce que Marie répondra, elle en crève d'être mise à l'écart.

Le docteur referme la porte derrière elle, se tourne vers sa jeune patiente et, comme elle se lève pour se déshabiller et monter sur la table de soins, il lui fait signe de rester assise.

— Attends, on va parler un peu d'abord, tu vas me raconter ce qui t'arrive.

Il fait le tour du vaste bureau, s'installe en faisant de nouveau grincer le cuir de son siège, ouvre devant lui le dossier de Marie pour noter ses réponses.

— Alors, lance-t-il, d'abord on va faire le point. Quelle est la date de tes dernières règles ?

— Je ne sais plus trop, avant l'été, je crois. Oui, c'est ça, c'était juste avant les résultats du bac, fin juin. Je suis partie à Paris juste après.

— Ton cycle est régulier en général ?

— Oui, d'habitude c'est tous les vingt-six ou vingt-sept jours, et ça dure trois ou quatre jours, normal quoi.

Le docteur retranscrit les informations en hochant la tête.

— Bon, tu es donc en aménorrhée depuis un peu plus de quatre mois. Tu as fait un test de grossesse ?

Marie hoche la tête pour approuver. Le test a été formel, elle a vu apparaître les deux barres, bien nettes, en quelques instants. Sa mère attendait derrière la porte des cabinets.

— Veux-tu que nous commencions par l'auscultation ? Je vais juste écouter et palper ton abdomen. Enlève seulement ton chemisier, ça suffira.

Marie se lève, se déshabille, monte sur la table et s'allonge pendant que le docteur Testud se lave les mains dans le petit lavabo. Il commence par prendre sa tension, trop basse, et écouter son cœur, trop rapide, mais il ne fait pas de commentaire. Puis il enfonce légèrement trois doigts dans son ventre, à droite, à gauche, ajuste son stéthoscope dans ses oreilles, pose l'autre bout à côté du nombril, cherche un meilleur angle, prend le poignet de Marie en même temps pour sentir son pouls, et s'immobilise pour écouter attentivement. Il se redresse alors et annonce en rangeant son matériel :

— Oui, effectivement, je sens la présence d'un fœtus, et j'entends les battements de son cœur. Je vais t'adresser à une consœur gynécologue pour le suivi médical. Monte sur la balance avant de te rhabiller.

Elle monte, annonce ce que la balance indique, il constate qu'elle a perdu cinq kilos depuis sa dernière visite, il le note sur son carnet de suivi, toujours sans faire de commentaire. En attendant qu'elle revienne s'asseoir face à lui, il griffonne sur un papier les coordonnées de la spécialiste et démarre une ordonnance.

— Bon, voilà, tu vas faire ces analyses de sang, pour confirmer la grossesse et vérifier que tu n'es atteinte d'aucune MST.

Marie tressaille. Elle n'avait pas pensé à ça. Lui reviennent brutalement à la mémoire certaines paroles entendues lors des cours de prévention, au début du lycée. Des avertissements, des mises en garde martelées qui la faisaient parfois sourire tant la chose lui paraissait couler de source : personne ne porte l'annonce de ses infections gravée sur le front, il faut se protéger à chaque fois, avec chaque partenaire, dans chaque situation. N'importe qui peut être atteint, parfois sans le savoir, personne n'est *clean a priori*, donc le préservatif, c'est systématique. C'est pas possible. Il ne peut pas *en plus* lui avoir refilé une saloperie !

Le docteur voit son visage qui se contracte et fait un geste de la main pour l'apaiser.

— Pas de panique, Marie, on vérifie toujours. Est-ce que le père est au courant ?

Elle ramène brutalement le regard sur ses genoux, ferme les yeux un instant, son menton tremble, sa nuque ploie, elle respire trop vite et secoue la tête comme si elle disait non. Le docteur parle lentement, visiblement désireux de ne pas la brusquer.

— Tu peux me raconter, Marie, je peux tout entendre, tu sais… Mon métier c'est de soigner, pas de juger.

Marie se remet à pleurer.

— Je voulais pas, commence-t-elle, je voulais pas…

Et aussitôt elle suffoque, incapable de poursuivre. Le docteur ne dit rien, il attend. Elle prend une grande inspiration, cherchant à calmer ces hoquets qui lui coupent le souffle, à stopper ces larmes qui inondent son visage. Elle tente de poser sa voix, il lui tend un mouchoir en papier. Les mots arrivent enfin, des chuchotis entrecoupés de longues pauses.

— Il est venu toutes les nuits. Pas au début, au début il ne me parlait pas du tout, mais après, quand ça a commencé, il est venu toutes les nuits.

Marie respire profondément, à plusieurs reprises, et poursuit à voix basse.

— Il a cru que je voulais bien, c'est ma faute, je savais pas… Je savais pas comment lui dire d'arrêter.

Elle essuie ses yeux avec les paumes de ses mains, inspire encore une fois profondément comme si elle manquait d'air.

— Dans la bibliothèque, on s'est touchés par hasard parce que la pièce était très petite et il a cru que je l'avais fait exprès.

Le regard du docteur s'assombrit. Comme la jeune fille semble prostrée, murée, les yeux dans le vague, il questionne :

— Tu as dit tout à l'heure que tu étais partie à Paris après les résultats du bac ?

Elle relève la tête vers lui :

— Oui, j'ai passé tout l'été chez les amis de mes parents, dans le 11e, j'ai travaillé dans une brasserie, comme serveuse.

— C'est là-bas que c'est arrivé ?

Elle acquiesce. Il reprend :

— C'est l'ami de tes parents qui t'a violée ?

Marie tressaille violemment, les yeux ronds et la bouche ouverte. Elle agite les mains devant elle en signe de dénégation, tout son corps tremble, elle répond à toute vitesse, comme prise d'effroi.

— Mais non, il a cru que je voulais bien, c'est moi, je suis trop conne, j'ai pas réagi, et après ça y est c'était fait. J'aurais dû partir, n'importe qui serait parti, au lieu de ça je suis restée.

Elle ne cesse de frotter son jean sur ses cuisses, elle se tord les mains, ses yeux brillent comme si elle avait de la fièvre.

— Marie, tu es une jeune fille inexpérimentée de seulement dix-sept ans, confrontée à une situation inattendue et très violente. Effectivement, tu n'es pas partie, tu n'as pas su réagir pour te mettre toi-même en sécurité, mais ce n'est pas toi la fautive, tu n'étais pas censée être en danger à cet endroit. Cet homme est un homme mûr, il savait parfaitement que ce qu'il te faisait subir s'appelle un abus sexuel.

— Il ne m'a pas toujours forcée…

Le docteur Testud ne répond pas.

— En fait, je me débattais pas trop, j'attendais que ça passe plutôt.

— Une femme qui a une relation sexuelle de son plein gré n'attend pas « que ça passe », et cet homme fait très bien la différence, je t'assure.

— Oui, mais… Il est tellement malheureux avec sa femme, il a dit que je lui redonnais envie de vivre… Je ne veux pas qu'il ait d'ennuis, je veux juste qu'on m'enlève ça et puis tout oublier.

— Je ne sais pas si ce sera possible, tu sais, je pense que ta grossesse est trop avancée, répond le docteur à mi-voix, comme pour atténuer l'impact de cette information.

Marie secoue lentement la tête de gauche à droite en le fixant de ses yeux terrifiés. Non. On va lui enlever ça. Non c'est impossible. Mais il n'ajoute rien pour la rassurer ou lui donner espoir, et elle comprend que c'est sans appel. L'angoisse se lit dans les plis crispés de sa bouche, dans les soubresauts de ses paupières.

— Tes parents doivent vouloir savoir de qui est cet enfant, n'est-ce pas ?

Elle hoche la tête, il reprend :

— Il faudra bien que tu leur répondes, tu ne pourras pas garder ce secret toute ta vie…

— Non, c'est pas possible, je veux pas. En plus il est connu, ça va me retomber dessus, on va me… Non, je veux pas.

Le docteur l'écoute sans l'interrompre. Elle hoquette et renifle. Il lui tend de nouveau un mouchoir par-dessus le bureau.

— Parfois même, continue-t-elle à voix basse, c'est moi qui ai provoqué. Et je suis restée tout l'été ! Non, je ne veux pas.

— Écoute, Marie, ce qu'on me confie ici est protégé par le secret médical, je ne dirai donc rien à personne si tu ne le souhaites pas, mais je peux aussi t'aider à révéler ça à ta mère. Je veux que tu cesses de te sentir coupable. Tu n'es pas responsable, c'était à lui de contenir ses pulsions.

Marie ne répond pas. Elle fixe de nouveau la pointe de ses genoux. Elle est tellement épuisée…

— Ce secret sera impossible à garder toute ta vie, et plus tu tardes, plus ce sera difficile. Et puis c'est un ami de la famille, tes parents pourraient avoir envie de l'inviter de nouveau…

Elle hausse les épaules, elle n'a pas l'air convaincu. Le docteur Testud insiste :

— Ce n'est pas parce que tu le dis à tes parents que la chose sera claironnée en place publique.

La jeune fille essaie de prendre une grande inspiration, mais le poids sur son plexus est écrasant. Les cernes se sont encore creusés sous ses yeux perpétuellement larmoyants. Elle est livide.

— Je vais faire entrer ta mère, maintenant. Je peux lui dire ce que tu m'as raconté si tu le souhaites. Je peux te faciliter la tâche, mais c'est toi qui décides, Marie.

— D'accord, murmure-t-elle dans un souffle.

Isabelle, novembre 1973

DÉSORMAIS, la mère sait. Isabelle a courbé la nuque pendant que le docteur parlait, pendant qu'il livrait le lourd secret en mots choisis. Elle a tout bien compris, la mère. Son silence stupéfait en témoigne. Elle est abasourdie, son visage ne parvient pas à choisir une émotion parmi le panel proposé en interne : sourcils froncés sur sa colère, nez rouge et brillant, mille fois essuyé, meurtri de larmes de dégoût, joues accablées, rendues flasques par l'ampleur des conséquences, frémissement apeuré au coin des lèvres, et une lueur mauvaise au fond de la prunelle.

Le père attend dans la cuisine. La mère n'hésite pas. Elle lui annonce en même temps qu'elle ôte son manteau qui est l'auteur du scandale. Elle regarde le père comme si elle l'accusait. Elle guette sa réaction. Il tourne lentement la tête vers sa fille, il la fixe longuement, les yeux écarquillés, la bouche close, le front sidéré. Il dit juste non, avec fermeté. Il refuse l'information, il refuse l'image, il refuse de faire entrer cette idée dans sa réalité. Et Isabelle se met encore à pleurer. Sa mère la somme de monter, de les laisser, de rester dans sa chambre jusqu'à ce qu'on l'appelle, de disparaître afin qu'on règle son cas. C'est comme ça qu'elle formule sa pensée, « régler son cas », et Isabelle s'enfuit dans l'escalier. Le père écoute les pas de sa fille qui résonnent sur le parquet du premier, juste au-dessus de sa tête.

La mère croise les bras, presque menaçante, tandis que lui sent ses mains engourdies, ses jambes en plomb. Il va pour se lever, tangue, s'écroule de nouveau sur la chaise de cuisine.

Elle voudrait que son mari se redresse, prenne les rênes, agisse, hurle, frappe les murs et surtout elle voudrait qu'il décide. Elle voudrait mais il ne dit rien, et elle se tait aussi. C'est dur dans sa gorge, de l'acier trempé fiché dans sa trachée. Elle observe l'immobilité de son homme assis là, écrasé, ratatiné. Elle lui en veut, mais c'est confus, comme une colère qui enfle et ne sait contre qui s'écraser.

— Alors ? dit-elle d'un air mauvais. Qu'est-ce que tu comptes faire ?

Il relève les yeux vers elle, voit la hargne sur son visage, comprend qu'elle lui est destinée. La colère le prend d'un coup. Il se redresse, de toute sa hauteur, la fait asseoir d'un geste sec. Aussitôt elle change de regard : enfin il se comporte en chef de famille, elle peut reprendre son mouchoir et courber l'échine pour explorer sa peine. Elle peut se laisser aller à la mollesse, s'en remettre à son autorité et se reposer sur ses décisions. Elle se remet à sangloter en l'écoutant, en levant vers lui ses yeux éplorés, en acquiesçant à tout ce qu'il dit. Il tourne autour d'elle dans la cuisine et prend effectivement les choses en mains.

— L'urgence, c'est surtout de faire passer ça vite fait. Jamais je n'aurais pensé devoir gérer un truc pareil avec ma gosse. Jamais. Je n'en reviens pas du coup qu'elle nous fait.

La mère ne dit rien. Elle a les yeux dans le vague. Elle attend la suite, la décision, celle qu'elle pourra suivre sans avoir son avis à donner, surtout ne pas donner d'avis, ça l'accable de devoir penser à tout ça. Elle a la tête vide, les yeux creux, le front soucieux. Sa petite pleine d'un petit, c'est inimaginable. Non pas un petit, une chose, une erreur qu'il faut supprimer. Une erreur, ça se corrige, ça s'efface et ça s'oublie. Et tout repart comme on l'avait prédit. Le père se lève, se sert un verre d'eau au robinet, clape en terminant de l'avaler. Il a l'air sûr de lui, il parle haut, clair, ça rassure la mère. Il annonce la couleur :

— On va lui faire sauter ça. Elle ne sera pas la première, il faut se renseigner, il doit y avoir des endroits. Je refuse que ma fille unique fiche toute sa vie en l'air pour une connerie. On va lui faire sauter ça et tout oublier.

— Et pour Henri ?

— Quoi Henri ? Je n'y crois pas une seconde à cette histoire à dormir debout. Je ne sais pas pourquoi elle est allée inventer ces sornettes. C'est déjà assez de savoir que le docteur a entendu ça, qu'il s'imagine qu'on aurait envoyé notre fille chez un…

Le père chasse l'idée en secouant la tête.

— Je ne sais pas pourquoi elle a inventé un mensonge aussi invraisemblable, mais je ne veux plus qu'on en parle.

La mère hausse les épaules. C'est vrai que leur fille leur ment, elle leur ment effrontément.

Elle a croisé Lucie en ville il y a quelques jours, alors qu'Isabelle avait annoncé qu'elles passaient l'après-midi ensemble. Lucie est venue la saluer, prendre des nouvelles de sa copine qu'elle n'avait pas vue depuis longtemps, a-t-elle précisé. La mère a pincé les lèvres, Lucie n'a pas trop compris cette froideur brutale, elle a bredouillé un au revoir un peu précipité et a tourné les talons sans demander son reste. La mère a senti le courroux et l'angoisse lui descendre jusqu'au creux de l'estomac. Depuis longtemps ? Comment ça depuis longtemps ? Lucie et Isabelle passent tout leur temps ensemble ! Mais si elle n'était pas avec son amie tous ces après-midi, où et avec qui était-elle donc ? Une fille qui ment, c'est rarement bon signe.

Il faut donc régler ça en famille, sans en parler à personne. Inutile de créer le scandale si on peut l'éviter. Il y a une dame dans les faubourgs de Bourges qu'on peut consulter discrètement. Une sage-femme à la retraite, il paraît qu'elle a tout le matériel nécessaire dans une des chambres de son pavillon. Une ancienne soignante, c'est rassurant... La mère se demande combien ça coûte et, tout de suite après, elle se dit que l'avenir de leur fille n'a pas de prix.

La dame est charmante, en effet, son intérieur est coquet et parfumé. Elle commence par annoncer le tarif. Quand même, la somme est rondelette. Le salaire qu'Isabelle a gagné cet été en faisant la caissière, pourtant à peine entamé puisque les parents l'ont soigneusement mis de côté, n'y suffira pas. Elle se dit qu'elle a travaillé tout ce temps pour rien. Sa peine ne servira qu'à faire oublier son calvaire. La mère tente de négocier, mais l'autre la coupe immédiatement : « Vous savez ce que je risque, madame ? » Oui, elle le sait. Le risque c'est la prison, c'est interdit de fabriquer des anges, c'est un crime. Ensuite la sage-femme demande des détails et, quand elle apprend que la grossesse est déjà avancée, elle secoue la tête :

— Je peux essayer, mais je ne promets rien. Vous vous rendez compte, mademoiselle ? Vous êtes presque au milieu de votre grossesse. À ce stade, c'est très dangereux pour vous. Réfléchissez bien...

Isabelle regarde sa mère. Elle se demande comment la dame s'y prend et pourquoi on l'appelle « la tricoteuse ». Les deux femmes discutent entre elles, laissant la principale intéressée tenter laborieusement de comprendre de quoi il retourne. Isabelle capte des informations terrifiantes, elle entend parler de douleurs et de sang, de beaucoup de sang. Le montant est à régler d'avance et n'est pas remboursé si l'intervention échoue. La mère se dit que cette vieille, avec ses airs de douce grand-mère, est un serpent cupide. Elle se trompe. Si elle impose des conditions aussi dures, c'est pour décourager les clientes. Elle espère toujours que les femmes qui entrent chez elle repartiront en ayant abandonné l'idée. Pourtant, parfois, elle ne demande rien, pas un sou, quand la situation lui paraît réellement désespérée. Celles qui ont déjà une ribambelle de gosses, qui n'en peuvent plus, dont les seins sont vides et les joues creusées, qui vont en crever un jour… Elle espère même les rendre stériles, les soulager définitivement de l'éventualité d'être grosses. Celles qu'on a forcées aussi. La double peine pour la mère et un avenir bien sombre pour l'enfant issu de cette ignominie. Il lui arrive, oui, d'être clémente, voire généreuse. Mais là, cette famille bourgeoise un brin prétentieuse, qui rugit sa respectabilité avec des airs hautains, ces donneurs de leçons qui l'auraient volontiers envoyée sur la chaise électrique il y a encore six mois et viennent maintenant lui demander de leur faire un prix, ça la met en rage. Qu'ils se débrouillent, et leur gamine écervelée avec.

Elle regarde la petite, prostrée sur sa chaise. Elle a l'air totalement abattue, ça lui fait de la peine quand même. Elle adoucit son discours et conseille de bien réfléchir. L'arrivée d'un bébé peut paraître catastrophique sur le moment, mais la plupart du temps les choses s'arrangent ensuite. Ce petit enfant qui leur vient, c'est juste l'innocence absolue qui s'invite à la maison. Et puis, surtout, il ne faut pas négliger les risques. Des risques effroyables, la mort de la mère dans les cas extrêmes. Non, ça ne lui est jamais arrivé, mais il se peut que les filles fassent des hémorragies, elle ne veut pas suivre le cercueil d'une môme de dix-sept ans, morte parce que ses parents ne voulaient pas qu'elle donne la vie. Elle choisit bien ses mots, elle veut que la mère prenne la mesure de ses décisions et peut-être que la jeune fille réagisse. C'est évident qu'elle ne maîtrise rien, qu'elle subit, qu'on ne lui demande pas son avis.

La dame donne rendez-vous dans deux jours en recommandant de réfléchir encore, et Isabelle tressaille. Elle pensait qu'on allait lui enlever ça et qu'elle rentrerait chez elle libérée, mais rien ne se passe comme elle le souhaite, décidément.

Au retour, le père écoute les détails de la consultation. Lui aussi pensait qu'Isabelle reviendrait soulagée de ce cauchemar. Il s'attendait à la voir rentrer fatiguée, bien sûr, elle se serait mise au lit pendant quelques jours, sa femme lui aurait préparé des bouillons, comme pour une convalescence, et on ne parlerait plus de cet enfant. Il ne comprend pas pourquoi on leur demande de réfléchir deux jours de plus. C'est tout réfléchi, bon sang ! Qu'est-ce qu'elle croit, cette faiseuse d'anges, qu'on n'a pas pesé le pour et le contre pendant des heures entières avant de lui amener Isabelle ? Qu'on a pris cette décision sur un coup de tête ? C'est justement parce que la grossesse est déjà bien avancée que c'est ridicule de perdre encore deux jours.

Depuis quelque temps, on parle beaucoup de ces avortements clandestins dans les journaux. Il se rappelle cette jeune fille l'année dernière, cette gosse qui a failli se retrouver en prison pour avoir avorté après un viol. Gisèle Halimi, l'avocate, a réussi à la faire acquitter, et sur le moment il se souvient d'avoir désapprouvé ce verdict qui lui paraissait ouvrir grand la porte aux assassinats de nourrissons. Oui, il pensait « assassinat », il s'en souvient très bien.

Il observe Isabelle, son ventre est encore plat. Il ne s'agit pas encore d'un nourrisson, c'est évident. Elle a l'air tellement accablée… C'est cher payé quand même, pour une bêtise de quelques minutes. Il s'approche d'elle, il pose une main hésitante sur sa nuque et, contre toutes attentes, elle vient immédiatement se blottir contre lui. Son cœur bondit dans sa poitrine : « Ma pauvre petite chérie, ma petite fille… » Elle sanglote contre son torse. Il lui dit : « Et toi, ma puce, qu'est-ce que tu en penses ? » La mère n'en revient pas de ce brusque changement d'attitude. Elle plante ses poings sur ses hanches, scandalisée.

— Parce que tu lui donnes le choix ? Tu crois qu'on a le choix ? Mais bien sûr, allons-y ! Gardons-le, ce petit bâtard ! Ça fera joli sur la photo de famille, un gosse venu de nulle part !

— Je n'ai qu'une seule fille et j'ai bien envie de la voir vivre, tu saisis ?

La mère devient écarlate, elle frappe du plat de la main sur la table, Isabelle sursaute et le père se tourne vers elle, stupéfait.

— Parce que je souhaite sa mort, moi, tu penses ? Non, je veux la voir vivre, figure-toi ! Et tu imagines qu'elle pourra vivre avec un mouflet sur les bras ? Tu sais ce que ça veut dire ? Tu sais comment elle va être traitée, ce qu'elle va subir ? Sa vie est foutue ! Elle ne pourra rien faire de ce qu'on a rêvé pour elle. Les études c'est fini, le mariage c'est fini, même trouver un emploi sera difficile. Fille-mère, ça veut dire traînée, fille facile, sans vertu, fille de rien, tu le sais aussi bien que moi !

Elle hurle, les yeux exorbités, les veines du cou comme prêtes à exploser. Sa colère est si violente qu'elle en perd la voix, se met à tousser, et s'écroule sur une chaise en sanglotant tandis que son époux lui remplit un verre d'eau. En lui tendant, il lui répond d'une voix douce qui tranche avec l'accès de rage qui vient d'éclater dans leur cuisine.

— Calme-toi, dit-il.

La mère pleure en se tenant le front dans les mains, on entend un marmonnement à peine audible, ça parle d'injustice, d'espoirs déçus, d'une punition divine qu'ils ne méritent pas.

Au bout d'un moment, elle finit par relever la tête vers son mari :

— Et… tu comptes t'y prendre comment avec ton… ami ? Après tout, s'il est l'auteur de cette chose, il pourrait en assumer les conséquences, au moins financières, ce serait bien naturel.

Le père se raidit. Chaque fois qu'il y pense, le visage d'Henri apparaît dans son esprit, son rire franc, sa démarche souple, son regard si vert, si clair… Henri serait incapable de tromper sa femme. Alors avec une gosse vingt ans plus jeune… Une gosse qu'il connaît depuis qu'elle est née ? Non. Elle aurait dit au docteur qu'il l'avait forcée, qu'elle avait subi un abus sexuel. C'est tout à fait inimaginable. Ce copain de toujours, ce père de famille respecté, ce mari dévoué, ce journaliste reconnu ? Impossible. Il aurait tout à perdre. Il repense à ses articles qu'il a pu lire et aux discussions qu'ils ont pu avoir, surtout après les événements désastreux de 68 et cette débandade qui menaçait. Il ne peut pas dans le même temps défendre avec véhémence les valeurs, la religion, la famille, tout ça, et… et faire ça. Le père ne peut concevoir une telle duplicité, alors il dit non. Définitivement non. Reste à savoir qui elle protège en proférant un mensonge aussi grossier.

— Qu'on ne me parle plus de ça, assène-t-il d'un ton sec, tu sais comme moi qu'elle nous a menti, sans doute depuis des semaines ! Avec un tel comportement, quel crédit on peut donner à ces affabulations, hein ?

Isabelle ne cherche pas à se défendre. Elle sait à quoi il fait allusion, à cette rencontre entre Lucie et sa mère. Ils l'ont harcelée pour qu'elle dise où elle était. Elle a répondu la vérité, qu'elle était toute seule, mais ils ne la croient pas. Comment leur faire admettre ce qu'elle faisait tous ces après-midi alors qu'elle prétendait passer du bon temps avec son amie d'enfance ? Elle ruminait son désespoir, pardi.

Avec Lucie, elles ne se parlent plus. Elles se sont disputées, elle ne sait même plus pourquoi, et depuis elle est seule. Tellement seule... Isabelle a promené sa détresse dans les rues de Bourges, voilà. Elle a marché pendant des heures, la mémoire disloquée, incapable de discernement, de raisonnement. Elle a erré à la recherche de son insouciance d'autrefois, elle s'est sentie étranglée par la perte de cette légèreté qui la voyait gambader, heureuse et tranquille, sereine, sûre d'elle et de son avenir, avant que tout cela ne se passe. Ces derniers jours, depuis qu'elle sait pour la grossesse, elle a troqué son errance urbaine pour un repli angoissé dans les recoins vides de la ville. Elle est allée se cacher dans des hangars, des terrains vagues ou au fond du parc où personne ne va jamais. Des endroits où elle pouvait hurler, pleurer, frapper son ventre, le presser de ses deux mains, de ses deux poings. Tenter d'expulser cette chose immonde qui la dégoûte, qui l'effraie, qui détruit toute sa vie. Elle a erré dans les ruelles désertes, les squares vides, les espaces isolés pour penser, pleurer, penser, pleurer... Maudire.

— Bon, dit le père, maintenant il faut prendre une décision.

— Je veux qu'on m'enlève ça.

Claudine, février 1938

Claudine est assise près du poêle à bois de la cuisine. C'est un endroit qu'elle ne quitte plus guère. Elle tricote, reprise ou brode, repasse du linge ou pèle des légumes, elle aide sa mère aux tâches ménagères, mais elle ne sort pratiquement plus de la maison. Personne ne le lui a interdit, mais d'elle-même elle se cache au monde. Dissimule son état. Jusque-là, son ventre était discret, à peine était-il devenu un peu plus ferme qu'avant et occupait de manière plus significative l'espace de ses robes. Un renflement comme une indigestion, pas plus. Elle n'a pas eu de nausées, pas de vertiges, pas de fringales. Ou peut-être les a-t-elle si fortement réprimés qu'elle n'en a pas le souvenir. De toute façon, elle n'écoute pas les messages de son corps. Elle les nie, pas question de se plaindre, en plus. Elle rêve encore que tout cela cesse comme par magie, revienne à la normale, revienne à l'attendu, ce qu'elle avait espéré pour sa vie, ce que son père projetait pour elle, au lieu de ce lent cauchemar qui s'épanouit dans son corps et la fait hurler en silence dans son lit presque chaque nuit.

Elle se demande parfois si Jeanne est au courant. Elle doit l'être, tout se sait à Bourges. Elle aimerait que son amie toque à la porte, qu'elle la serre dans ses bras, qu'elle lui chuchote que rien n'est changé, que son amitié est toujours là, indestructible. Personne ne se présente à la porte de leur maison.

Aucun courrier ne vient troubler l'ennui affolé qui occupe ses journées. Claudine est coincée là, entre père et mère, dans ce silence glacial qui s'est installé depuis le mois de décembre, depuis la visite chez l'avorteuse.

La dame avait fait sortir sa mère, elle lui avait demandé de s'allonger, de relever sa jupe bien au-dessus de sa taille, d'écarter ses jambes comme il faut, de se détendre, de se laisser faire. La panique l'avait prise, elle s'était mise à trembler au point que la table sur laquelle elle essayait de s'allonger tressautait dans la cuisine. Elle ne pleurait même pas, elle respirait par à-coups, elle avait froid, elle était brûlante et, quand la dame s'est approchée avec un drôle d'objet en disant qu'elle allait lui glisser ça, que c'était pour y voir plus clair, pour être précise et ne rien abîmer à l'intérieur, Claudine avait flanché.

Elle ne se souvient pas de ce qui s'est passé après, elle se revoit vaguement courir comme une folle dans la rue, en cheveux et pieds nus. Elle ne se souvient pas, peut-être qu'elle a croisé des gens quand elle s'est mise à galoper droit devant elle, les yeux épouvantés et la gorge en feu à force de trop hurler, peut-être que tout le monde ne parle que de ça, de cet accès de folie qu'elle a vécu et que sa mémoire a disloqué pour n'en retenir que le début et la fin : un moment elle essaie de grimper sur la table de l'avorteuse, et l'instant d'après elle est devant la porte de sa maison, avec son père qui lui ouvre sans comprendre. Elle est passée devant lui en le repoussant violemment, si fort qu'il s'est cogné la tête au perroquet de l'entrée où sont posés les chapeaux. Elle a monté l'escalier quatre à quatre et s'est précipitée dans sa chambre d'enfant.

Elle ne se souvient pas de ce qui s'est passé précisément, mais elle a entendu sa mère raconter la chose à son père, la colère et l'amertume grinçaient dans sa voix :

— Tu te rends compte ? Toute la ville doit être au courant. On aura de la chance si on n'a pas d'ennuis avec les gendarmes. C'est une catastrophe. Non seulement maintenant on est obligés d'attendre jusqu'au bout, forcément, mais en plus tout le monde saura qu'on voulait le faire passer. Ah, on aura belle réputation ! Quelle honte… Quel scandale ! Tu vas voir à l'église quand on ira. Tu vas voir les regards par en dessous !

Son père parlait plus bas, elle avait beau coller son oreille au plancher, elle n'entendait qu'un bourdonnement inaudible, alors que les propos de sa mère lui parvenaient clairement au travers des lattes du plancher.

— Non, elle n'a pas gardé les sous, encore heureux ! Elle a dit qu'on était des imbéciles, qu'on ne savait pas tenir notre fille, que c'était pas étonnant ce qui lui arrive si elle n'est pas fichue de se contrôler un peu. Des imbéciles ! Si je n'étais pas allée la voir pour ce que tu sais, je la dénoncerais aux autorités, non mais pour qui elle se prend !

Son père a marmonné, elle a entendu une chaise qui râclait sur le sol, une bouteille qu'on ouvrait. Ils ne boivent que rarement mais elle a reconnu le *plop* du bouchon de la bouteille de vin de noix, celle qu'ils gardent pour les visiteurs. Ça lui a fait drôle, ce bruit réservé aux moments conviviaux et qui apparaît de manière saugrenue dans cet instant de détresse totale. Sa mère a repris :

— Elle s'est enfuie, oui, apparemment elle ne voulait pas qu'on la touche. Ah ça, elle faisait moins l'effarouchée pour se le faire déposer dans le tiroir, son polichinelle !

Il y a eu encore un silence, puis la voix grave du père fut encore absorbée par les lattes du plancher ou par l'air autour de lui. Mais la mère, elle, parlait de plus en plus fort.

— Je suis comme toi, je n'y crois pas une seule seconde. Cette histoire est ridicule. Alphonse aurait… D'ailleurs, souviens-toi, quand ils nous l'ont ramenée à la fin de l'été, elle bavardait avec lui naturellement, on l'a même trouvée un peu effrontée. Et elle avait l'air bien contente, ma foi… Tu crois qu'elle aurait eu cette attitude s'il l'avait… enfin, s'il avait fait ce qu'elle dit ! Et puis souviens-toi aussi, après son retour, comme elle était désagréable avec nous, hautaine, fuyante. Oui, oui, exactement : détestable. Tu disais que tu ne la reconnaissais plus.

Elle a entendu de nouveau le vrombissement de bourdon agacé de son père, et sa mère s'est exclamée pour approuver :

— Exactement ! Même Jeanne ne veut plus la voir, il paraît que Claudine la bat froid depuis son retour. Tu penses, son amoureux de Paris doit lui manquer ! Si ça se trouve, elle espérait qu'il viendrait la chercher ou je ne sais pas quoi, et il l'a abandonnée évidemment. Alors elle a inventé ce mensonge grotesque. On n'aurait jamais dû l'envoyer là-bas, tu vois, je te l'avais bien dit, c'était une erreur, et voilà le résultat !

La tirade s'est achevée sur un sanglot. Claudine a imaginé son père s'approcher de sa mère, lui mettre la main sur l'épaule pour la consoler.

C'était il y a trois mois. Elle y repense en élargissant la taille de sa robe d'hiver pour pouvoir l'enfiler. Elle a dû mal à entrer dans ses vêtements, elle se sent à l'étroit partout, elle se sent étouffer tout le temps. Quand elle apparaît dans la cuisine, son père détourne le regard, sa mère au contraire la dévisage, mais l'un et l'autre ne lui adressent plus du tout la parole. Au début, ça lui crevait le cœur, elle avait les larmes qui poussaient sous ses paupières, à chaque fois, le souffle coupé d'être ainsi rejetée, haïe en quelque sorte. Son ventre est un tabou, ses yeux n'accrochent plus que du vide, elle ripe sur des regards qui s'évitent, les mots prononcés ne sont plus que des ordres, modulés par les accords persistants du reproche et du dégoût.

Voilà, c'est ça, elle dégoûte désormais ces parents qui l'ont si longtemps choyée. Alors peu à peu est montée la colère. Une colère sourde qui parfois lui fait bourdonner les tempes. Personne ne peut le deviner tant elle le masque bien, et ça bouillonne sans trouver la sortie, ça ne s'exprime pas, ça reste tapi, englué dans l'espoir de retrouver la place ancienne, celle de l'enfant unique adulée, la fierté de ses parents. Pourtant, c'est là. La colère. Et la haine aussi.

Elle pique sa robe, point après point, et puis elle casse le fil d'un coup de dents. Elle se lève alors pour ajouter une bûche, et c'est là qu'elle le sent pour la première fois. Une caresse intérieure, longue et délicate, un mouvement ample à l'intérieur de son ventre, de part en part. Elle s'immobilise, surprise, à l'écoute. Elle pose la main sur le renflement, elle appelle cet autre qui l'occupe, cette chose qui pousse dans ses entrailles, qu'elle nie et maudit, qu'elle rêve à chaque heure de sa vie de voir disparaître.

Il bouge. Lentement, contre sa paume, répondant avec douceur à la pression qu'elle exerce sur son ventre. Elle en est suffoquée. Effrayée. Et curieuse. Elle se rassoit délicatement, attend. Comme rien ne vient, elle frotte plus fort sur son flanc, là où la caresse intérieure a démarré. Et le bébé répond, une poussée vers sa main, et une deuxième qui vient confirmer le message.

— Pourquoi t'es là, toi, hein ?

Le mouvement aussitôt se suspend. Elle baisse la tête sur son ventre, caresse encore, sent le côté qu'elle touche durcir sous sa main. Elle sourit, d'un pauvre sourire un peu douloureux :

— J'espère au moins que t'es une fille.

La porte s'ouvre et sa mère entre avec un panier de légumes et le froid de ce matin d'hiver qui s'accroche à son manteau de laine et vient contrarier la douce chaleur de la grosse cuisinière à bois. Elle arrive du marché où elle se rend désormais seule. Claudine ne lève pas les yeux vers elle, concentrée comme elle est sur cette chose derrière son nombril qui lui fait signe. Et la mère le voit. Elle reconnaît ce regard tourné vers l'intérieur, à l'écoute d'un bébé encore inconnu mais déjà tellement présent. Elle l'a vécu aussi, elle se souvient de ces conversations intimes et tendres. Mais elle, elle avait des raisons de se réjouir, elle pouvait vivre ça en toute quiétude. Elle fronce les sourcils, sa gorge se durcit d'un coup, et elle siffle vers sa fille :

— Ah ça, tu peux être fière de toi, c'est sûr !

Claudine relève vivement la tête, prise en faute et déjà balbutiante. La mère devient écarlate :

— À croire que tu ne te rends pas compte du scandale que tu nous fais vivre, éructe-t-elle. Tu peux te féliciter, oui, tu peux le cajoler ton bâtard, profites-en va, fais-lui des caresses à cette catastrophe !

Claudine reste silencieuse. Il n'y a rien à répondre. La mère devant elle, maintenant qu'elle est lancée, ne parvient plus à s'arrêter. Une logorrhée qui déverse interminablement les mêmes promesses morbides pour l'avenir, les mêmes projections affolées dans un futur toujours plus noir. Sous le feu des paroles qui fusent en continu, Claudine perçoit aussi ce qui n'est pas franchement dit. Des accusations qui flottent dans l'air sans jamais prendre corps réellement, pas même sous la forme d'une saine injure, un truc un peu franc qui aurait le mérite de crever l'abcès de tout ce pus nauséabond qui occupe les pensées des parents. Leur fille est une pute, voilà le mot qui ne peut être dit. Une pute, une salope, une traînée.

L'enfant dans son ventre ne bouge plus non plus. Il s'est même recroquevillé comme un escargot dans sa coquille, ne pas prendre de place, ne pas se faire voir. Il se dissimule de toutes ses forces, comme Claudine qui ne sort plus, qui ne parle plus, qui respire *a minima* depuis tous ces mois, qui marche à pas de velours chaque nuit quand elle se lève pour vider sa vessie dans son pot de chambre et qui se tient perpétuellement en retrait dans ce coin de cuisine pour ne pas être dans le passage. Se faire oublier.

La mère stoppe net quand le père entre à son tour. Elle échange en une demi-seconde la diarrhée verbale qu'elle semblait ne jamais pouvoir interrompre par un flot de larmes qui coule jusqu'à son menton. Le père la prend dans ses bras tout en jetant un regard noir à Claudine par-dessus son épaule.

— Qu'est-ce qu'elle a ? Qu'est-ce que tu lui as dit ? Mais qu'est-ce qu'il y a encore ?

Le ton est hargneux, Claudine courbe la nuque et reste silencieuse. Ce silence, ces larmes, cette attitude prostrée qu'elle leur impose depuis des mois, ça exaspère le père de plus en plus. Il repousse le corps de son épouse, la contourne pour aller vers sa fille, l'œil mauvais, la bouche amère. Il la prend par le bras, la pousse au travers de la cuisine et jusque dans le couloir, en bas des marches qui mènent à l'étage, à sa chambre. Il se retient de toutes ses forces pour ne pas la frapper, pour ne pas la jeter contre le mur. Elle le sent, la violence contenue émet une odeur animale qui n'échappe à personne. Son regard est féroce et ses mains sont tremblantes, il lui crache à mi-voix :

— Disparais !

Le soir dans son lit, Claudine essaie de faire répondre son bébé. Elle a envie de sentir de nouveau ce mouvement étrange, cette curiosité. En même temps, cette présence qui s'exprime la glace. De toutes ses forces elle n'en veut pas, mais elle se sent si seule, que cet être-là qui s'adresse à elle la réconforte étonnamment.

Tout à l'heure, elle a disparu dans sa chambre comme son père le lui ordonnait. Elle a attendu sans rien faire, allongée sur son lit. Au bout d'un moment, elle a senti l'odeur de la soupe de légumes qui montait à l'étage, et sa mère est venue toquer à la porte de sa chambre. « Viens, viens manger, il faut que tu manges, quand même… » Aucune trace d'aigreur dans le ton qu'elle a pris. Elle avait seulement l'air épuisée, mais aussi très calme, à mi-chemin entre la résignation et l'accablement. Obéissante, Claudine est descendue dîner entre père et mère, dans les bruits de couverts choqués sur la faïence.

Le lendemain dimanche, Claudine tricote, enroulée dans un plaid, pendant que ses parents sont à la messe. Elle n'y a pas droit. Un interdit tacite. Entrer dans une église ? Assister au prêche ? Pourquoi pas communier aussi ! Avec sa faute bien en évidence sur le devant de sa silhouette ? Son péché abject jeté à la face du Seigneur ? Il n'en est pas question. Elle est seule dans la maison. Elle repense à son père, au visage qu'il avait en la poussant vers l'escalier. Elle tricote, une maille, une autre, la suivante, celle d'après. Le visage de son père. Crispé. Plein de haine. Encore une maille. Encore une. Encore. Au bout du rang elle retourne l'ouvrage, change ses aiguilles de mains, reprend le rythme, une maille, la suivante, la prochaine. Le regard de son père. Sa poitrine gonflée par l'effort qu'il faisait pour ne pas la frapper. Elle tire sur la pelote de laine pour se donner du mou, une maille, deux mailles, trois mailles. Le feu crépite dans le poêle. Le bébé bouge encore. Elle se lève alors, pose le tricot dans son panier, range sa chaise contre la table, met une bûche de plus et grimpe l'escalier qui mène à sa chambre. Elle attrape sa petite valise sur le haut de l'armoire. La même que celle de l'été à Paris. Elle l'ouvre en grand sur son lit et y place, bien plié, bien serré, tout le linge qu'elle parvient à faire rentrer. Elle ne prend pas de livres comme en juin. Pas de livres, non…

Marie, février 2010

PEUT-ÊTRE que c'est cette dernière dispute qui a tout précipité. Ce samedi atroce où Marie a compris que ses parents ne feraient pas machine arrière. Pourtant il y a eu des moments d'accalmie, des efforts de chacun pour sortir de cette ambiance plombée, pleine de non-dits et de rancœurs. Le jour des résultats de l'analyse de sang, par exemple. Tous les trois se sont réjouis qu'elle n'ait aucune sale maladie, et surtout pas cette plaie de sida qui continue de hanter les esprits. Ils se sont pris dans les bras au milieu de la cuisine, ils ont soupiré de concert, ouf, au moins ça c'est bon, quel soulagement ! Mais ce fut de courte durée, le soir même la mère avait de nouveau les yeux vitreux et la bouche close au-dessus de son assiette, le père retrouvait ses sourcils serrés, crispés. Entre eux trois, le silence s'est réinstallé, étouffant. Le sujet tabou rôdait dans l'évitement des regards, dans l'interdit de certains noms, de certaines évocations, alourdissant la conversation la plus anodine. Ils lui parlent d'inquiétude, mais c'est de la détestation qu'elle perçoit. Marie a cru un temps que les choses allaient s'arranger, qu'ils allaient la prendre enfin dans leurs bras pour la soutenir et l'aimer de nouveau. Elle a pensé qu'ils finiraient par abandonner cette colère qu'elle lit sur leur visage. Mais non. Son père surtout. À croire que c'est lui qu'elle accuse. Il l'évite dans les couloirs de la maison, il lui parle en regardant ailleurs, il soupire dès qu'elle ouvre la bouche, il s'écarte violemment si elle fait un geste vers lui… On dirait qu'elle le dégoûte. Sa mère est moins distante mais tout aussi froide.

Et puis il y a cette discussion au sujet de l'enfant. Ils veulent qu'elle accouche sous X, ils se sont renseignés sur internet, ça n'est pas très compliqué, et surtout c'est définitif. On pourra oublier. Passer à autre chose. Son père ajoute « Et aller de l'avant » et en disant ça il pousse le poing devant lui pour montrer qu'il faut se montrer combatifs. Marie entend l'expression, elle s'interroge sans en laisser rien paraître tandis qu'ils continuent à déblatérer devant elle pour finir de la convaincre, puisqu'elle n'a pas l'air convaincue. Elle décortique la phrase : aller, de, l'avant. L'avant de quand d'abord ? Quelle est cette Marie qu'ils imaginent retrouver indemne une fois l'enfant donné, enfin… abandonné ? Cette Marie si innocente qu'elle en devenait stupide ? Pas capable de reconnaître un loup quand elle le croise dans les bois ? Qui s'applique à cueillir des fleurs au ras de son museau frémissant et s'étonne de voir sa langue pendre et ses crocs luire ? Une Marie qui gambade et chantonne face à l'ogre qui la reluque, lui exposant ses cuisses dodues et s'étonnant ensuite de figurer à son menu ?

Elle les regarde l'un après l'autre quand ils lui expliquent tout ça sur un ton patient, comme on exhorte un être un peu simplet à se montrer raisonnable. Ils exigent en somme qu'elle accepte ce qu'ils ont décidé pour elle. Elle oppose une résistance passive qui les rend nerveux. On dirait qu'elle hésite. Il n'y a pourtant pas d'autre choix, elle le sait bien. Elle se fera suivre pour digérer cette épreuve, ils y ont pensé aussi, des séances chez le psy. Elle pourrait commencer tout de suite, d'ailleurs, ça pourrait l'aider à passer le cap. Oui, c'est sûr, ils ont bien pensé à tout, elle n'a plus qu'à se laisser faire.

Devant son silence tenace et à bout d'arguments, ils finissent toujours par lui rappeler que *si* elle dit vrai, *si* son histoire est fondée, ça signifie qu'*il* sera de lui. Se peut-il qu'elle envisage d'élever le fruit de… le résultat de… enfin, imagine-t-elle combien ce sera difficile ?

Marie le sait, l'imagine parfaitement. Ces phrases la mettent en rage. Comme si ces questions, elle n'était pas capable de se les poser toute seule ! Elle est dans le brouillard, dans la mouise jusqu'au cou. Ce qu'ils veulent, c'est qu'elle valide leur choix, pour ne pas avoir l'impression de le lui imposer. Il faut qu'elle dise oui, qu'elle soit d'accord, même si au fond elle ne l'est pas. Et elle n'arrive pas à le leur donner, ce oui. Ou plutôt, elle opine vaguement, et ils sentent bien que cet assentiment arraché n'est pas recevable. Ils imaginent qu'à la maternité il faudra qu'elle se montre autrement plus déterminée. Sans jamais le lui demander explicitement, ils espèrent que Lou l'incitera à prendre ce qu'ils appellent *la bonne décision*.

Lou passe voir Marie quand elle le peut, entre ses cours à la fac et ses activités diverses. Elle soutient vaillamment sa copine dans cette épreuve difficile. Et pour l'aider correctement, elle n'hésite pas à forcer la mule pour savoir ce qui s'est vraiment passé, comprendre comment sa copine Marie a pu se retrouver dans une situation pareille. Il y a plein de questions qui lui taraudent l'esprit, plein d'interrogations, de trous dans l'histoire qui ne lui paraissent pas logiques. C'est pas normal qu'elle n'ait pas utilisé de préservatif ; c'est pas normal, en admettant qu'il y ait eu un oubli dans le feu de l'action, qu'elle n'ait pas foncé pour se faire prescrire la pilule du lendemain ; et c'est pas normal, même en ayant merdé sur toutes ces étapes, qu'elle n'ait pas engagé le processus d'IVG par la suite. Elles sont archi-informées : tout ça, c'est juste pas normal.

Marie a eu de la peine à confesser son calvaire, elle a mis du temps, et il a fallu que Lou fasse un effort incroyable pour saisir ce qui s'était réellement passé. Marie s'embrouillait dans ses explications, elle se contredisait elle-même, s'agaçait face aux questions de sa copine, passait de l'abattement le plus total à la colère la plus explosive. Lou ne comprenait rien, elle a claqué la porte plusieurs fois, exaspérée par le comportement de son amie, qui aussitôt envoyait un texto pour s'excuser, pour la supplier de revenir, de ne pas l'abandonner. Finalement, c'est hier soir qu'elle a fini par cracher le morceau, et lui dire de qui est l'enfant. Olivier, le pote de son père, l'ami de toujours. Ça lui a fait un choc, à Lou. Elle est restée bouche bée.

— Tu déconnes ? Olivier, le mec qui te logeait ? Celui qui était tellement cultivé, et intelligent, et brillant et patati et patata, enfin le gus avec lequel tu m'as bassinée à chaque fois qu'on se parlait au téléphone ? Ben tu vois, dit-elle d'un air mi-victorieux mi-dégoûté, j'avais bien senti le truc, même sans y croire vraiment ! Mais ça me dit pas pourquoi tu n'as pas mis de capote. Et puis aussi comment t'as pu faire ça avec sa nana dans la chambre à côté. Putain, c'est glauque quand même !

Marie n'a pas répondu, elle a évité le regard interrogateur de sa copine, et Lou s'est exclamée :

— Putain, mais Marie, t'es en train de me dire qu'il t'a violée, c'est ça ?

Marie a rougi violemment, les larmes sont montées et elle a secoué la tête.

— Non, non ! C'est parce qu'il a cru que je voulais bien, c'est moi, je suis qu'une conne…

— Quoi « il a cru », tu plaisantes ou quoi ? Si tu dis pas oui, c'est que c'est non.

— Il est tombé amoureux. Il est malheureux avec sa femme…

— Et alors, qu'est-ce que ça change ? Il est malheureux avec sa femme alors ça lui donne le droit de venir dans ta chambre ? Marie, s'il t'a violée, tu dois porter plainte.

— C'est ma parole contre la sienne. Il dira que je l'ai encouragé. Personne ne me croira. En plus, t'as vu comme il est connu ? T'imagines les réseaux ? Tu crois que j'ai pas assez de problèmes comme ça ?

— Et donc tu vas rien faire ?

— On me croira pas, je te dis. Mes parents ne me croient pas ! Sa femme dira que c'est impossible, qu'elle était là, que veux-tu qu'elle dise d'autre ? Et en plus, ils n'auraient pas tout à fait tort, j'ai été débile, je te dis. J'aurais pu crier, j'aurais pu me barrer mais non, tu vois, je suis restée jusqu'au bout de l'été !

Elle s'écroule sur son lit, le front dans les mains. Pour Lou, visiblement, cet argument n'est pas recevable. Elle répond du tac au tac, très sûre d'elle :

— Ouais, ben t'étais en état de sidération, c'est archi-connu comme réaction.

Marie relève brusquement la tête, les lèvres ourlées sur sa colère, ses pleurs retenus, son dégoût.

— Et lui il dira quoi, hein ? Il dira que j'étais d'accord, que je l'ai allumé, la preuve : je suis restée, bordel ! Je te dis qu'il a vraiment cru que c'étais ce que je voulais. Il l'a cru !

Lou s'entête, l'air féroce, la mine combative.

— Tu l'as invité dans ton lit ?

Marie hausse fortement les épaules en signe de dénégation. Lou poursuit sur sa lancée, très convaincue :

— Tu l'as enlacé, embrassé volontairement, tu lui as dit que tu étais heureuse dans ses bras ?

— Ah non, non!

— Marie, si tu ne dis pas oui, c'est que c'est non. Tu dois porter plainte.

Marie a pris peur, elle l'a retenue comme elle a pu pour l'empêcher de descendre vers les parents dans le salon. Les mots chuchotés se bousculaient, une plainte paniquée qui hurlait en sourdine sur le palier devant sa chambre : je veux oublier, tourner la page, ça ne changera rien, s'il te plaît, s'il te plaît. Mais Lou a tiré son amie dans l'escalier. Elle s'est plantée devant le canapé où les parents étaient installés et elle a balancé que Marie devait porter plainte. Pour viol. Le père s'est levé, les lèvres blanches et les sourcils rassemblés au-dessus de ses yeux. « De quoi je me mêle, a-t-il répondu, c'est toi qui vas en assumer les conséquences ? Hein ? Tu sais ce que ça implique, tu sais de quoi tu parles au moins ? » Lou a essayé de défendre son point de vue, mais le père a perdu contenance, il lui a demandé d'une voix sourde de quitter sa maison, de s'occuper de ses affaires. Il l'a poussée dehors, sans un mot de plus, et il a refermé la porte sur elle. Et puis il s'est tourné vers sa fille et lui a répété : « Disparais ! »

Marie y a réfléchi toute la nuit. Et au matin elle a décidé de lui obéir pour de bon.

Elle empile ses affaires sur son lit, soigneusement, sans rage, sans excès, sans geste désordonné. Sa décision est prise, elle part. Ils ne veulent plus la voir, ils ne veulent pas voir le bébé, ils ne veulent rien savoir de lui ni d'elle désormais. Elle doit se protéger d'eux, ils lui font du mal, elle doit partir et se débrouiller toute seule.

Il a souvent le hoquet. Marie a demandé à la sage-femme qui accompagne sa grossesse à la maternité, puisqu'elle ne peut rien demander à sa mère. La dame lui faisait une échographie de contrôle, et Marie regardait sur l'écran cette crevette repliée sur elle-même dans son ventre. Son profil, ses jambes d'allumettes et ses doigts bien visibles devant son visage. La sage-femme a compté : dix doigts, dix orteils, le cordon bien en place, c'est bien, il est parfait. C'est un garçon. Le visage de Marie s'est crispé, la dame l'a regardée du coin de l'œil mais n'a pas fait de commentaire.

Cette fois-là, Marie n'a pas du tout pleuré. Les visites précédentes, c'était un carnage, avec sa mère à ses côtés, coincée entre fureur et désolation, et elle en larmes, espérant qu'on lui enlèverait quand même *ça*, alors que c'était trop tard, elle le savait bien. Trop tard légalement. Il faut le « mener à terme », lui disait-on, et elle entendait « mettre un terme ».

Mais là, pour la première fois, Marie n'a pas dit à sa mère qu'elle avait rendez-vous. Elle a pris le bus et s'y est rendue seule. La sage-femme l'a accueillie avec de grands sourires, lui a parlé à elle, en la regardant dans les yeux. Elle l'a pesée, l'a félicitée d'avoir enfin pris un peu de poids, et Marie a pu poser toutes les questions qui lui tordaient l'esprit, même les trucs qui paraissent débiles, des détails, des conseils, des explications. Elle a évoqué ces minuscules spasmes, étonnamment réguliers, et la dame a éclaté de rire : « Il a le hoquet, votre petit bout ! »

Marie a souri. Son bébé a le hoquet. Il bouge. La dame la regarde attentivement, la main en suspension au-dessus de son ventre, avec le capteur de l'appareil à échographie encore tout gluant de gel.

— Votre mère parlait beaucoup d'un accouchement sous X. Est-ce que vous avez pu y réfléchir de votre côté ?

Marie hausse les épaules. La sage-femme reprend :

— Rien ne presse, vous avez le temps, et c'est une décision qui vous appartient.

Le lendemain il y a eu cette altercation entre son père et Lou et pour finir cette injonction paternelle récurrente. Marie fait sa valise et échange des textos avec son amie. Elle l'informe de son projet. Elle prépare ses affaires pour partir, elle ne sait pas où précisément mais elle va bien trouver un point de chute, une maison pour jeunes mères en difficulté par exemple, elle va bien trouver ça. N'importe où pourvu qu'elle dégage de cette maison où on ne veut plus d'elle.

Lou est inquiète mais elle comprend. Elle cherche sur internet, des adresses, des noms d'associations, le numéro du planning familial. Elle transmet les infos au fur et à mesure par textos, et elle rejoint Marie devant la gare, l'accompagne jusqu'au quai en lui portant son sac, lui glisse les billets qu'elle a retirés au guichet avant de venir, quelques centaines d'euros qu'elle avait sur son compte. Ce n'est pas grand-chose, mais c'est toujours ça. Elle pose sa main sur le ventre, sur le bébé, elle dit « Prends soin de toi et prends soin de lui », et elle attire sa copine dans ses bras. Elles pleurent toutes les deux, serrées l'une contre l'autre. Le contrôleur siffle, Marie attrape son sac à dos, elle monte précipitamment et fait un dernier signe par la fenêtre. Lou serre les dents, son sourire est absent, son visage contracté, elle montre son téléphone : tiens-moi au courant ! Marie lève son pouce vers le ciel et lui sourit : T'inquiète, je ne vais pas disparaître.

Elle pense que son arrivée à Paris sera simple, elle ne pense pas à ce qui l'attend, seulement à ce qu'elle quitte. Elle est soulagée de ne plus entendre les reproches grinçants de ses parents, prise d'une petite euphorie de liberté qui fait grimper son rythme cardiaque. Le bébé ne bouge pas, il dort, sans doute bercé par le roulis du TGV.

En arrivant pourtant, elle est prise d'un vertige face à l'immensité de la capitale, à l'intensité de la foule qui se presse autour d'elle. En sortant de la gare d'Austerlitz, elle réalise qu'elle est à deux pas du 11e, qu'il lui suffirait de traverser le fleuve pour aborder les rues qu'elle arpentait pendant son séjour parisien. On est dimanche, il fait un froid de canard, il y a peu de chance qu'il se balade dans la ville, et surtout pas aux abords de la gare, mais quand même, elle ne peut s'empêcher de regarder partout autour d'elle, de scruter les visages, les silhouettes, les démarches. Elle remonte sa capuche et penche la tête vers le sol, elle a envie de pleurer et, pour ne pas craquer, elle parle à son bébé, je sais pas trop quoi faire, là, t'aurais pas une idée ? On va pas dormir dans la rue, quand même, toi et moi, pas vrai ? Elle regarde sur l'écran de son portable les adresses que Lou lui a envoyées mais sa fatigue est immense, elle se sent totalement désemparée. La force qu'il faut pour partir, l'énergie qu'il faut pour tout quitter… Elle aurait dû mieux se préparer, elle aurait dû soigner sa fuite, ne rien dire à ses parents mais anticiper un point de chute, un contact, une adresse, un endroit sûr au moins pour dormir.

Elle pense alors à Axel, le chef de salle de la brasserie. Il a toujours été adorable avec elle, il lui a appris les rudiments du métier de serveuse, il l'a chouchoutée pendant tout l'été. Il surveillait que les clients ne l'emmerdent pas, qu'aucune main baladeuse ne vienne lui pétrir le derrière quand elle posait les consommations sur la table. Il voulait la protéger. Elle repère la bouche de métro la plus proche et s'y engouffre, le visage dissimulé par sa capuche.

Quand elle arrive à la brasserie, Axel la voit tout de suite. Il se précipite vers elle avec un immense sourire :

— Ma parole mais qui voilà ! Ma petite Marie qui nous fait une visite !

Il l'embrasse, deux fois, il lui tient les épaules, la regarde, lui sourit.

— Comme tu es jolie, tu as pris des joues, non ? C'est bien c'est bien, je te trouvais un peu maigrichonne cet été. Mais qu'est-ce qui nous vaut le plaisir, ma chère ?

Marie n'arrive pas à répondre. Ne sait pas quoi répondre. Elle sourit raide, elle sourit faux, figée dans son mutisme, bloquée dans sa détresse. Axel la regarde, son sourire disparaît en un clin d'œil.

— Qu'est-ce que tu as ? Marie, qu'est-ce que tu as ? Viens là, viens t'asseoir, oh mon Dieu, ma pitchounette, qu'est-ce qui t'arrive ?

Il l'attire dans un recoin, il n'y a pas grand monde à cette heure, il fait signe à sa collègue de gérer la salle et les commandes pendant qu'il s'occupe de sa petite Marie qui a visiblement un très gros souci.

Elle ôte sa doudoune, et c'est là qu'Axel voit. Il regarde le ventre, le visage de Marie, puis le ventre encore. Il fait signe, lance un ordre pour faire venir un chocolat chaud, il croise les mains sur la table entre elle et lui. Marie commence par pleurer. Longuement et en silence. Finalement, il lui demande juste :

— Tu dors où ce soir ?

Marie balaie l'air d'une main accablée. Elle ne sait pas, elle pleure, avec de gros hoquets d'enfant et des tremblements incontrôlables, des frissons comme si elle avait froid. Axel voit bien qu'il n'en tirera rien. Elle est figée, la pauvre petite, prisonnière de sa détresse. La nourrir, la réchauffer. On verra plus tard pour les confidences, après tout qu'est-ce que ça change ce qui s'est passé pour en arriver là ? Il y a juste une gamine en pleine galère à prendre en charge d'urgence. Une gamine avec un gamin dans le ventre.

— OK, donc tu viens à la maison. Bois ton chocolat, il faut te nourrir et nourrir ce bébé.

La chose est dite, Axel se lève, il reprend son service, passe de temps en temps près de l'endroit un peu caché où Marie est assise. Elle a sorti son téléphone et pianote dessus. Elle est en train d'informer Lou : Tout va bien, Axel va s'occuper de moi.

Amandine, avril 1991

LES premiers temps, chez Michel et Hélène, Amandine n'a fait que dormir. Un sommeil de plomb dans lequel elle glissait avec une sorte de délectation, un lâcher-prise absolu que ses hôtes n'interrompaient que pour la faire venir à table. Et là, la petite dévorait tout ce qu'on lui proposait, sous le regard satisfait de Michel qui ne cessait de lui dire de se resservir, de bien se nourrir, dans son état. À sa femme, en privé, il disait : « Elle est affamée et épuisée, cette gosse. On va la requinquer, hein Hélène ? On va la remettre d'aplomb pour l'arrivée du bébé. »

Michel et Hélène n'ont pas d'enfant. Ils auraient voulu, ils ont fait tout ce que la science permet. Mais ça n'a pas pris, ou ensuite ça n'a pas tenu. C'est le désespoir de leur couple, mais c'est ainsi, ils n'ont pas eu la chance de voir grandir un petit dans leur foyer. La dernière fois, ils y ont tellement cru que tout était prêt. Les stocks de couches, les brassières, les mini-chaussettes et les petits pyjamas ultradoux, le berceau en bois avec son joli mobile aux couleurs tendres qui l'aiderait à s'endormir… Le petit est enterré au Père-Lachaise. C'est pas grand, un cercueil de prématuré.

Hélène ne s'est jamais décidée à jeter les affaires qu'ils lui avaient préparées. Elle y pense chaque fois qu'elle met de l'ordre dans ses armoires, elle se dit que ces vêtements pourraient servir à d'autres, que c'est ridicule de garder ça, qu'elle se fait du mal. Elle prend la décision de les porter au Secours populaire, mais elle remet toujours à plus tard. Aujourd'hui elle se félicite d'avoir gardé ces effets. Ça servira pour le bébé d'Amandine.

En triant les affaires, elle pense à cette autre petite Amandine, le premier bébé-éprouvette, et à l'espoir fou que sa naissance avait donné à Hélène. C'était il y a une dizaine d'années et les journaux ne parlaient que de ça. C'est drôle quand même que ce soit justement une Amandine qui vienne quand même faire naître un enfant sous leur toit.

Michel et Hélène n'ont pas eu besoin de se concerter bien longtemps pour prendre leur décision. On ne laisse pas une jeune fille seule avec son gros ventre dans les rues de Paris. L'appartement n'est pas bien grand mais on y contiendra en se serrant un peu. Hélène dégote un paravent aux Puces de Saint-Ouen, le tissu est défraîchi mais l'armature est solide. Elle coud, bricole, pousse les meubles et installe un recoin un peu intime pour Amandine dans le salon. On prévoit l'emplacement du berceau que Michel repeint pour lui redonner un coup de neuf. On lave les affaires de bébé, que ce soit propre pour son arrivée, que ça sente bon.

Amandine écrit à Lola, son amie d'enfance, restée à Bourges. Quand elle est partie, elle a promis de la tenir au courant, de ne pas la laisser sans nouvelles.

— Ne t'évanouis pas dans la nature, Amand', a dit Lola sur le quai de la gare, ne me fais pas languir, je vais m'inquiéter, tu le sais, écris-moi souvent ! Promis, hein ?

Amandine a promis et, dès le lendemain de son arrivée à la capitale, elle a écrit une longue lettre à Lola pour la rassurer. Dans ce premier courrier, elle lui expliquait qu'elle avait été recueillie par son ancien collègue Michel, celui qui supervisait un peu toute l'équipe à l'hôtel, et son épouse Hélène. Ils ont été formidables, ils n'ont pas hésité une seconde pour lui proposer de l'héberger. Elle va rester là jusqu'à l'accouchement. Après… Après elle ne sait pas, elle trouvera un emploi, un logement, elle s'occupera de son enfant. Dans chaque lettre, Amandine précise bien à Lola de ne pas donner ces informations à ses parents si jamais ils lui demandent quelque chose. Ils m'ont poussée dehors, écrit-elle, j'ai débarrassé le plancher comme ils l'espéraient et, le moins qu'on puisse dire, c'est qu'ils ne m'ont pas vraiment couru après.

Lola ne lui dit pas, mais elle a pourtant donné quelques informations. À la mère qui l'a appelée quelques jours après son départ. Elle l'a rassurée, elle a juste confié qu'Amandine était en lieu sûr. Pas plus. Apparemment ça leur a suffi, parce que depuis ce coup de fil ils ne posent aucune question. Ils viennent à l'épicerie de quartier de ses parents, chaque semaine comme d'habitude, elle les y accueille bien sûr, elle leur sert ce qu'ils demandent, souriante comme une bonne commerçante, elle leur fait payer leurs commissions, et ils s'en vont sans évoquer leur fille. Ils doivent bien s'imaginer, pourtant, que Lola sait des choses… Elle trouve incroyable de constater qu'ils préfèrent rester dans l'ignorance. Ses parents aussi trouvent ça difficilement concevable, même s'ils rappellent à leur fille qu'elle ne sait rien de ce qui se passe dans leur foyer, des déchirures et des questionnements qu'ils affrontent sans rien en dire à leurs voisins. Quoi qu'il en soit, les clients sont les clients, rien ne doit transparaître de ce qu'ils en pensent. Amandine est devenue un sujet tabou dans le quartier, en tout cas face à ses parents. On ne parle pas d'elle, on n'évoque pas son existence, c'est comme si elle n'avait jamais existé. D'ailleurs, c'est ce que le père a dit en découvrant ce dimanche-là les placards vides et la chambre désertée à l'étage. Il a serré les poings, il a lancé un regard noir vers son épouse qui tenait comme toujours son mouchoir en boule contre ses lèvres et il a annoncé d'une voix blanche : « Je ne veux plus entendre parler d'elle. »

Amandine restera chez Michel et Hélène au moins jusqu'à la naissance du bébé. Ils l'ont décidé tous les trois après la première semaine qu'elle a passée à manger et dormir, dormir et manger. Ses hôtes ont eu le temps d'y penser tous les deux, et ils lui ont fait cette proposition.

— Laisse tomber la demande de foyer, a suggéré Michel, tu n'as qu'à rester ici avec nous, tu aviseras plus tard, quand le petit sera né, que tu seras remise, tu verras ce que tu veux faire. En attendant ici tu es tranquille et tu es la bienvenue.

Elle n'a pas hésité à dire oui. L'idée du foyer, de toute façon, avec une chambre impersonnelle dans un bâtiment lugubre, la perspective de repas en réfectoire et l'inévitable promiscuité avec d'autres nanas dans la même situation qu'elle…

Elle a donc passé les derniers mois de sa grossesse dans la loge de ce bel immeuble du 8ᵉ arrondissement qu'ils habitent, puisque Hélène y occupe le poste de concierge. Celle-ci vaque à l'entretien des parties communes, trie le courrier et répond aux demandes variées des habitants, et désormais veille également au bien-être d'Amandine. Elle l'a aidée pour les paperasses avec la CAF, avec la banque, avec la Sécurité sociale et l'a accompagnée à ses premiers rendez-vous à la maternité. Ensuite, Amandine est partie seule aux cours de préparation à la naissance. Chaque semaine, elle a pris le métro avec, dans son ancien sac de cours, une bouteille d'eau et une serviette de toilette pour s'allonger et souffler en rythme avec d'autres futures parturientes. Chaque semaine elle a quitté la loge, oui, mais jamais elle n'est allée jusqu'à l'hôpital. Poussée par une impulsion irrépressible, elle bifurquait et changeait de rame pour aller rôder aux abords de l'immeuble où vivent René et Christine. Cachée sous la capuche de sa grosse doudoune, elle guettait la lourde porte, le rideau de la fenêtre, là-haut, celle de son bureau. Elle en scrutait les potentiels mouvement. Aux heures où elle a mené sa surveillance, Amandine savait qu'elle ne pouvait pas la voir, elle. Elle connaît leurs habitudes. Mais lui, elle ne l'a jamais aperçu non plus. Pas une fois. Elle repartait à l'heure supposée de la fin de sa séance de préparation à l'accouchement et regagnait la maison, soulagée et furieuse.

À quelques jours du terme, inoccupée et alourdie par son énorme ventre, Amandine écrit à Lola. Elle lui parle de ses maux de dos, de ses jambes lourdes, des mouvements du bébé dans son ventre, moins intenses maintenant qu'il manque de place. Elle évoque dans sa lettre sa peur effroyable de ce qui l'attend à l'heure de l'accouchement. Elle décrit Hélène et ses efforts pour se montrer rassurante, Michel et ses faux airs de père paisible.

Les jours, les nuits passent, Amandine n'en peut plus de cette énorme masse sur le devant de son corps. Elle dort tout le temps, mais jamais bien, elle ne cesse de se rendre aux toilettes, à toute heure du jour et de la nuit, elle ne peut manger que de très petites quantités de nourriture, tant l'enfant pèse sur son estomac. Se laver dans la douche minuscule de l'appartement est devenu compliqué, elle n'atteint plus ses orteils, peine même à apercevoir ses genoux. Elle erre souvent à mi-chemin entre le désespoir et la colère. Pourquoi elle doit subir ça ? Elle se sent punie, elle se sent accablée, entravée, le moindre effort l'essouffle comme une petite vieille. Elle pleure la nuit sans faire de bruit, mais Hélène l'entend, derrière les ronflements de Michel. Elle entend la petite qui sanglote dans son recoin derrière le paravent, ou qui geint. Parfois même elle parle dans son sommeil. Elle dit souvent non, non je ne veux pas, ou bien elle supplie, ou elle appelle sa maman d'une petite voix perdue. C'est déchirant. Mais le plus souvent, elle dit non. Non non non non. En boucle. C'est presque toujours ça qu'elle dit. Non.

Le bébé est gros. Ça inquiète Michel. La petite va avoir du mal à le sortir. Pourquoi ça tarde comme ça ? Il a assez profité, le morpion ! Alors, quand un matin Amandine s'immobilise brutalement et qu'une flaque tiède d'eau trouble inonde ses jambes, Michel soupire de soulagement, enfin ça y est. Et dans le même temps il sent l'inquiétude la plus sombre l'envahir. Il a enterré un enfant, déjà, perdu les deux précédents quand on n'avait même pas encore commencé à les imaginer, alors celui-là, il le veut en pleine forme, même si ce n'est pas le sien. Il le veut tonique et braillard, qu'on entende bien sa vie qui s'exprime.

Les contractions sont encore espacées mais elles stoppent régulièrement Amandine dans ses préparatifs. Elle s'agrippe alors à un chambranle de porte, au rebord de la table, ou au bras d'Hélène si elle se trouve là. Il ne faut plus traîner, ça se précise. Ils se mettent d'accord, Michel va partir au boulot et Hélène se chargera d'emmener la petite à la maternité. Elle le préviendra dès que ce sera fait.

Il sourit tout grand en enfilant son pardessus : « Allez, Amandine, c'est aujourd'hui que tu deviens maman, sois courageuse, fais bien ce qu'on te dit, fais confiance, hein ? Allez ma grande, allez. »

Dès l'arrivée à la maternité, Amandine est installée dans une chambre et invitée à défaire sa valise. La sage-femme entre, pose quelques questions, note les réponses et annonce qu'elle reviendra l'ausculter dans un moment.

À peine a-t-elle quitté la chambre qu'une nouvelle contraction s'annonce. Amandine arpente l'espace réduit en soufflant, gémissant. Elle refuse de s'allonger comme le lui conseille Hélène. Elle est concentrée sur cette pieuvre de douleurs qui resserre ses bras autour de son ventre avec une fréquence de plus en plus soutenue, pendant des durées de plus en plus longues, pour relâcher brusquement son étreinte comme si elle abandonnait la partie.

Lorsqu'elle revient enfin, la sage-femme demande à Amandine de s'allonger pour qu'elle vérifie l'avancée du travail. Amandine s'exécute, il faut ouvrir les jambes. Mais quand la main s'avance, les jambes se ferment malgré elle et Amandine crie. Une contraction plus violente que les précédentes la fait hurler, elle se recroqueville, puis se cabre, frappe le lit de ses talons et de ses poings, grimace, geint et se contorsionne. Puis elle s'affaisse, épuisée et en larmes, au moment où la pieuvre ouvre ses tentacules d'un coup et s'enfuit dans les profondeurs. Elle repousse la soignante qui s'approche. Elle ne veut pas qu'on la touche, elle le dit en beuglant comme un animal pris au piège. Elle donne des coups de pieds dans les draps, cherche comment soulager cette douleur qui la prend là, dans les reins, monte et monte et monte jusqu'à l'occuper tout entière. Elle pleure, geint qu'elle ne veut pas, feule qu'elle n'a rien fait, supplie qu'on la laisse enfin tranquille.

La sage-femme s'adresse à Hélène.

— Tenez-vous là, à la tête, parlez-lui.

Hélène se précipite, elle prend les deux mains d'Amandine et chuchote au ras de son oreille : « Je suis là, ma chérie, je suis là. Allez, il faut te laisser faire, je reste là, je reste près de toi. »

Le travail a progressé très vite, probablement en partie à cause du trajet en métro pour arriver jusqu'à la maternité. Le col est très ouvert, et les contractions se rapprochent et durent de plus en plus longtemps. Il faut filer en salle d'accouchement sans traîner. Il est trop tard pour la péridurale. Amandine se tourne vers Hélène, attrape son bras : « Reste avec moi, s'il te plaît, faut que tu restes avec moi. »

L'équipe s'affaire autour d'elle dans un ballet maîtrisé et calme. Hélène lui tient la tête, éponge sa sueur et l'encourage en chuchotant. La sage-femme donne des indications précises, des ordres directs, et mentionne à plusieurs reprises les cours de préparation auxquels Amandine devait avoir assisté. Mais Amandine paraît ne rien entendre. Elle est seule avec sa douleur et ses terreurs. Elle a la sensation que ses os s'écartent les uns des autres, que ses chairs s'étirent au-delà de l'imaginable, et ça fait un mal atroce. Elle ne sait plus ce qu'elle doit faire, pousser ou retenir, libérer ou attendre. Elle se tord sur elle-même, ahane, crie, repousse les mains, ou au contraire s'y accroche comme une noyée.

— Je vois la tête, Amandine, il va falloir pousser, on attend la prochaine contraction et vous poussez de toutes vos forces vers le bas. Allez, attention, ça vient… Attendez un peu, respirez… Encore, respirez… Bloquez, et poussez ! Allez, poussez ! Poussez, Amandine !

Oui, elle va pousser. Elle va pousser pour extraire la bête, expulser sa rage. Elle va pousser de toutes ses forces. Elle hurle de douleur et de colère, elle se débat entre deux contractions, elle crie et pleure, elle lutte, elle lâche, elle force, elle transpire. Elle grogne comme un animal. Ses cheveux sont collés et ses yeux sont injectés de sang. Elle pousse oui, mais pas quand il faut, et elle secoue la tête en hurlant non, non ! Ses doigts s'accrochent à tout ce qu'elle peut. Non, hurle-t-elle, non je ne veux pas ! Alors la sage-femme l'engueule : « Quoi non ? Amandine, respirez. Il veut sortir votre bébé il en a marre. Calmez-vous, regardez-moi. Regardez-moi Amandine ! Là, respirez, on attend la prochaine contraction, il faut qu'il sorte maintenant. »

Hélène est épouvantée, elle essaie de tenir les mains d'Amandine et elle pense : « Ils vont mourir, ils vont mourir tous les deux, oh mon Dieu, Michel, aide-moi, ils vont mourir, je ne veux pas ça encore, ils vont mourir ! »

Amandine entend les ordres de la sage-femme, elle se concentre, c'est maintenant, maintenant que ça doit sortir d'elle. Elle est à la fois déchaînée et harassée, elle pousse avec l'énergie de la colère et du désespoir, en même temps, en tenant ses genoux, en arquant sa nuque, en plissant son visage dans un effort gigantesque. Elle rugit une dernière fois et la tête apparaît. La sage-femme félicite, acclame : « Le voilà. C'est bien Amandine, respirez, le reste va venir tout seul, vous avez fait le plus dur, c'est bien ! »

Elle tourne la tête de l'enfant, dégage les épaules, il glisse comme une anguille. Amandine sanglote et Hélène la console en tenant son visage contre le sien, en parlant à mots murmurés, en caressant son front brûlant, ses cheveux poissés.

Le silence est épais dans la pièce, la sage-femme reste concentrée sur Amandine tandis que l'infirmière s'active autour du nourrisson. Hélène attend, la bouche en rond, les sourcils inquiets, en cherchant à voir ce qui se passe avec le petit corps silencieux, manipulé avec une brutalité contrôlée. Elle serre toujours la main d'Amandine dont les yeux sont clos et le souffle court.

Et soudain le bébé crie. Sa vie éclate dans la pièce. L'infirmière enveloppe l'enfant et le pose sur le ventre de sa mère qui le regarde, étonnée, interdite, hésitante face à ce machin gris et graisseux à l'odeur étrange. Il couine son pleur de nouveau-né et rampe vers son sein, les paupières hermétiquement fermées, les gestes saccadés, malhabiles. Il fait des efforts gigantesques et ridicules pour accéder à ce téton qui l'attire. Pour vivre il faut le trouver, le happer, s'en remplir. Amandine le regarde faire, lutte contre l'envie première de le repousser, car la sage-femme vient immédiatement à la rescousse de l'enfant, l'aide à atteindre l'aréole tendue. Elle place sa bouche avide, tient sa tête correctement orientée tout en maintenant le petit corps qui semble entièrement concentré sur ce réflexe impérieux qui lui impose de se nourrir de sa mère.

La sage-femme sourit derrière son masque et félicite : « C'est bien, le premier lait, vous savez, c'est le meilleur, c'est celui qui va le protéger et le fortifier pour les semaines à venir. C'est du nectar de champion que vous lui donnez là. Et regardez-moi ça comme il tète ce bonhomme. »

Elle reste silencieuse un instant. Elle ne sait rien de la situation, mais l'imagine compliquée, probablement douloureuse. Cette femme, là, qui accompagne la parturiente, n'est pas sa mère. Ça en dit long. Elle passe une main sur l'épaule de la petite et ajoute : « Vous pouvez être fière, vous avez été très courageuse, je n'ai rien eu à faire. »

Amandine est épuisée et, en même temps, elle se sent habitée d'une énergie formidable qui la tient en alerte. Sous le regard chaleureux d'Hélène et de la sage-femme, elle détaille les traits de son enfant. Elle pense encore qu'elle aurait préféré que ce soit une fille, mais elle n'en dit rien. Elle s'applique à l'observer avec cet air béat qu'affichent les jeunes mères en général. Quand il relâche le mamelon, repu, une goutte d'épais lait jaunâtre reste accrochée à ses lèvres. On dirait de la crème tournée. Elle lui cale le visage dans son cou. Il a un petit gémissement qu'on dirait satisfait, qui les fait toutes sourire. Elle renifle son crâne, elle palpe son dos, ses cuisses, ses pieds minuscules, ses orteils et ne parvient à ressentir qu'un sentiment d'étrangeté. Ensuite elle perçoit contre son ventre nu les premiers gargouillis digestifs et le signale à l'aide-soignante pour qu'elle prenne le bébé avant qu'il ne rejette le méconium. Elle se souvient d'avoir lu combien ces premières selles étaient écœurantes. L'aide-soignante, qui attendait avec une mine attendrie pour donner les premiers soins, laver et habiller le bébé, lui explique que c'est encore un peu tôt pour ça mais s'exécute néanmoins et récupère l'enfant.

Michel a été prévenu et a quitté son travail aussi vite que possible. Il arrive en fin d'après-midi alors qu'Amandine dort profondément dans son lit tiré de draps frais, avec le soleil timide d'avril qui cherche à s'immiscer au travers des persiennes qu'Hélène a fermées à moitié. Le nourrisson dort lui aussi dans son berceau de plexiglas, quelques tressautements agitent son corps de temps à autre, mais sinon le calme est total. Michel passe la tête à la porte, Hélène se lève pour l'accueillir, les larmes déjà au bord des yeux. Il s'approche à pas de loup et regarde le duo dormir à l'unisson. Elle sait qu'il a le cœur lourd lui aussi. Au bout d'un moment, il se tourne vers elle, toussote pour contenir son émotion et chuchote à son épouse, immobile derrière lui, les mains serrées contre sa poitrine : « On va bien s'en occuper de ces deux-là, pas vrai ma chérie ? »

Elle s'approche et se glisse entre ses bras. Bien sûr qu'ils vont en prendre soin. Comme si c'était leur fille. Comme si c'était leur fils.

Troisième partie

Paul

Claudine, mai 1938

CLAUDINE l'appelle Paul. C'est un joli prénom, un prénom doux, un prénom de gentil. Marcel est content, Paul est un nourrisson dodu et tonique qui ne se fait pas oublier. Elle apprend vite à le langer, le nourrir, le baigner. Au départ elle veut s'occuper de tout, même si Léonie ne cesse de l'exhorter à se reposer davantage, lui promettant un méchant retour de bâton si elle ne laisse pas à son corps le temps de récupérer. Effectivement, à la fin de la première semaine, elle a l'impression de ne plus distinguer le jour de la nuit, elle sanglote pour un rien et son visage est bouffi de fatigue.

Ils lui conseillent de le laisser pleurer un peu, pour qu'il fasse ses poumons comme on dit. Marcel ajoute qu'à toujours se précipiter comme ça, elle en fera un capricieux. Mais l'exiguïté de l'appartement, la crainte de réveiller ses hôtes pousse Claudine à le prendre dès qu'il semble vouloir bientôt la tétée. Elle saigne beaucoup bien sûr, surtout la première semaine, et surtout quand elle met le bébé au sein. Il aspire le mamelon et aussitôt son ventre se tend, se serre sur lui-même et expulse ce qu'il reste. Le bébé l'aide à éliminer les dernières traces. Elle caresse doucement son front. Il lui semble que grâce à lui elle se vide de sa crasse. Elle prend l'habitude de le coucher contre elle dans le lit, pour pouvoir s'assoupir un peu pendant qu'il se nourrit. Il paraît qu'elle pourrait l'étouffer, que c'est dangereux, qu'elle pourrait le tuer sans faire exprès. Elle prend un air effaré quand on lui dit ça, et finalement elle le fait quand même.

Dès qu'elle est vraiment remise, Marcel et Léonie organisent le baptême de Paul à l'église du quartier. Quand Claudine leur a officiellement demandé d'être les parrain et marraine, Marcel a bombé le torse, Léonie a écrasé une larme, et les trois se sont serré les mains au-dessus de la table et des reliquats du souper. Claudine sentait son cœur battre la chamade dans sa poitrine. Elle n'allait pas fondre en larmes, non, elle n'allait pas s'écrouler parce que ce qui la broyait en dedans, c'était de se dire que ses parents, eux, ne seraient pas là.

Elle a écrit à Jeanne dès que la date de la cérémonie a été choisie, pour l'inviter. Elles avaient repris contact après son arrivée à Paris, Claudine avait fait le premier pas avec une longue lettre pour donner des nouvelles, expliquer les raisons de son départ et indiquer sa nouvelle adresse. Elle tremblait d'être rejetée, oubliée. Mais la réponse était arrivée très vite : Jeanne savait pour la grossesse, elle n'avait pas osé lui rendre visite, le regrettait beaucoup, lui assurait que son amitié était intacte. Depuis, elles n'avaient plus cessé de s'écrire.

Dans son courrier d'invitation, Claudine n'a pas tari de superlatifs à propos du bébé. Enfin elle a demandé dans un timide post-scriptum de bien vouloir annoncer la date du baptême à ses parents, parce qu'elle n'osait pas les informer directement et qu'elle aurait tellement voulu qu'ils viennent…

Jeanne a répondu très vite. Une longue lettre pour féliciter, s'enthousiasmer, décrire son impatience à venir voir ce magnifique bébé. Tout à la fin, à la dernière ligne, comme si elle avait repoussé jusqu'à ne plus avoir le choix, elle a glissé que ses parents avaient été mis au courant bien sûr, immédiatement. Et puis c'est tout. Elle a préféré épargner à Claudine de connaître les détails de leur réaction.

Car, dès qu'elle a reçu le courrier, elle s'est empressée de transmettre l'information. Elle se sentait comme l'ange de la réconciliation, se donnant le rôle chatoyant de celle qui aura permis que l'histoire se termine bien. Elle s'est déplacée jusque chez eux, elle a sonné, un peu excitée, un peu tendue. Elle a vu le rideau de la fenêtre bouger, elle a imaginé la mère de Claudine regarder de sa cuisine qui pouvait bien leur rendre visite, reconnaître Jeanne, comprendre pourquoi elle venait les voir. Ils l'ont fait entrer, pas plus loin que le vestibule, et ils n'ont pas proposé qu'elle ôte son manteau. La mère pleurait en silence, le père serrait les dents et les poings, il en avait les jointures blêmes. Ça lui a même fait un peu peur, à Jeanne, toute cette colère rentrée. Ils ont écouté les détails sans poser de questions, le prénom, le poids, la date exacte, et que Claudine allait bien. Après elle a dit pour le baptême, et pour l'invitation. Le père a ouvert la bouche pour la première fois, pour lui demander de partir, de ne plus revenir. « Si elle a quelque chose à me dire, Claudine, qu'elle se déplace elle-même. Allez, fous le camp. »

Jeanne s'est contentée de promettre à Claudine qu'elle serait là, elle. Manière habile de signifier qu'eux ne viendraient pas. Elle a tenu promesse. Ses parents l'ont autorisée à prendre le train, et la voilà, la chère Jeanne, au premier rang de l'église, tout émue, ses mains gantées de blanc serrées contre ses lèvres, les larmes perlant sur ses cils alourdis de mascara, de ceux qu'on mouille avant d'y frotter une petite brosse. Elle en a mis sur les yeux de Claudine avant de venir, et aussi une touche de rouge sur les lèvres pour avoir bonne mine. Elles ont pouffé de rire comme avant tout ça, comme quand elles étaient petites et qu'elles jouaient à la madame.

Jeanne est arrivée à Paris très tendue, inquiète pour son amie, désolée d'arriver seule, de n'avoir même pas un courrier, un mot de félicitations à transmettre. Mais Claudine a l'air de tenir le coup, Marcel et Léonie sont tellement gentils… Et Paul est si beau ! Il a à peine un mois, et déjà des fossettes partout, un véritable petit rôti, tellement adorable dans sa barboteuse brodée. Jeanne craint d'avoir à parler de Bourges, alors elle occupe le terrain verbal, pose mille questions, ne laisse aucune place au silence pour ne pas avoir à confirmer ce qu'elle a eu tellement de mal à écrire dans sa lettre.

La rage, la rancune, l'incompréhension faisaient trembler sa plume. Si elle s'était laissée aller, elle aurait été insultante vis-à-vis des parents de Claudine et, quand même, ça ne se fait pas. Elle s'accroche à l'idée que son amie est bien ici, que ce couple qui l'a accueillie est une bénédiction. Paul est beau, en pleine santé, la vie est devant, allez…

La cérémonie n'est pas très longue, ils ne sont que quatre autour de ce bébé, ce sera un baptême minimaliste. Ce qui importe, c'est qu'il soit protégé des limbes, n'est-ce pas ? Marcel porte le nourrisson au creux de son bras, Léonie rajuste sans cesse sa voilette et lisse le tissu de sa jupe sur ses genoux. Le curé ne demande pas qui est le père : Paul porte le nom de sa maman, c'est un signe qui ne trompe pas. Il baptise cet enfant qui devient l'enfant de Dieu, il le dit dans son prêche.

Après la courte cérémonie, prenant Claudine à part un instant, il lui murmure d'une voix de velours qu'elle pourra évidemment assister aux messes comme il se doit, dès lors qu'elle restera discrète au fond de l'église. En disant ça, il pose une main sur son bras et prend un air contrit. Il faut qu'elle réalise le cadeau qu'il lui fait : même pour les pécheresses, Dieu est miséricordieux. Claudine baisse la tête et serre les dents.

Jeanne quitte Paris par le train du soir. Son père a accepté cette excursion parisienne à condition que sa fille rentre dormir. En le racontant, elle s'est mise à plaisanter avec Claudine, moquant sa rapacité légendaire de commerçant, un sou est un sou, le temps c'est de l'argent, le travail c'est la santé... Elle a ainsi laissé entendre que cette exigence de retour dans la journée, c'était pour qu'elle ne manque qu'une journée à la boutique où sa mère devra assurer seule l'accueil des clients pendant son absence. En réalité, il ne souhaite pas qu'elle s'éternise auprès de Claudine. Il ne précise jamais ce qu'il craint, et Jeanne ne le lui demande pas.

Marcel l'accompagne jusqu'à la gare et Claudine reste à la maison avec Léonie et le bébé. Elle est tendue, se plaint d'un mal de tête persistant, d'avoir froid et, d'une manière générale, de se « sentir bizarre ». Sûr que la venue de Jeanne l'a troublée. Ses rires et son insouciance, qui auraient dû lui faire du bien, l'ont plongée dans une nostalgie stupide. Le visage de son amie, ses exclamations et ses efforts pour retrouver leur complicité de jadis lui ont collé un goût de perte définitive qui la laisse désemparée ce soir. Elle a passé la journée à refouler les questions qui la taraudaient, et Jeanne a passé la journée à les craindre. C'est bien vrai que les silences prennent souvent plus de place que les mots. Au final, elle a joué sa partition de maman comblée à la perfection, et ça l'a épuisée.

Claudine et Léonie tricotent face à face sur les fauteuils du salon, Paul dort dans son couffin posé à leurs pieds. Elles ont mis la radio en sourdine, les actualités parlent de tensions du côté de la Tchécoslovaquie, d'une alliance militaire entre Mussolini et Hitler. Tout ceci n'est pas de bon augure, Léonie murmure comme pour elle-même qu'ils sont à deux doigts de remettre ça, et elle secoue la tête pour montrer sa crainte et sa désolation. Claudine ralentit puis suspend le ballet de ses aiguilles, comme prise dans une rêverie intense.

À deux doigts de remettre ça. Marthe avait dit exactement les mêmes mots.

Elle secoue la tête comme pour s'extraire d'un souvenir désagréable et reprend le décompte de ses mailles. Léonie lève les yeux vers elle, l'observe en silence. La petite garde un mois après son accouchement le teint pâle et les yeux cernés. Cette journée l'a fatiguée aussi. Elle a bien vu tous ses efforts pour dissimuler sa tristesse face à sa copine d'enfance, si légère elle, si pleine de projets, maladroite dans son affectueuse innocence. Léonie comprend Claudine.

La vie les a jetées l'une contre l'autre alors que rien ne le laissait supposer. Il y a encore six mois, elle ne connaissait que son prénom. Marcel avait beaucoup parlé d'elle pendant l'été. Cette gamine, il l'avait prise en affection dès qu'elle avait posé le pied dans l'entreprise. Elle avait été embauchée pour l'été, pour pallier les absences des secrétaires qui avaient droit désormais à des congés payés et partaient à tour de rôle. Claudine remplaçait au fur et à mesure pour que le courrier ne s'accumule pas, et que les factures arrivent à bon port. C'est bien joli d'offrir des vacances aux employés mais l'ouvrage, lui, ne se fait pas tout seul ! Alors le patron avait trouvé la parade, plutôt que de ralentir les cadences, alors qu'on avait tellement de commandes, il avait embauché pour deux mois quelques jeunes gens tout juste diplômés. Selon leurs compétences, certains ont été parachutés à l'atelier, d'autres au stockage ou à la livraison, et Claudine à l'administratif, grâce à son diplôme tout frais de sténodactylo.

C'est comme ça qu'elle avait surgi dans la vie de Marcel. Il riait de ses maladresses, il moquait gentiment sa naïveté, il célébrait sa fraîcheur. Il l'appelait « la souris », parce que les premiers temps, on aurait dit qu'elle longeait les murs tellement elle était mal à l'aise. Oh, elle avait rapidement pris de l'assurance, forcément, à dix-sept ans on s'adapte vite, mais le surnom lui était resté. Au milieu des pimbêches du secrétariat qui passent leur temps à laquer leurs ongles et retoucher leur maquillage, elle avait l'air d'une enfant perdue et appliquée.

Claudine se sent observée, elle lève les yeux de son tricot et interroge Léonie du regard. Celle-ci lui sourit, ses mains agissent toutes seules, le cliquetis de ses aiguilles remplit l'espace.

— Dis-moi, Claudine, commence-t-elle sur un ton qu'elle souhaite le plus naturel possible, tu n'as jamais parlé du… père. Est-il au courant au moins ?

Claudine baisse les yeux et serre les doigts sur son tricot. Elle fait un signe minimaliste de la tête pour dire non, pour dire surtout qu'elle ne veut pas en parler, et Léonie n'insiste pas. C'est sans doute mieux comme ça. Elle ajoute juste pour clore le sujet que quoi qu'il en soit elle est ici chez elle, et Paul aussi. La petite murmure qu'elle sait, qu'elle les remercie, et elle se tait. Les deux femmes laissent passer un silence un peu embarrassé, la radio poursuit sa logorrhée, ses menaces de guerre et ses nouvelles alarmistes.

— Marcel, il est parti en 14 ? demande Claudine au bout d'un moment en rattrapant une maille échappée.

— Eh oui… Il l'a faite d'un bout à l'autre, la sale guerre. On venait juste de se marier. Là, si ça les reprend, il ne sera pas mobilisé. Il a fait ses quarante ans déjà, on devrait être tranquilles.

Claudine ne dit rien, absorbée, semble-t-il, par le ballet de ses aiguilles.

— J'aimerais bien que vous vous occupiez de Paul, s'il m'arrivait quelque chose.

La phrase claque dans l'air et Léonie relève les yeux lentement. Son sourire s'efface.

— Il ne va rien t'arriver.

— Ben non, évidemment non, mais quand même, on ne sait jamais… Je serais plus tranquille si j'étais sûre qu'il grandisse ici, chez vous.

Elle reste silencieuse un instant, puis ajoute dans un murmure.

— Je ne pense pas que mes parents le prendraient, et l'Assistance…

Léonie pose son tricot d'un geste ample dans le panier à ouvrages. Elle se lève et vient serrer Claudine dans ses bras.

— Bien sûr qu'on s'occupera de Paul. Mais il ne t'arrivera rien.

Elle se détourne et file vers la cuisine mettre de l'eau à chauffer pour une tisane. Claudine sait bien qu'elle trouve là un prétexte pour se cacher et écraser une larme, la laisser dissimuler les siennes. Les déballages émotionnels, c'est bon pour les personnages de romans, pour les acteurs au cinéma. Dans la vraie vie la pudeur est de mise, ça ne se fait pas.

Marcel rentre à ce moment-là. Il s'avance dans le petit salon, accepte volontiers une tisane, et s'installe pour bavarder.

— Bon, dit-il en préambule, le voilà baptisé notre gaillard ! Une bonne chose de faite.

Claudine lui sourit. Elle hésite un peu, tortille ses doigts et finit par se lancer alors qu'il aspire précautionneusement une première lampée de sa tisane.

— Marcel, je pensais, là, pendant que t'étais parti… Il faut que je réfléchisse à ce que je vais faire après. Vous voyez, quand Paul aura trois ou quatre mois, il faudrait que je trouve un emploi, bien sûr. Alors…

Marcel se tourne vers elle, il attend la suite.

— Si je suis au travail toute la journée, il faudra que je mette Paul à la crèche et…

Elle s'interrompt immédiatement en le voyant devenir tout rouge et écarquiller les yeux. Il fait un peu peur, Marcel, quand la colère le prend. Il jette un œil au berceau où le bébé dort paisiblement. Il chuchote de toutes ses forces :

— Il n'en est pas question. Tu ne mettras pas ce bébé dans un endroit où on les attache à leur lit jusqu'à ce que leur mère revienne. Hors de question !

Et se tournant vers son épouse il ajoute :

— Voyons, dis-lui, toi, dis-lui qu'il n'est pas question de mettre Paul dans un de ces endroits sordides.

Léonie approuve vigoureusement sans cesser de cliqueter de l'aiguille.

— Oui, murmure Claudine, mais comment je vais faire, moi ? Je vais pas vivre à vos crochets jusqu'à la Saint-Glinglin !

— Oui, bon, coupe Léonie en tricotant à toute vitesse, pour le moment tu l'allaites alors tu restes là avec lui. Après on verra bien. Mais franchement je suis là, je peux bien le garder Paul, quand même.

— Évidemment ! enchaîne Marcel toujours en chuchotant. Évidemment que Léonie va le garder ! Il mangera des bonnes petites choses préparées par sa marraine, il aura des câlins et quelqu'un pour lui raconter des histoires. C'est ça qu'il faut pour un enfant. Pas des nourrices qui connaissent à peine son prénom !

Claudine sourit à Marcel. Oui, bien sûr, Léonie serait mieux qu'une inconnue pour Paul, c'est évident. Elle en profite pour tâter le terrain avec lui aussi :

— Et s'il m'arrive quelque chose, vous vous occuperez de lui, c'est d'accord ?

— Évidemment, je suis son parrain ! répond Marcel sans ciller.

C'est le moment que choisit Paul pour pousser un profond soupir et s'éveiller doucement. Tous les trois tournent la tête vers lui. L'enfant papillonne des paupières, situe les ombres floues qu'il perçoit autour de lui, reste un instant paisible… puis lentement, son visage se crispe, et un premier appel retentit sous la forme d'un couinement plaintif.

Marcel ajoute sans regarder Claudine, avec le ton de celui qui entend avoir le dernier mot :

— Mais il ne t'arrivera rien.

Paul se tortille. Couine plus fort. Se crispe. L'appel d'abord hésitant va s'intensifier jusqu'à devenir un cri désespéré qui ne s'apaisera qu'étouffé par la chaude aréole de sa mère. Elle le prend dans ses bras et l'emmène derrière le paravent où elle dégage un sein gonflé, tendu, veiné. Elle place l'enfant qui cherche frénétiquement le meilleur angle. Comme chaque fois, les premières goulées, particulièrement douloureuses, lui font monter les larmes aux yeux. Elle serre les dents, elle le regarde aspirer, déglutir, en gémissant un peu, les yeux mi-clos, les poings serrés, les jambes abandonnées. Ensuite il faut changer ses langes, gratter la couche avant de la mettre à tremper pendant que Marcel balade le nourrisson dans le salon pour lui faire faire son rot. Elle doit souvent changer de corsage aussi, dès que Paul commence à réclamer, ses seins se remplissent et coulent dans sa chemise, détrempant ses habits qu'elle ne cesse de laver dans la machine à tambour. Elle a l'impression de baigner en permanence dans une odeur de lait caillé et de selles de nourrisson.

Elle soupire le plus silencieusement possible, il ne faut pas que Marcel et Léonie l'entendent. Elle a le cœur lourd, la gorge serrée. La visite de Jeanne l'a rendue plus triste encore qu'elle ne l'était auparavant. Elle se sent désespérément seule. Il ne faut pas qu'ils s'en aperçoivent. Elle regarde Paul et passe lentement la main sur la rondeur de son crâne, ses cheveux fins, son front bombé, son nez minuscule. Elle se répète que sa vie, désormais, c'est elle et lui, elle pour lui, elle avec lui. C'est terrifiant.

Isabelle, septembre 1974

Isabelle s'est inscrite à la fac pour la rentrée d'octobre. Quand elle passait son bac, elle visait des études de lettres. Devenir prof de français lui paraissait tout désigné, avec son goût dévorant pour la littérature. Finalement, elle décide de s'inscrire en droit, avec l'idée que, dans cette filière au moins, chaque niveau d'études lui ouvrira les portes de différents boulots. Elle peut arrêter n'importe quand et avoir quand même une ligne qui en impose sur son CV. Il faut penser à l'avenir, elle devra bien un jour quitter ce foyer, si accueillant soit-il, et se débrouiller toute seule avec Paul.

La vérité c'est que pour s'engager dans les études de lettres dont elle rêvait il y a deux ans, il est impératif de lire, ça va de soi. Et ça fait des mois qu'elle n'y arrive plus. Elle essaie pourtant, mais les mots ripent sur sa conscience sans parvenir à la pénétrer. Elle s'en agace et continue d'emprunter chaque mois quelques romans à la bibliothèque, qu'elle rendra sans avoir réussi à en faire céder aucun. Elle reste immobile sur le canapé et tourne les pages à intervalles réguliers. À un moment elle ferme le bouquin comme si elle l'avait terminé et le repose dans le panier où elle stocke les livres à ramener à la bibliothèque. Elle se regarde elle-même jouer cette comédie pathétique. Elle se demande qui elle cherche à berner, et surtout pourquoi. Pourquoi s'entêter ainsi à tromper ces hôtes qui l'ont accueillie sans poser aucune question et qui continuent à la loger, la nourrir, la dorloter sans chercher à en savoir davantage ?

Car c'est bien vrai qu'ils ne lui demandent rien. Ils l'ont accueillie sans poser aucune question, et depuis ils continuent à la loger, la nourrir, la dorloter sans chercher à en savoir davantage. Une fois seulement Amélie a posé une question au sujet du père, s'il savait pour Paul, s'il était possible qu'un jour il souhaite rencontrer son fils. Isabelle a violemment rougi, la réponse de son corps était limpide, et Gabriel en voyant sa réaction a tout de suite déclaré que son foyer, désormais, c'est ici, chez eux, et qu'elle n'a plus à se faire de mouron.

Il a d'ailleurs refusé tout net que Paul aille dans une crèche pendant que sa mère sera en cours. C'est Amélie qui le gardera. Elle est la concierge d'un bel immeuble parisien et ils habitent l'appartement de fonction qui donne sur le hall, au rez-de-chaussée. Le logement n'est pas grand, mais suffisant pour eux quatre. Elle pourra garder Paul avec elle toute la journée. C'est idéal. En tout cas c'est loin d'être incompatible. Et de toute façon, elle le souhaite de tout son cœur, Amélie, alors la chose n'est pas négociable. Le petit sera bien mieux là, à se faire chouchouter par sa marraine. Et puis ça coûtera moins cher.

Isabelle allaite Paul jusqu'au mois de septembre et entame le sevrage quinze jours avant la reprise des cours. Au début, elle tente de lui donner elle-même le biberon, mais le bébé tourne désespérément la tête vers le sein tout proche de sa mère. Impossible de lui faire accepter la tétine en caoutchouc et le lait maternisé. Alors Isabelle s'éloigne, se cache derrière le grand paravent qui isole son coin-lit du reste de la pièce, et c'est Amélie qui nourrit le petit, bien calée avec lui dans le sofa. Dissimulée dans son recoin, Isabelle espionne Paul par les interstices du tissu tendu. Paul refuse encore, tourne la tête, s'énerve et chouine, mais après quelques goulées hasardeuses, il comprend que cette chose inhabituelle qu'on lui présente pourrait soulager sa faim, alors il se laisse aller, les yeux grands ouverts d'étonnement et braqués vers le visage d'Amélie. Isabelle le trouve beau, de loin comme ça. En riant, elle fait une remarque sur son air perplexe. Ça doit lui faire bizarre, d'habitude quand il reçoit du lait, ce n'est pas ce visage-là au-dessus de lui, ce n'est pas ce regard-là qui le dévore des yeux. Il a l'air de bien le prendre, finalement…

— Ça marche ! souffle Amélie. Il a compris, je crois qu'on tient le bon bout.

Il ne faut pas deux jours pour que le lait d'Isabelle se tarisse. Gabriel l'encourage à en profiter, à goûter à cette liberté qui s'offre désormais à elle. Malgré tout, elle ne s'éloigne jamais beaucoup, et toujours pour des raisons logistiques : faire des courses, se rendre à un rendez-vous médical avec Paul, régler un souci administratif ou encore finaliser son inscription à la fac.

C'est dans une boutique de livres universitaires d'occasion, en cherchant des titres précis, conseillés ou imposés pour entrer en première année, qu'elle découvre un bouquin de lui. Elle voit son nom sur la tranche, et recule son bras vivement, comme surprise par un insecte. Elle contourne ce dos de livre inoffensif sans le quitter des yeux, au ralenti, comme s'il pouvait lui sauter dessus, et quitte la librairie précipitamment en laissant là sa pile déjà constituée.

Une fois à l'extérieur, poussée par une impulsion incontrôlable, elle se précipite vers le premier kiosque à journaux qu'elle trouve et se rue sur un des quotidiens pour lequel il écrit. Elle sait la rubrique, elle sait quasiment la page, elle y va tout droit, et découvre son nom là aussi, en bas de l'article, sa signature de journaliste.

— Mademoiselle, on le lit quand on l'a payé !

Oui oui, bien entendu, bafouille-t-elle en fouillant son porte-monnaie. Elle tend la pièce et s'éloigne, le journal grand ouvert devant le nez. Elle lit l'article, avidement, d'un bout à l'autre. Il est question de politique intérieure, de relations tendues entre le PCF et le PS, de guerres d'ego et de manœuvres diverses et variées pour arriver aux fins que les uns ou les autres se seraient fixées. Elle se fout du fond, mais elle lit quand même l'article complet dans le détail. Ce qu'elle scrute avec autant d'attention, c'est la forme, la manière de mener l'écrit. Elle reconnaît les formules dont il est coutumier, ce ton qu'il emploie, qui ne souffre pas tellement la contradiction, qui en impose. Elle reconnaît tout, elle imagine qu'elle lui aurait dit, s'il lui avait demandé comme autrefois, de raccourcir cette phrase, de modifier celle-ci, d'intervertir ça et ça. Elle lit et voit que la plume est la même, le ton est le même, la place dans le journal est identique, il signe sans ciller, il s'étale, il se montre, sans vergogne.

Dès lors, elle prend l'habitude d'acheter le quotidien, de le ramener à la maison, de l'éplucher d'un bout à l'autre, avec le prétexte de commencer à se mettre dans le bain pour la fac. Elle délaisse les romans qui ne veulent pas d'elle et plonge dans les actualités, en tout cas en apparence, parce qu'en réalité elle ne fait que le chercher, lui.

Enfin les cours démarrent. Au début c'est mou. C'est lent. Les professeurs parlent d'un ton monocorde et s'ingénient à humilier les étudiants qui osent poser des questions. C'est ça les études supérieures ? Passée la première déception, Isabelle se tourne vers ses compagnons de travées. Eux sont pétillants, joyeux, investis. Elle les observe un temps, leur invente des vies, imagine leurs petites préoccupations, de celles qu'elle aurait pu avoir, qu'elle aurait dû avoir. Elle ne tarde pas à s'intégrer à leur groupe, à partager leur pauses-café, leurs discussions politiques. Elle est toujours un peu en marge mais jamais très loin non plus.

Dans les couloirs de l'université, un petit groupe de féministes virulent distribue des tracts et engage des discussions. Isabelle, au départ un peu méfiante, écoute les bavardages qui se muent en débats, les prises de position martelées, avec toujours les mêmes mots qui reviennent. Ces filles la fascinent, elle fait siens leurs discours et leurs engagements, elle écoute, avide, leurs convictions et absorbe leurs luttes.

Si elle n'hésite pas à traîner dans les cafés après la fin des cours, repoussant le moment de rentrer jusqu'aux limites de l'acceptable vis-à-vis de ses hôtes, elle refuse systématiquement les sorties nocturnes. À la longue, la chose finit par être remarquée. Dis donc, Isabelle, pourquoi tu ne viens pas avec nous t'amuser dans les bars, assister aux meetings, pourquoi on ne te voit jamais dans les soirées, les sorties ? Isabelle explique : le soir elle retrouve son petit garçon, elle lui donne son repas, son bain, elle lui chante des berceuses avant la nuit. Tu as un enfant ? Pas possible… Mais tu as quel âge ? Dix-huit ans seulement ? Ben dis donc… Et le père ?

Devant ces filles qui revendiquent la possession pleine et entière de leur corps avec une si grande ardeur, qui militent avec acharnement pour le droit à l'avortement, le droit au célibat, le droit au concubinage, le droit à la liberté sexuelle, qui hurlent à longueur de manif qu'elles refusent de devenir ce qu'elles appellent un objet du patriarcat, face à ces filles tellement libres, tellement sûres d'elles-mêmes et de leurs choix, Isabelle n'a pas pu parler de sa honte. Elle a été incapable d'évoquer son calvaire. Un viol dans une ruelle, avec des coups, avec des cris, de la violence, ce serait presque plus facile à confesser. Mais là, la chambre douillette, le couple exemplaire, les cadeaux…

Alors elle s'invente une histoire, un scénario qui fait d'elle une femme accomplie qui ne subit pas mais décide pour elle-même. Elle a voulu cet enfant, mais n'a pas voulu du père. Paul est là et elle est très heureuse avec lui. Il a dix mois. C'est un bébé joyeux, adorable. Pas de crèche, non ! Isabelle ajoute : « *On* me le garde la journée », sans préciser qui exactement. Elle laisse les autres comprendre ce qu'elles veulent, elle ne ment pas, enfin pas vraiment, elle laisse s'installer le mensonge sans le contredire, c'est un peu différent.

Son mensonge premier lui défend d'évoquer la réaction de sa famille, le mépris, la violence des silences, la froideur des regards, les nuits de larmes, les journées prostrées et la peur, cette peur effroyable et solitaire… Il faudrait raconter sa fuite de la maison parentale, cette fugue dont ils ne s'inquiètent même pas, sa colère d'alors, sa détresse et, depuis, ses tourments incessants. Elle ne dit rien de tout ça, elle élude, c'est plus simple, plus confortable. Elle parle de « Gabriel et Amélie », et laisse ses copines entendre « mes parents ». Les filles sont ébahies. Dis donc, tu gères vachement bien… Moi si j'étais rentrée enceinte à la maison, je te dis pas comment j'aurais été reçue ! Elles rient de l'imaginer. Elles imitent leurs pères en prenant une grosse voix, en singeant des mimiques ridicules, en égrenant les expressions toutes faites, les lieux communs indéracinables. Ça parle toujours de honte, de réputation brisée, de vie salie, d'avenir détruit. Ah ça, pour les mecs c'est plus simple, c'est sûr ! Un petit moment de stupeur en apprenant la mauvaise nouvelle, et encore s'ils ne sont pas trop inconséquents, et ils poursuivent leur vie sans rien changer. Exactement, se dit Isabelle, il poursuit sa vie sans rien changer.

Les copines ont hâte de voir ce bébé, et quand Isabelle arrive la première fois avec son enfant emmitouflé dans les bras, elles se pressent autour de lui dans une belle cacophonie d'exclamations et de rires. Comme il est beau, comme il est éveillé ! Après quelques minutes à se cacher dans le cou de sa mère, Paul commence à regarder autour de lui, à babiller et sourire aux unes et aux autres. Immédiatement elles sont conquises, chacune cherchant comment attirer l'attention du bébé qui circule à quatre pattes un peu partout dans la pièce où elles sont rassemblées pour l'après-midi. Au départ Isabelle a l'impression de briller, d'être le centre des attentions et en éprouve une grande satisfaction. Mais, très vite, les filles se lassent de lui, les discussions reprennent autour des prochaines actions à mener, et Isabelle se sent à part, contrainte de garder un œil sur son fils, écartelée entre la vigilance que requiert un bébé de cet âge et la concentration nécessaire pour participer vraiment aux débats. Elle surveille ce qu'il pourrait mettre à la bouche, et en même temps, pour bien montrer que son statut de mère ne l'empêchera de rien, elle s'engage à participer à toutes les actions à venir. Elle ne veut plus être en reste, elle veut agir, être au centre, se démener, déverser sa rage sur un truc qui a du sens. À celle qui la félicite d'avoir cette énergie, cette vigueur alors que bon, quand même, avec un bébé à élever, elle est moins libre, forcément, elle répond que c'est pour lui qu'elle se bat, pour lui aussi, pour lui fabriquer un monde égalitaire et sortir enfin des schémas patriarcaux qui sont le carcan des femmes et dont son fils ne sera pas un rouage. Une grande tirade inspirée qui en impose aux autres.

C'est ainsi que Paul commence à participer aux diverses manifestations et meetings féminins que fréquente de plus en plus Isabelle. Il devient la mascotte du petit groupe, un paradoxe au milieu des revendications très centrées sur le droit à l'avortement, le grand sujet du moment.

Gabriel ne voit pas d'un très bon œil toute cette agitation autour de son filleul. Et puis ces jeunes filles lui paraissent bien enragées, leurs discours sont pleins de colères, ça ressemble plus à de la vengeance qu'à des opinions réfléchies.

— Elles ont l'air de furies, dit-il à Amélie un soir qu'Isabelle, partie avec Paul, tarde à rentrer. Je m'inquiète pour le petit, et pour elle aussi.

— C'est bien qu'elle ait des copines, non ?

— Ce serait bien qu'elle se concentre sur ses études.

Amélie humecte le linge qu'elle est en train de repasser, elle sourit au-dessus de la vapeur qui lui monte devant le visage. Gabriel se ronge un ongle, nerveux.

— Et puis, reprend-il, ses amies, moi je les sens pas. Elles sont folles. Elles ne vont pas lui faire du bien, j'en suis sûre. Je les connais, ces filles-là… sous prétexte d'être les égales des hommes elles font les mêmes conneries. Elles boivent, elles fument, elles disent des grossièretés… Non, je n'aime pas ça, Isabelle est fragile. Et Paul est trop petit pour être trimballé dans ces réunions.

Amélie hausse les épaules. Gabriel est trop paternaliste, trop protecteur. Ça va finir par faire des histoires. Elle ne veut pas qu'il y ait des histoires.

C'est le moment que choisit Isabelle pour rentrer à la maison, avec son grand sac besace suspendu à son épaule d'un côté et Paul accroché à sa hanche de l'autre. Amélie se précipite pour prendre le bébé endormi, demander comment s'est passée sa journée, en chuchotant pour ne pas le réveiller. Isabelle répond à haute voix : « Bien, très bien, tu peux me le coucher s'il te plaît ? Putain, je suis crevée, ouh là là, et j'ai une de ces dalles ! »

Gabriel la regarde se déchausser d'un coup de talon, larguer son sac dans l'entrée, secouer ses cheveux et ouvrir la porte du réfrigérateur. Amélie est partie avec Paul, elle constate que sa couche est souillée, il faut la changer avant de le mettre dans son petit lit. Il dort profondément mais si elle ne le fait pas il aura le derrière à vif en se réveillant demain. Elle râle à mi-voix, toute seule dans la salle de bains : vraiment, Isabelle ne se rend pas compte.

C'est un peu, au même moment, ce que dit Gabriel à la jeune fille dans la cuisine. Elle dévore un reste de poulet sur un coin de table, il prend place près d'elle.

— Franchement, Isabelle, je trouve que c'est n'importe quoi d'emmener ce bébé dans ces réunions. Ce n'est pas sa place, enfin !

Isabelle hausse les épaules. Elle se relève pour attraper un yaourt, du sucre en poudre, une petite cuillère.

— Oh là là, Gabriel, t'inquiète pas ! Tout le monde le dorlote, le fait jouer, lui parle… Je vois pas où est le problème.

— Ben justement, il passe de bras en bras, c'est pas très sain tout ça.

— Oui, enfin, je fréquente pas des lépreux !

Gabriel secoue la tête. Il n'aime pas tellement ce ton qu'elle prend. Il insiste.

— Tu devrais un peu plus te concentrer sur tes études. Je ne te vois jamais travailler, tu vas en cours au moins ?

— Mais oui…

Elle racle le fond de son pot de yaourt, puis elle se lève et annonce qu'elle sort. Elle va à une soirée. Elle ne sait pas quand elle rentre. Elle ne fera pas de bruit. Gabriel regarde la porte se refermer sur la silhouette de sa petite protégée. Il s'inquiète. Amélie revient avec Paul, bien réveillé, dans les bras. Il est ronchon, forcément. Elle lui réchauffe un biberon, ça l'aidera à se rendormir.

Pendant ce temps, Isabelle s'en va d'un pas léger. La soirée se passe chez une de ses amies. Il y aura de la musique, des rires, des bavardages. Des joints qui s'échangent. De l'alcool. On ne lui parle pas de Paul, elle n'en parle pas non plus. C'est mieux. C'est bien. Elle s'étourdit de l'instant présent. Et quand elle rentre, légèrement ivre, elle remarque à peine que le lit à barreaux placé à côté du sien est vide. Le bébé a eu du mal à retrouver le sommeil, Gabriel l'a bercé un moment dans le salon, et puis il a fini par le placer entre lui et Amélie dans le grand lit. Ils dorment tous les trois. Isabelle se laisse tomber sur sa banquette et s'endort aussitôt.

Amandine, avril 1992

Paul a un an. Hélène met les petits plats dans les grands pour fêter le premier anniversaire de son filleul. Elle passe la matinée en cuisine pendant qu'Amandine promène l'enfant avec Michel au parc. Il ne marche pas encore tout seul, mais il suffit de lui donner un doigt pour qu'il crapahute avec assurance. Michel dit qu'il faudrait lui mettre un leurre dans la main. Il se lancerait sans même s'apercevoir que personne ne le tient. Hélène lui interdit de faire une chose pareille. Et s'il tombait, hein ? Alors là, il perdrait confiance, et pour de bon !

Quand ils rentrent, la table est mise, la chaise haute de Paul trône au bout, les paquets cadeaux sont disposés sur la nappe blanche et l'apéritif est prêt à être servi sur la table basse.

Hélène sait faire ce qu'il faut pour égayer un jour festif. Elle prend Paul dans ses bras et l'emporte dans une valse-toupie qui fait hurler l'enfant de rire. Amandine les regarde en ôtant son imperméable et ces Dr. Martens montantes qu'elle porte été comme hiver. Elle écoute le rire de son fils. Elle repense à ces vacances qu'elle avait passées avec ses parents dans un camping quand elle avait douze ou treize ans. Il y avait un couple dans la tente à côté qui avait un gosse et ils avaient sympathisé. Ce gamin, il riait tout le temps, il suffisait de faire mine de le chatouiller, même de loin, même sans le toucher, pour que son rire éclate comme une cascade cristalline. La mère d'Amandine n'arrêtait pas de dire qu'elle adorait le rire des enfants, que c'était du bonheur à l'état pur.

Ses parents lui ont écrit, peu après la naissance du bébé. Ils s'inquiétaient pour elle mais ne parlaient pas de lui rendre visite, et ne proposaient pas davantage qu'elle revienne à la maison. C'est son père qui écrivait. Il disait regretter toute cette affaire, vouloir aller de l'avant, encore cette expression débile, et oublier, passer à autre chose. L'existence de l'enfant (dans son courrier il dit « l'enfant », il ne dit pas son prénom) est un frein à cet oubli. En mots choisis, il lui conseille de le confier. L'abandonner quoi. Ils veulent qu'Amandine abandonne Paul, ni plus ni moins. Hélène a pincé les lèvres en l'apprenant : c'est odieux, a-t-elle répliqué. Et Amandine lui a aussitôt emboîté le pas : oui, odieux, ça c'est bien vrai, ça leur ressemble de toute manière.

Les images lui reviennent, en vrac, sans chronologie. Le visage de la sage-femme, son regard quand elle posait ce point d'interrogation, vous avez décidé finalement ? Les discours alarmistes de sa mère, tu ne sais pas ce que c'est qu'élever un enfant ! La manière qu'avait son père de caresser devant lui les miettes autour de son assiette, et ce ton mi-irrité mi-mielleux pour lui dire tu n'as pas d'autres choix si tu ne veux pas ruiner ta vie. Si elle avait obéi alors... La voix de Paul interrompt ses rêveries, maman, maman à miam ! Michel ouvre la bouteille de crémant d'Alsace, sert les coupes, tend un petit biscuit apéritif à son filleul. Il raconte ses exploits au parc, décrit son agilité déjà, si petit, quel gaillard ! D'ailleurs il a pris des photos, il espère qu'elles seront bonnes, et surtout bien cadrées, c'est pas son fort. Il parle de terminer la pellicule aujourd'hui, avec la bougie, les cadeaux et tout ça, et de la faire développer dès cette semaine.

Hélène s'exclame à l'adresse de Paul que c'est bien vrai qu'il y a ici un grand monsieur d'un an déjà, et qu'il ne faudrait pas tarder à les ouvrir, ces cadeaux ! Bouh, regarde-moi tout ça, et c'est pour qui tout ça ?

Amandine sourit et vient embrasser le crâne de son fils en passant près de lui pour aller chercher les entrées et démarrer le repas. Elle se répète qu'elle a bien fait, que maintenant c'est comme ça et qu'elle a bien fait. Mais elle se le dit à elle-même sur un ton amer, menaçant. Puisqu'elle ne sait vers qui diriger cette colère, cette bête féroce qui voudrait désespérément mordre mais se trouve privée de victime, elle la garde en elle, calfeutrée.

Elle lui donne à manger, un peu, de temps en temps, pour la calmer, l'apaiser, sinon elle explose. Au début c'était des surveillances, du coin de sa rue, là où une porte cochère profonde permet de se dissimuler, ensuite à la sortie du journal où il travaille. Puis elle a commencé à téléphoner. À son boulot, quand elle savait l'y trouver, laisser un blanc, l'entendre répéter allô ?, une fois, deux fois, et raccrocher. Après beaucoup d'hésitations et de renoncements, elle avait fait la même chose chez lui, quand elle était sûre qu'il y serait seul, que c'est lui qui répondrait. Elle imaginait, comme dans un film, le geste qu'il ferait pour décrocher, assis dans son fauteuil profond dont le cuir noir chuinte à chaque mouvement, sa manière de coincer le combiné entre son oreille et son épaule, en homme affairé qui ne peut jamais s'interrompre tout à fait. Elle connaît toutes ses mimiques. Elle jubile de cette inquiétude qu'elle l'imagine ressentir. C'est con, mais elle est devenue accro à ces montées d'adrénaline. La haine, c'est une drogue comme une autre.

La fac, c'est compliqué. Elle s'y ennuie. Choisir le droit, c'était une connerie. Elle déteste ses camarades d'amphi, des petits crétins en mocassins et duffle-coat, le cheveu court et l'esprit déjà entravé par l'ambition. Le seul avantage, c'est qu'ils font souvent la fête et qu'ils ont plein de fric. Frayer avec eux facilite souvent les choses, l'entrée dans les boîtes, l'accès aux soirées privées dans des appartements parisiens, l'alcool aisé, la dope légère ou plus sérieuse à disposition, elle peut quasiment tout faire sans débourser un sou. Suffit de savoir s'y prendre. Mais les cours, c'est l'enfer. Elle n'a pas encore sorti son calepin de prise de notes que déjà son esprit vagabonde. À la maison, ce n'est pas mieux, Paul sollicite sans cesse son attention. Impossible de se concentrer. Elle s'en trouve si exaspérée qu'elle s'échappe de la loge pour se réfugier dans l'escalier, assise sur les marches brillantes de cire qu'Hélène lustre chaque semaine. Michel n'aime pas trop la voir occuper le palier comme une pauvrette. Et puis vis-à-vis des gens de l'immeuble… Ils enjambent ses cours éparpillés sur le sol en sortant de l'ascenseur, alors même si personne n'a encore fait de remarques, c'est inconvenant.

Quand il le lui dit, Amandine réfléchit un moment et annonce que, bon, c'est un peu chiant mais le mieux c'est qu'elle aille à la BU pour travailler. Michel approuve mais propose également une alternative. Il n'est pas difficile d'imaginer quelques modifications dans leur logement pour lui permettre de travailler en s'isolant de Paul. Il déniche un petit bureau à deux francs six sous dans une brocante, il pousse le lit un peu plus dans le coin et fixe trois étagères pour qu'elle puisse ranger ses livres et ses classeurs. Ainsi elle peut s'y enfermer dans la journée pour travailler et le soir, quand ils sont couchés et que Paul dort dans son lit à barreaux derrière le paravent, elle travaille dans le salon, assise en tailleur sur le sofa, ses cours devant elle sur la table basse. Amandine remercie et précise : « Quand même, je vais pas squatter votre chambre tout le temps. J'irai le plus souvent possible à la BU, c'est mieux pour bosser.

Enfin, à moins que ça t'embête de le garder, Hélène ? » Elle sait déjà que ça n'embête pas Hélène. Elle sait déjà qu'elle n'ira pas souvent à la BU, qu'elle cédera trop souvent à la bête qui réclamera sa promenade dans le 11e arrondissement.

Le bureau est néanmoins aménagé et Amandine s'y installe volontiers lorsqu'elle reste à la maison. Elle ferme la porte et ouvre des livres devant elle. Des livres insipides qu'elle tente vainement d'amadouer. Dieu que le droit est imbuvable avec ses cours soporifiques portés par des profs pédants, monolithiques, imbus de leur savoir, volontiers humiliants. Le genre à coincer le téléphone contre l'épaule en continuant à biffer des copies d'un air excédé. Toute l'année elle s'est menti à elle-même en se promettant de mettre le turbo dans les dernières semaines. Et maintenant que les examens se profilent, il faut ingurgiter l'ensemble du programme, c'est tout bonnement impossible. Elle fait semblant de s'accrocher.

Un jour qu'elle est installée derrière son petit bureau, Michel entre avec un paquet sous le bras et un sourire immense qui tranche son visage de part en part. Il est allé jusque chez Gibert, il lui a acheté ce bouquin qu'elle cherchait veinement, il lui a pris une belle édition, celle conseillée par les profs. Elle ouvre des yeux surpris, la collection est chère, elle le sait, elle est un peu gênée qu'il ait fait cette dépense pour elle.

— Michel, j'aurais fini par le trouver en occasion, tu n'aurais pas dû.

— Ta ta ta, est-ce qu'on achète des outils de seconde main à un apprenti dentiste ? Des rabots émoussés à un futur ébéniste ? Tes livres, ce sont tes outils de travail, alors on ne lésine pas.

Amandine lui sourit, remercie, feuillette le bouquin, mime l'impatience. Comme Michel reste là, immobile devant son bureau, elle relève les yeux vers lui.

— C'est pas tout, dit-il, je t'ai pris aussi celui-là, mais là c'est juste pour le plaisir. Le gars de chez Gibert m'a assuré que c'est un incontournable.

Il pose devant elle *L'Insoutenable Légèreté de l'être*, Milan Kundera. Elle regarde la couverture. Puis le visage satisfait de Michel. Elle dit merci. Il dit de rien, c'est avec plaisir, ma grande, et il quitte la chambre en refermant la porte derrière lui. Les yeux fixés sur le titre, elle reste sans bouger, sans ciller. Un incontournable. Elle a le souffle court et ses doigts tremblent légèrement.

Le soir, couchée sur sa banquette, la tête posée sur son bras replié, elle observe par en dessous le roman sur la table de nuit. Paul dort en suçotant son pouce. Le bruit de son sommeil, l'odeur de son corps apaisé, les légers gémissements qui viennent ponctuer ses songes d'enfant… Amandine l'écoute, le regard braqué sur ce livre qu'elle n'ouvrira pas. Elle s'en fout, elle saura en parler, c'est pas dur il lui suffit de demander, l'air de rien, à ses copains de la fac. Ils l'ont tous lu, elle se fera une idée. Elle dira à Michel qu'elle adore. Que c'est puissant, que c'est fantastique, que c'est inoubliable. C'est ce qu'il veut entendre.

Le lendemain matin, Hélène part très tôt au marché faire le plein de légumes. Elle tient à ce que Paul ne mange que des produits frais et des soupes maison. Michel est assis à la table de la cuisine, il boit son café en tournant les pages de son journal. Amandine entre, ouvre le réfrigérateur, attrape son lait, ses céréales, un bol. Elle prend place sur le côté, à droite de Michel. Il pousse un peu son journal pour lui faire de la place. Paul est sur sa chaise haute en face de sa mère, il suçote sa tartine de pain beurrée, il en a jusque dans les cheveux, ses joues luisent de gras. Il babille tranquillement son langage inventé de tout-petit, des suites de syllabes qui imitent, qui ressemblent, avec quelques mots déjà bien installés, utilisés et répétés : maman, Lélène, Michè, o'cola, doudou… Il chantonne, s'exclame, semble se raconter des petites histoires en gratouillant le beurre du bout du doigt.

Amandine observe Michel. Il finit par tourner la tête vers elle, voit qu'elle le regarde, lui sourit, reprend sa lecture.

— J'ai commencé Kundera.

— Ah, dit Michel en humectant son index pour tourner sa page, alors ? T'en dis quoi ?

Elle se lève, passe derrière lui pour se servir un café. Elle pose sa main sur son épaule, se penche pour poser un baiser sur sa tempe, et elle chuchote dans son oreille :

— Ça démarre fort. Merci Michel…

Il est un peu surpris, il répond :

— Mais de rien, ma grande, c'est pas grand-chose !

Et il se tourne vers Paul qui répète en boucle : « Michè, Michè ! »

— Oui, mon Paulo, oui mon trésor, qu'est-ce que tu veux mon petit cœur, tu veux descendre ? Fais voir tes paluches à Parrain Michel. Ouh là là, regardez-moi ce cradingue ! Attends que je te nettoie, sinon tu vas en mettre partout et qui c'est qui va se faire appeler Jules ?

Il prend le gant de toilette qui sèche au-dessus de l'évier, il le rince, l'essore, s'approche de Paul pour le débarbouiller, le chahute un peu, le fait rire, puis il le descend de la chaise haute et le pose sur le sol. L'enfant aussitôt se met à quatre pattes et fonce vers le salon où il sait trouver ses jouets sur le tapis. Amandine boit son café brûlant à toutes petites gorgées prudentes en regardant la scène. Michel referme son journal, il embauche bientôt, il doit se préparer à partir. Au moment de quitter la cuisine, il jette un coup d'œil vers Amandine, toujours debout devant l'évier, toujours plongée dans ses pensées, toujours étrangement absente.

— Ça va ?

Elle hausse les épaules.

— Ben oui ça va, pourquoi ça irait pas ?

— Je sais pas, tu fais une drôle de bobine.

Elle lève vers lui un regard étrange, brillant. Elle ferme à demi les paupières.

— Non, rien, c'est juste que ça me fait vachement plaisir ton… cadeau.

Il la fixe, un peu interloqué.

— Tant mieux. Bon ben… à ce soir !

Elle s'approche de lui, monte sur la pointe des pieds pour déposer un baiser sur sa joue, un baiser un peu trop appuyé, un peu trop long, un peu trop proche des lèvres de Michel. Il reste très droit, interdit, les bras ballants. Et puis il répète : « Bon, ben… à ce soir, alors. »

— Oui, souffle-t-elle, à ce soir, Michel.

Il y pense tout l'après-midi, à ce ton qu'elle a employé, à ce regard bizarre. Et puis à ce geste qu'elle a eu juste avant qu'il parte pour relever ses cheveux et dégager sa nuque. On aurait dit qu'elle le vampait. Il y pense tout l'après-midi, mal à l'aise. Et au moment de quitter l'hôtel, le soir, un souvenir lui revient. C'était il y a presque deux ans. Amandine achevait sa dernière journée de saisonnière, on avait fait un petit pot de départ au bar de l'hôtel, le personnel était rassemblé pour souhaiter bonne continuation aux petits jeunes qui avaient complété les effectifs pendant la saison estivale. Tout le monde bavardait, on avait porté un toast, et il avait posé la main sur sa joue. Une main amicale ou paternaliste, un geste affectueux qu'il n'avait pas prémédité, juste parce qu'il était triste qu'elle s'en aille, la petite, et content de l'avoir connue. Elle avait gueulé « Me touche pas ! » en se reculant comme si sa main l'avait brûlée et il s'était retrouvé comme un con avec le bras en suspens. Sur le coup, il n'avait pas compris. Maintenant ça lui revient. Il ne sait pas trop pourquoi il repense à ça maintenant. En tout cas il avait eu la même sensation qu'aujourd'hui. Une sensation détestable, vraiment…

Quelques jours passent et Michel finit par oublier la sale impression. De son côté Amandine se renseigne, il faut qu'elle puisse parler de ce qu'elle sera censée avoir lu. Elle interroge une copine de fac qui se fait un plaisir de lui détailler l'histoire. *L'Insoutenable Légèreté de l'être* ? Elle a adoré, un truc dingue, qui te fait vachement réfléchir, tu vois ? Mais t'es sûre, je te dis la fin ? Tu vas jamais le lire ? C'est dommage, mais bon, je te raconte.

Le soir, Amandine est de mauvaise humeur. Elle répond sèchement, elle fait tout tomber, elle houspille Paul sans raison. Elle s'agite toute la nuit dans son lit et émerge difficilement quand l'enfant s'éveille en pleine forme, lui. Elle entre dans la cuisine avec son fils dans les bras, l'installe sur sa chaise et prépare sa tasse de lait sur laquelle elle ajuste un couvercle à bec, pour qu'il puisse boire sans en mettre partout. Hélène est dans la salle de bains, Michel devant son journal comme la veille. Amandine s'assoit, croise les jambes et le fixe durement.

— Qu'est-ce qu'il y a ? dit-il.

Elle lui sourit mais c'est un sourire curieux, avec du défi et de la douleur. Il l'interroge du regard.

— Quelque chose ne va pas ? insiste-t-il.

— J'ai terminé le roman que tu m'as offert.

— Ah ? Dis donc, tu n'as pas traîné ! C'est vraiment bien ? Ça parle de quoi ?

— C'est assez dense, il y a des chapitres entiers qui sont purement philosophiques, mais l'histoire en gros, c'est un gars dont l'unique obsession est de baiser tout ce qui bouge.

Michel jette un coup d'œil vers Paul. Ce mot-là, dans sa cuisine, avec le petit qui attrape les miettes de pain en babillant, il trouve que c'est déplacé. Et surprenant dans la bouche d'Amandine, habituellement plus mesurée. Elle ne semble pas remarquer son malaise et reprend :

— Il s'en fout des conséquences. Seuls ses désirs et son plaisir comptent.

Elle le toise, sourcils froncés et lèvres serrées. Il ne sait que répondre. Elle se lève, prend Paul dans ses bras, et s'en va avec lui vers le salon. Michel reste stupéfait, il sent confusément la colère qui habite la gamine mais ne parvient pas à en comprendre les raisons. Cette conversation, ce ton, ces sous-entendus étranges, ça le turlupine. Pas normal, cette attitude. Il se sent coupable mais ne sais pas de quoi. C'est un ressenti désagréable et grotesque. Michel est un homme franc, sans calcul et sans détour. Il voit bien que quelque chose coince.

Alors il en parle à Hélène. Il attend le soir, il attend d'être avec elle en tête à tête, dans leur lit, dans leur chambre, et il raconte à son épouse la scène du matin.

— Je lui ai ramené ce bouquin, tu sais, celui qu'elle ne trouvait pas en occasion. Et puis j'en ai profité pour lui acheter un roman que le libraire m'a conseillé. Je voulais lui faire plaisir, tu vois ?

Hélène acquiesce, elle attend la suite. Il poursuit.

— Quand je lui ai donné, elle est devenue très bizarre. D'abord elle a dit que c'était un bouquin qui ne parlait que de baise. Je te jure elle a dit ça comme ça, pouf, devant Paul ! Et puis… oh, je ne sais pas comment te dire ça, elle… elle avait l'air de me provoquer.

— Comment ça te « provoquer » ? Elle a été insolente ?

— Ah non ! Non, pas du tout, pas ce genre-là de provocation. Elle s'est mise à minauder, à soupirer, à faire des yeux de louve. C'est la première fois qu'elle se comporte comme ça. Je t'assure, Hélène, j'étais vraiment mal à l'aise. Je ne sais pas ce qui lui prend, mais là, il y a un truc qui déconne.

— Je lui parlerai demain. C'est dimanche, on est tous à la maison, alors prends le petit, va faire un tour après le petit déjeuner, et moi je vais lui tirer les vers du nez pour comprendre ce qui se trame.

Le lendemain, ils font comme ils ont décidé. Michel habille Paul, déclare qu'ils vont faire un tour au parc « entre hommes » et débarrasse le plancher. Aussitôt Hélène entreprend de parler à Amandine.

D'abord, la petite oppose une résistance qui feint l'innocence. Un problème ? Quel problème ? Non, elle ne voit pas, tout va bien. Devant l'insistance de son interlocutrice, elle devient même légèrement agressive. Hélène ne se laisse pas entraîner dans cette voie. Elle ne hausse pas le ton et pose des questions précises. La petite s'embrouille, se défend avant d'être accusée, se contredit. Elle se croit démasquée pour une faute qu'elle aurait commise, sans savoir de quelle faute il s'agit exactement. Elle mélange tout, sa présence pesante ici, l'existence pesante de Paul, l'absence pesante de ses parents, la gentillesse pesante de Michel, tout est pesant, tout est lourd sur ses épaules. D'une toute petite voix, elle insiste sur la gentillesse de Michel. L'extrême et troublante gentillesse de Michel.

Hélène fronce les sourcils.

— Ne confonds pas les rôles, je te rappelle que c'est toi qui te comportes étrangement vis-à-vis de lui. D'ailleurs, il m'en a parlé immédiatement. Je ne sais pas ce qui te prend, mais je mets un coup de frein définitif. Pas de ça ici, est-ce que c'est clair ?

Amandine courbe la nuque. Oui, évidemment que c'est clair. Hélène s'adoucit :

— On s'inquiète pour toi, tu sais... On voit bien que tu ne travailles pas assez pour la fac, que tu sors trop, que tu négliges Paul. Tu ne lui parles que pour le gronder ! Je sais que ce n'est pas facile, et il ne manque de rien, on est là, Michel et moi. Mais quand même, cette attitude n'est pas celle d'une maman responsable.

Elle attend une réponse qui ne vient pas, alors elle tranche en se relevant.

— Bon, maintenant oublions tout ça. L'affaire est close, n'en parlons plus.

Amandine hausse très légèrement les épaules, Hélène conclut en lui disant qu'elle décide de prendre ça pour un oui. Obéir et ne plus en parler. Les adultes manquent d'originalité dans leurs exigences.

Lorsque Paul et Michel rentrent, la table est mise et Amandine n'a toujours rien dit. Elle mange sa honte, chuchote Hélène à Michel qui l'interroge d'un coup de menton. Paul va vers sa maman pour un câlin mais elle se contente de caresser distraitement le sommet de son crâne sans même le regarder. Alors il lève les bras vers sa marraine qui l'attrape, enfouit son nez dans son cou pour le faire rire et l'emporte avec elle vers la salle de bains.

— Pas de crasseux à notre table !

Marie, mai 2011

La vie de Marie est une routine d'une monotonie stupéfiante. Jamais elle ne sort, jamais elle ne s'éloigne, sauf pour aller à la fac, mais ensuite elle rentre ventre à terre et se cloître dans leur chambre pour travailler sur le petit bureau qu'Axel a installé pour elle, son ordinateur ouvert et ses livres éparpillés. Il serait content que Marie sorte un peu, rencontre des amies, et même, si un petit amoureux venait troubler sa vie, il trouverait ça bien, il trouverait ça normal. Dans le sens du vent, quoi. Laura ne voit pas les choses de cette manière, elle n'est pas pressée que Marie trouve un compagnon, parce qu'elle en entrevoit les conséquences : l'éloignement progressif, l'installation en couple, et au final, fatalement, le départ de Paul. Elle frémit de perdre Paul. Quand elle le dit à Axel, l'inquiétude lui creuse un pli grisâtre en travers du front. Il la rassure. Voyons, on n'en est pas là, elle n'a que dix-neuf ans, la petite ! Il ne parle pas de rencontrer un père pour son filleul, juste un petit ami, afin de prendre l'air, de s'amuser, de vivre enfin quelques expériences adolescentes, elle qui a tout fait à l'envers. Il encourage Marie en lui rappelant qu'ils sont là justement, pour Paul, et qu'elle peut se laisser aller à explorer sa vie sans s'inquiéter de lui.

Marie est trop sage, trop discrète, trop effacée. Une souris fuyante, voilà ce qu'Axel voit en la regardant vivre sous son toit. Elle ne parle pas, elle murmure. Elle ne marche pas, elle glisse comme une ombre. Elle ne mange pas, elle picore. Heureusement, il l'entend parfois bavarder avec son amie Lou, sa copine de Bourges, qui est déjà venue plusieurs fois à Paris lui rendre visite. Une canaille, cette Lou, énergique et culottée. Axel la voit toujours arriver avec plaisir, et il aime entendre Marie rire avec elle quand elles discutent sur Skype. Elle rit si peu…

Marie est maigre comme un clou, elle flotte dans ses robes, ses poignets sont si fins que Paul, avec ses pognes à fossettes, aura tôt fait de les avoir plus larges que ceux de sa mère. Et cet eczéma qui ne passe pas ! Laura lui masse les zones à vif avec une décoction qu'une copine lui a conseillée, sans plus de résultats que toutes les blouses blanches plus ou moins officielles qui s'y sont essayées avant elle. Marie se gratte, toujours aux mêmes endroits, et rien n'y fait.

Alors qu'elle s'en plaint lors d'une discussion par écrans interposés, Lou, toujours directe, lui assène : « Marie, qu'est-ce que tu fous, là ? Quand est-ce que tu te décides à consulter un bon psy, histoire d'exprimer ton dégoût autrement qu'avec des plaques rouges dégueulasses sur la peau ? »

Marie hoche la tête. Oui, elle le sait bien, l'eczéma c'est nerveux, elle « somatise », c'est l'évidence. Mais bon, elle lui dirait quoi au psy ? Ce qu'elle ne sait déjà que trop ? Ça lui apporterait quoi de payer une fortune pour raconter sa vie à un inconnu ?

Lou insiste :

— T'en sais rien, tu auras peut-être des trucs que tu ne soupçonnes pas qui te viendront, c'est le principe d'une thérapie.

— Je sais déjà tout de ma vie, je vois pas en quoi m'alléger le portefeuille m'allégera le moral.

— Tu laisses pas sa chance au produit, ma vieille.

— J'ai pas les moyens.

— T'as pas les couilles, surtout!

Marie soupire en levant les yeux au ciel:

— Ouais ben on va dire ça.

— J'imagine que si tu résistes à l'idée d'en parler dans l'espace sécurisé d'un cabinet, t'es toujours pas prête à balancer ça aux flics? Tu sais que tu es loin de la prescription encore, c'est pas trop tard…

— Arrête avec ça, je te l'ai déjà dit, c'est hors de question.

Marie sait à quoi Lou fait allusion. Pour elle il n'y a pas d'alternative, il faudra un jour qu'elle porte plainte, que ce mec, et tous ces mecs trinquent, que ces histoires ne se terminent pas toujours de la même façon. Mais Marie refuse. Déjà elle a des sueurs froides rien qu'à l'idée de franchir la porte d'un commissariat et de devoir revivre son drame en le racontant dans le détail, et surtout elle connaît la suite, inévitable, les articles dans les journaux, la nouvelle répandue sur les réseaux sociaux, son nom à elle forcément révélé, sa vie réduite à ça, bousillée plus encore qu'elle ne l'est déjà. Un journaliste accusé, pas une star, mais suffisamment connu pour que ça fasse un scoop croustillant, c'est du pain béni! Elle sait trop bien le processus pour se laisser bercer d'illusions, elle sera traînée dans la boue, c'est l'évidence. Elle veut rester dans l'ombre, surtout. Se cacher dans la chambre, s'installer à son bureau, ouvrir son ordinateur et lâcher la bête. Fureter sur le net à la recherche de tout ce qui le concerne, ses derniers articles qu'elle lit d'un bout à l'autre, traquant ses expressions et ses formules. Elle s'abonne à son journal, un accès numérique qui lui ouvre les portes virtuelles des archives où elle explore ceux qu'il a publiés du temps de cet été-là, dont elle se souvient, dans son bureau, avec sa grande bibliothèque de prétentieux derrière. Elle reluque les photos où il apparaît. On le voit, photographié dans les dîners mondains, avec ce sourire un peu distant qu'il arbore pour montrer sa supériorité, une coupe à champagne calée dans le creux de la main. Parfois l'image date d'il y a longtemps, d'autres fois les clichés sont très récents. Elle doit vérifier pour savoir, si c'était avant ou après. Il a la même gueule, le même sourire.

Marie regarde Lou droit dans les yeux par écrans interposés et répond avec suffisamment d'aplomb pour en finir avec cette conversation :

— Ma vie, je la construis seule. Je me concentre sur mes études, j'ai pas le droit de me louper. Je m'occupe de Paul, j'aide Axel et Laura à la maison, enfin bref, j'essaie de ne pas être un poids. Voilà. Rien que ça, ça remplit mes journées, t'inquiète.

Elle passe un temps fou enfermée dans la chambre. Elle semble travailler si intensément que ses hôtes commencent à trouver que c'est exagéré. Elle n'a jamais le temps pour son fils. Quand elle prend soin de lui, c'est d'une manière mécanique, elle a la tête ailleurs et le fait sans plaisir, sans conviction. Elle s'agace pour un rien et Laura prend vite le relais avant que ça ne tourne au vinaigre. Axel pense qu'elle a besoin de se détendre, de vivre sa vie de jeune fille. Il insiste pour qu'elle sorte avec des copains, fasse la fête, oublie un peu les examens. Mais Marie n'en éprouve aucune envie, elle déteste les boîtes de nuit et répugne à consommer de l'alcool. Perdre le contrôle n'est pas envisageable. De toute façon, elle est crevée. Elle n'a ni l'énergie ni les moyens pour ça. Surtout elle n'en a pas envie. Pourquoi il faudrait à tout prix se coucher tard et picoler pour avoir l'air d'aller bien quand on a dix-neuf ans ? Les week-ends alcoolisés, le défilé des copains, la musique trop forte et l'injonction à s'amuser, ça ne la branche pas, c'est tout. Elle ne comprend pas pourquoi il y tient autant. Elle va bien, elle est en pleine forme, un peu maigre oui, bon, mais elle va manger plus, promis.

C'est alors que l'affaire Strauss-Kahn éclate. Ils constatent soudain que la souris est capable de muter en tigresse. Au début, elle hésite à prendre part aux discussions. À la fac, elle écoute les uns et les autres sans exprimer son avis. Mais peu à peu, sa rage trouve dans les discussions autour de cette affaire un moyen de s'exprimer. Incroyable comme elle devient véhémente. Axel se fait rembarrer avec une belle vigueur un jour qu'il met en doute l'honnêteté absolue de la victime.

— Oui, bon, avance-t-il, c'est mal ce qu'il a fait, mais ça sent le coup monté quand même, c'est énorme… Elle a dû flairer le gros poisson, cette femme, ce ne serait pas la première.

Marie change de regard instantanément. Elle rétorque sur un ton acide que, bien sûr, cette nana a dû calculer son coup. Le désir intense de se voir piétinée par la grande masse anonyme des donneurs d'avis ! Le plaisir inouï qu'on ressent à se faire traîner dans la boue ! Aucun doute, dit-elle âprement, cette femme de ménage noire et pauvre a sûrement manipulé ce grand naïf de Strauss-Kahn, c'est l'évidence. Que le patron du FMI ait usé de son pouvoir, abusé de sa situation de domination, c'est peu crédible, n'est-ce pas ? Non, décidément, ajoute-t-elle sur un ton ironique et cinglant, ça vaut le coup de s'interroger sur la vraie victime dans cette affaire.

Elle ne discute pas, elle éructe. Même Paul cesse de manger pour regarder sa mère avec des yeux ronds. Quelle mouche la pique tout à coup ? Axel tente un repli stratégique, en précisant que ce qu'il voulait juste dire, c'est qu'il est troublant qu'une affaire pareille éclate, justement à un an des élections.

Marie hausse les épaules avec une moue dédaigneuse : « Tu viens seulement de découvrir que les violeurs ne s'inquiètent pas des calendriers, Axel, c'est tout. »

Depuis le temps qu'elle vit chez eux, elle n'a jamais prononcé ce mot. Bien sûr, ils se sont posé des questions, un jour même Laura lui a demandé pour le père. Marie s'est aussitôt mise à trembler en lorgnant la pointe de ses genoux, elle est devenue si pâle qu'on aurait dit qu'elle allait tomber dans les pommes. Ils n'ont pas eu besoin de sous-titres pour comprendre. La chose est évidente, elle a été forcée et Paul en est la résultante. Personne ne l'évoque jamais. Sûr qu'en parler ouvertement, ce serait comme ouvrir la cage aux lions, libérer une férocité tapie qu'ils ne font que pressentir. Dangereux. Ils sont bien comme ça, Paul est là, il grandit et s'épanouit, et Marie finira bien par digérer son traumatisme.

Ce jour-là, quand elle dit le mot, la conversation dans le petit appartement cesse net. Le malaise est palpable, Laura se tourne vers l'enfant pour l'aider à manger, Axel se prend de passion pour les motifs sur la carafe, et Marie tripatouille sa nourriture du bout de sa fourchette sans en avaler une bouchée.

On n'en parlera pas.

Les examens sont maintenant imminents. Marie décrète qu'elle ne sera jamais prête si elle ne travaille pas davantage. Le matin, elle file à la fac le plus tôt possible, entre deux cours elle s'installe à la BU plutôt que de rentrer à la maison. C'est qu'elle ne peut pas se concentrer avec Paul dans les parages. Il la sollicite en permanence, c'est insupportable. Elle finit par s'énerver après lui, c'est mieux que Laura s'en occupe la journée. Alors elle traîne, et souvent, quand elle rentre, elle trouve son fils déjà en pyjama, fleurant bon la savonnette et tout prêt à aller au lit. Elle lui lit son histoire. Elle aime bien quand il lui demande : « Maman, à lire te-te-plaît » et qu'il se blottit dans ses bras. Elle se souvient d'avoir fait ça avec les petits de Bourges qu'elle gardait quand elle était baby-sitter.

Lou l'appelle régulièrement sur Skype. Maintenant Paul la reconnaît, il l'appelle « Tata Lou » et vient lui faire la conversation lui aussi, de son langage baragouiné de tout petit garçon. Lou lui fait des grimaces, elle rit et le trouve beau beau beau !

Cet été, Marie reprendra son job à la brasserie avec Axel. Lou, elle, travaillera comme d'habitude dans le magasin de ses parents, à Bourges. Elle essaiera de venir mais rien n'est sûr, ce ne sera pas facile. Peut-être en septembre pour la fête de l'Huma ? Comme Marie fait la moue, tant les retrouvailles lui paraissent lointaines, Lou approche son œil de la caméra comme si elle scrutait sa copine dans les détails.

— Hé, bichette, t'as pas encore maigri, toi ? Tu bouffes assez, j'espère !

— Oui maman ! répond Marie en riant.

Plus tard, elle montera sur la balance. Elle constatera qu'effectivement, elle a encore maigri. Axel va la bassiner, c'est sûr. Elle choisit des vêtements amples qui cachent ses genoux osseux, ses bras d'allumettes, ses côtes saillantes. De toute façon, il faut aussi dissimuler cet eczéma qui ne passe pas.

Isabelle, octobre 1975

La loi Veil a été adoptée en janvier de cette année. Isabelle s'est tenue longtemps à l'écart des débats. Non pas qu'elle ait peur de se lancer dans la discussion, mais c'est plutôt qu'elle craint de perdre son sang-froid. Elle se souvient trop bien de sa terreur le jour où elle aurait dû subir l'intervention, quand ses parents avaient décidé qu'elle devait faire passer le bébé. Elle se revoit fuir à toutes jambes, elle revoit l'hébétude de son père quand elle a ouvert la porte de leur maison, la fureur de sa mère, sa détresse à elle. Elle voulait stopper cette grossesse, de toutes ses forces, mais elle n'a pas pu. Quand elle a reparlé de cet épisode avec Lucie, sa copine de Bourges, elle a travesti la réalité en lui disant qu'elle avait fui parce que cet avortement lui était imposé alors qu'au fond ce qu'elle voulait c'est garder l'enfant, contre toute attente et contre toute raison. Elle a fini par y croire elle-même. La vérité, c'est qu'elle a fui parce qu'elle a eu une peur atroce des instruments qu'elle a vu apparaître, peur de cette dame qui prenait une voix douce pour être rassurante et qui la glaçait, peur de ces mots entendus depuis plusieurs jours et qui tournaient dans sa tête, douleurs, risques, hémorragie, prison, mort… Maintenant elle regarde Paul et elle se demande ce que sa vie aurait pu être si elle avait laissé cette dame lui fourrager le ventre. Elle aurait pu mourir oui. Ou elle aurait pu vivre.

Alors dans un premier temps elle ne fait qu'écouter. Elle entend les arguments des détracteurs, tous ces gens qui prennent un air informé pour avancer que les femmes se mettront à avorter à tout va. À les entendre, il y aura bientôt un amas de fœtus morts à l'arrière des hôpitaux. Comme si se faire tripatouiller l'utérus, se faire arracher l'enfant qui s'y est niché pouvait devenir un geste anecdotique. Comme si ça pouvait devenir un petit acte bénin pas plus intrusif que se faire curer une molaire cariée. Elle se souvient et elle pense que ce sont tous des peigne-culs qui parlent sans savoir.

Elle guette sur le visage de Paul les ressemblances qui ne manqueront pas d'apparaître. Il a déjà les yeux de la même couleur, ce vert étincelant que tout le monde remarque, oh comme il a de beaux yeux cet enfant !, et cette bouche pulpeuse et toujours un peu humide qui la dégoûtait tellement. Elle n'a pas réussi à avorter, mais si elle avait pu…

Il a écrit sur la question. Elle ne manque aucun de ses articles alors elle ne pouvait pas rater celui-là. Forcément, il a une opinion. Radicale, l'opinion, ça va sans dire. Ce jour-là, le jour de l'article, elle a fait un truc dément. D'habitude sa hantise, c'est de le rencontrer quelque part dans la ville. Elle connaît ses lieux de prédilection, elle les évite avec soin et reste toujours sur le qui-vive, les sens en alerte pour le repérer de loin si jamais le hasard jouait contre elle. Ce jour-là, elle est allée devant leur immeuble, elle a attendu que quelqu'un sorte pour se glisser dans l'entrée comme une souris, elle a surveillé que la concierge n'était pas dans les parages et elle a foutu le feu à leur boîte aux lettres. Elle sourit pour elle-même en y repensant.

Son article, elle pourrait le réciter de mémoire, elle en connaît les moindres arguments. Elle développe les siens en miroir. Elle vénère la grande Simone et son courage, elle loue l'audace des

343 qui ont porté aux yeux de tous l'hypocrisie de la société. Et peu à peu, sa rage trouve dans ces revendications sociales un moyen d'expression. Ses amis à la fac connaissent l'existence de son bébé mais elle n'a raconté à personne les circonstances de sa venue au monde. Peu à peu, elle enfile un costume de militante engagée, de féministe activiste convaincue qui la protège des questions. Pour tous, elle a eu un enfant quand elle l'a voulu, en bravant les interdits moraux, en balayant les contraintes religieuses et en se foutant royalement des préceptes sociétaux. Elle est allée au bout de ses convictions et a défendu d'une manière particulièrement osée l'idée que son corps lui appartient. Elle force le respect de tous les bavards qui l'entourent, ils disent admirer son courage, son audace. Elle ne ment jamais, non, mais elle ne contredit pas non plus. Elle aime ce rôle qu'ils lui donnent, celui d'une jeune fille forte qui défend, vit et assume ses prises de position. Elle écrit sur les pancartes des défilés : « Avoir un enfant, ne pas en avoir, c'est mon corps, c'est mon choix. »

Hurler dans les manifestations lui fait un bien fou. Elle participe à tous les meetings, elle fabrique des banderoles, imagine des slogans, peaufine les contenus des tracts. Et puis elle rencontre du monde. Beaucoup de monde. Les soirées se suivent, des moments délicieux dans des salons tendus de tissus indiens, avec des encens, de la marijuana, des musiques planantes, et des discussions à n'en plus finir autour des libertés à conquérir, du carcan insupportable et désuet de l'ancien monde.

Elle martèle son propos en tapotant la table basse d'un index autoritaire. L'ancien monde, c'est celui où être fille-mère est une honte intolérable. Qu'importe la raison de la grossesse, qu'importe les circonstances de l'arrivée de cet enfant, ce sera elle, la mère, la femme, qui en portera le fardeau. Elle qui subira l'humiliation, elle dont la vie sera détruite, gâchée. Et le petit se fera traiter de bâtard. Le géniteur, lui, s'en tirera toujours sans aucun dommage, même s'il est connu de tous, même s'il a forcé la fille.

Sa voix monte dans les aigus. Les autres se taisent, surpris. Ils l'interrogent. Tu as été forcée, Isabelle ? Elle baisse les paupières, ses mains tremblent, elle réclame qu'on lui passe le joint et lâche en soufflant la fumée épaisse vers le plafond : « Évidemment, qu'est-ce que vous croyez… Forcée, oui, et bien forcée même. Ça fait que je sais très bien de quoi je parle. »

Voilà, elle l'a dit. Elle ne sait pas si ça lui fait du bien. Le silence est lourd soudain. Elle les regarde, un par un, ils sont gênés. Elle leur sourit pour alléger l'ambiance :

— Respirez les amis, c'est de l'histoire ancienne. J'assume mes choix et je fais ma vie. Mais, du coup, je suis plus que légitime pour mener cette lutte. Je vais me battre pour que les regards changent, que les auteurs de violence soient punis et les victimes protégées. La justice doit prendre ses responsabilités, la religion doit cesser de culpabiliser les femmes, la société civile doit veiller à leur rendre leur dignité.

La conversation prend une tournure politique, les jeunes se détendent, ils préfèrent ça à un déballage émotionnel. Mais dès lors, Isabelle est mise à l'écart. Rien d'explicite, rien de méchant, rien même de volontaire ou de conscient, mais le fait est : elle se sent à part. Les autres filles sont sollicitées, courtisées, désirées, elle le voit bien. Ses camarades flirtent volontiers, s'autorisent avec une joie débridée ce qui était interdit quelques années plus tôt. La petite fleur intacte jusqu'au mariage, c'est dépassé, et c'est même un acte engagé, quasi militant que de faire sauter ce verrou imposé par une autorité qu'on refuse désormais. Ils déblatèrent sans fin sur la libération sexuelle, le corps qui doit exulter, l'aberration des interdits judéo-chrétiens contre-nature.

Ils défendent l'idée d'un lâcher-prise merveilleux et en quelque sorte fondateur, car laisser son corps jouir librement, c'est laisser son âme s'ouvrir, et donc c'est se donner l'occasion d'être bien plus réceptif, créatif, positif. N'est-ce pas de tout ça dont l'humanité a besoin ? Oui, c'est sûr, les discours vont bon train, même s'ils en disent plus qu'ils n'en font finalement. Mais quand même, les liaisons amoureuses sont fréquentes, changeantes, c'est de leur âge. Sauf pour elle.

Elle reste seule. Avec une aura sans équivoque, certes, mais seule. Une intouchable, en quelque sorte. On dirait qu'elle leur fait peur. Et de toute manière, elle ne les encourage pas à s'approcher. Son regard est froid, son corps est serré sur lui-même, pas accueillant, pas ouvert. Même Paul se blottit plus facilement dans les bras d'Amélie que dans les siens.

Elle n'en a que plus de hargne pour défendre la cause. Elle montre ses seins dans les manifestations, elle fume trop, elle boit beaucoup, elle milite avec violence, ses prises de position sont tellement extrêmes qu'elles provoquent soit des sourires moqueurs soit des réponses scandalisées. C'est une furie. Comment s'approcher d'une hyène pareille ? Les garçons se tiennent à distance, et elle, finalement, ne s'imagine pas dans leurs bras. L'idée la révulse. Elle prône une libération sexuelle qu'elle est incapable de vivre elle-même. Un corps sur le sien ? Un frisson de dégoût la submerge à cette seule pensée. Alors elle s'entoure de ce qu'elle maîtrise le mieux, les mots, les mots, encore les mots. Tenir la bête à distance en théorisant, en dissertant. Se protéger. Et au cas où, attaquer la première.

Amandine, décembre 1992

— AMANDINE ? Amandine, lève-toi maintenant, on mange !

Amandine enfouit sa tête dans son oreiller en ronchonnant qu'elle a la tête dans le cul. Hélène s'avance jusque derrière le paravent, tire la couette pour la forcer à sortir de son lit, à émerger parmi les vivants. À midi passé, il est bien temps.

— Allez, lève-toi ! Viens, Paul, viens à table, mon poussin, sinon ça va être froid.

Amandine sort de son lit en bâillant et traîne des pieds jusque dans la cuisine. Paul, assis dans sa chaise haute avec sa serviette nouée bien serrée autour du cou, tend les bras vers sa maman. Elle s'avance vers lui, se penche pour un câlin, bonjour mon amour, bonjour mon petit cœur, tu as été mignon avec marraine ce matin au parc ? Elle respire son fils en fourrant son nez dans les plis de son cou, il glousse de plaisir. Puis elle se redresse, étire son dos en levant haut les bras vers le plafond. Hélène est tournée vers les steaks hachés qui rissolent dans la poêle à frire.

— Assieds-toi que je te serve.

— Boh, j'ai pas très faim, tu sais...

Hélène soupire, agacée soudain, se tourne vers Paul, pose dans son assiette le steak modèle réduit prévu pour lui, une cuillerée de purée maison, puis elle coupe la viande en minuscules morceaux et lui tend le tout pour qu'il démarre son repas. Elle secoue la tête avec désapprobation.

— Tu exagères, Amandine. Tu sors presque tous les soirs maintenant…

Amandine se verse un café dans un mug et le place sur le plateau du four à micro-ondes.

— Oh, ça va, je sors, je m'amuse, j'ai des amis. Je vis quoi.

— Tu peux faire tout ça sans puer l'alcool et la cigarette comme ça. Quand c'est pas le vomi. Amandine, tu nous inquiètes.

— Vous êtes trop mignons. Écoute, si c'est pénible de garder Paul, je…

— Il ne s'agit pas de ça, coupe Hélène, ça n'a rien à voir ! Paul n'est jamais un poids pour nous, que ce soit dit. Mais Michel et moi on s'inquiète. On ne te voit pas travailler. À l'heure où tu te lèves, on imagine bien que tu rates des cours. Enfin, ça se voit que tu n'es pas impliquée… Tu fais la fête, ça oui, au niveau relations humaines tu t'éclates, mais ton avenir c'est pas la fête, tu t'en rends bien compte ?

Amandine hausse les épaules et plonge le nez dans son café. Elle sait parfaitement que ça craint. Hélène ignore même à quel point. Dès qu'on lui propose une sortie, un concert, un anniversaire, quoi que ce soit qui génère du contact humain, des peaux à proximité, des rires, des blagues, des excès, elle se sent incapable de refuser. Elle est comme attirée par la lumière. Elle se fait de vagues promesses en mettant du rouge sur ses lèvres et du noir autour de ses yeux. Elle se ment à elle-même.

Au début elle tient bon. Elle bavarde et rit. Elle s'amuse pour de vrai. Et puis ça démarre. Il suffit de deux, trois verres et ça y est, elle sent la bête qui s'éveille. Les mots lui viennent, les postures, les gestes, les regards, tout l'éventail des messages qui provoquent, qui proposent, avec subtilité. À ce moment-là, c'est encore assez agréable. Elle allume, rien de plus, qui ne le fait pas dans les soirées étudiantes ? Mais la bête en veut plus, elle s'emballe. Quelques verres encore et Amandine transpire la lubricité. Elle en trouve toujours un. Un qui veut, tu parles comme il veut. Ils veulent tous. Elle est jolie, elle n'est pas bêcheuse, elle bouge bien quand elle danse, elle ondule, elle donne envie. Et surtout elle ne demande rien. Pas de numéro de téléphone, pas de prochains rendez-vous. Souvent elle ne demande même pas de prénom. Pourtant certains garçons auraient eu envie de faire sa connaissance et de pousser plus loin la relation. Ils auraient voulu ne pas en rester à ces halètements précipités et trop fortement alcoolisés dans des recoins à peine cachés. Chaque fois, elle répond : « Non c'était parfait comme ça, on en reste là. »

Elle s'enfuit, le cœur au bord des lèvres. L'écœurement, c'est la seule sensation qu'elle parvient à ressentir. Ça la prend dès qu'elle est seule face à sa proie de ce soir-là. Ses mains, l'odeur de sa salive, cette raideur impudique que son jean peine à contenir, ridicule, indécente, et qu'il frotte contre elle comme un chien en rut. Elle le méprise, le pauvre. Mais elle l'a trop chauffé, alors elle le laisse faire jusqu'au bout. Elle le regarde s'activer sur sa peau et le trouve répugnant. Elle assiste à la chose, détachée, dégoûtée.

Ensuite elle rentre à pas lents, se lave discrètement, se glisse derrière le paravent. Elle observe un moment le sommeil de Paul, ses paupières closes, sa respiration régulière, sa joue rebondie à la peau veloutée. L'innocence de son fils rend sa culpabilité plus cuisante encore. Elle se tourne vers le mur pour ne plus le voir, enfouit sa tête dans l'oreiller pour ne pas entendre son souffle. Elle s'endort en se promettant d'oublier, et aussi de ne pas recommencer. Jamais. C'est débile, pourquoi elle se comporte comme ça ? Pourquoi elle s'inflige ça ? Hélène a raison, tellement raison…

Amandine relève le nez de sa tasse de café. Elle la regarde avec un pauvre sourire.

— Je vais me remettre au boulot. Je vais arrêter de sortir et de picoler. Enfin, j'irai moins souvent, juste le week-end, et le jeudi soir parce que c'est le jour où tout le monde y est.

Hélène fronce les sourcils. Amandine pouffe de rire.

— Oui, bon d'accord, pas le jeudi soir alors, uniquement le week-end. Ça va comme ça ?

Elle affiche une belle décontraction. Elle a appris à forcer le trait de la fille tranquille, solide, raisonnable. Son bouillonnement intérieur elle le planque à la perfection. Parfois elle se promet de faire une thérapie. Ce n'est pas bon de garder tout ça. Toutes ces colères, ces silences, ces détestations. Elle se sent pourrie de l'intérieur. Et puis après, elle se dit qu'elle sait très bien ce qui déconne. Ses ratés émotionnels, ses essais sexuels successifs, excessifs et infructueux, son appétence pour les petites choses qui soulagent, sous forme de bons gros joints ou de petites pilules, légales ou illégales…

Elle sait parfaitement qu'elle déconne. Est-ce qu'elle avouerait à un psy qu'elle lui envoie des lettres vides maintenant ? Parce que, à un moment, les coups de fil n'ont plus suffi, elle a changé de braquet et elle est passée au courrier postal. Indiquer qu'on connaît son adresse, ça peut lui faire monter des sueurs froides. Non, ça elle n'en parlerait pas, donc voir un psy en lui cachant les trucs essentiels, ce serait du fric foutu en l'air. Elle n'en a pas tellement à foutre en l'air, du fric. Elle préfère s'offrir un morceau de buvard de temps en temps. Elle n'abuse pas, ça reste rare, et la fumette, bon, un peu tous les jours. De quoi se sentir légère. Positive. Et elle se paie des capotes. Au moins ça. Du tréfonds de sa putain de désespérance, elle maintient ça, l'utilisation systématique de préservatifs. De toute façon les mecs ne discutent pas, ils préfèrent aussi. La vilaine maladie fait rage et, comme ils le disent volontiers, on n'avorte pas du sida. Alors, à chaque fois qu'elle sort, elle se promet de ne pas se jeter sur la première bite qui passe, mais elle n'oublie jamais de glisser une ou deux capotes dans la poche intérieure de son petit perfecto noir.

Hélène a débarbouillé Paul et l'a descendu de sa chaise haute. Elle lui a annoncé qu'il pouvait jouer pendant qu'elle faisait la vaisselle, et qu'ensuite ce serait l'heure de la sieste. Amandine regarde son fils pousser les petites voitures aux couleurs criardes que Michel lui a offertes pour son anniversaire.

Il faudrait qu'elle se mette au boulot. Ou qu'elle abandonne vraiment la fac et se trouve un job. Et ensuite un appartement. Elle s'imagine seule avec son fils. Elle se souvient des paroles de sa mère quand elle lui disait qu'elle n'avait pas la moindre idée de ce que c'était qu'élever un enfant, qu'il ne s'agissait pas d'une poupée qu'on prend quand on en a envie et qu'on pose dans un coin quand on est fatiguée. Elle se rappelle avoir pensé que sa mère la prenait vraiment pour une débile, mais maintenant elle comprend ce qu'elle voulait dire. Elle entend dans sa mémoire les arguments de ses parents, leur exaspération devant son mutisme, son immobilité. Ils parlaient d'un avenir impossible, gâché, et tentaient de la convaincre de le confier. Ils utilisaient ce mot, elle s'en souvient : confier. Elle imagine sa vie si elle les avait écoutés. Il y en a tant, des couples qui espèrent adopter… Elle regarde Paul faire circuler ses voitures sur le tapis en faisant vroum vroum, les larmes montent dans ses yeux, ses parents avaient raison. Elle est incapable de s'occuper de son fils. Elle n'est bonne qu'à se faire prendre par des inconnus dans des endroits sordides. Elle n'est bonne qu'à mentir, faire semblant, jouer la comédie.

Amandine sait qu'elle va mal. Elle le sait parfaitement. Elle sait aussi que le chemin qu'elle explore, ces étoiles chimiques dont elle parsème ses nuits, ces faux-semblants dont elle parsème ses jours la précipitent dans une mauvaise direction, mais, quand bien même, elle fonce tête baissée. En bélier. Se fracasser.

Il faut bien essayer des choses. Même si on doit en crever.

Marie, avril 2012

Paul va bientôt avoir deux ans. Marie va mieux depuis quelques mois. Depuis Noël finalement, depuis qu'elle a amorcé une vraie rupture, totale et définitive. Elle ne reverra pas ses parents. Jamais. Ils ne viendront pas vers elle, et elle n'ira pas vers eux. Elle l'a bien vu sur Facebook, leur vie se poursuit comme si de rien n'était. Depuis son départ de Bourges, il y a deux ans et demi, elle ne poste plus rien sur son profil. Elle fait la morte. Mais elle furète, en discrétion. Elle traque les signes sur leur page. Après une période silencieuse d'un mois ou deux, son père s'est remis à partager des trucs. Rien de très personnel, des actualités, des infos sur les manifestations de leur ville, des machins sans impact affectif. Et puis peu à peu, il a recommencé à y afficher des photos de leur quotidien. Marie constate alors que ses parents, finalement, poursuivent leur vie sans elle. Ils invitent des amis, ils se promènent, ils prennent un chien, s'offrent des week-ends, des vacances, organisent des barbecues… Ils fêtent leurs anniversaires et commentent à tout va à grand renfort d'émoticônes rigolardes.

Il n'y a pas que ses parents. En réalité, elle surveille tout le monde et y passe un temps délirant. C'est ridicule, elle se fait du mal inutilement, elle le sait mais elle gratte la cicatrice avec une sorte de délectation morbide. C'est si facile de suivre les fils d'actualité des uns et des autres sans se faire repérer, et reconstituer les emplois du temps ! Elle sait les couples qui se forment, les changements de job, les nouveaux loisirs, les destinations de vacances… Marie espionne ainsi ses anciens amis, ceux de ses parents, la famille proche ou éloignée, et évidemment elle ne perd rien des nouveautés concernant ses activités à lui. Elle a même créé un compte Twitter parce que c'est là qu'il est le plus actif. Sous pseudo évidemment.

En première année, elle n'a fait que ça, un miracle qu'elle ait réussi à passer en deuxième année. Pendant l'été, comme elle a bossé à la brasserie avec Axel, qu'elle partait et rentrait chaque jour avec lui, elle a bien été forcée de faire un break. Il n'aurait pas supporté qu'elle reste le nez vissé sur son smartphone pendant le service.

Mais dès la rentrée, elle s'est remise de plus belle à nourrir son obsession, en se promettant d'en finir le lendemain. Noël est arrivé et un jour elle a découvert les dernières photos de vacances de ses parents. Ils sont allés à Venise. Elle a ricané devant son écran en découvrant les photos.

Tous deux souriants, serrés l'un contre l'autre sur la place Saint-Marc, l'air crétin et ravi devant leurs pizzas géantes ou enlacés devant la margelle d'une fontaine. Une salive aigre lui est venue dans la bouche, elle s'est levée pour avaler un verre de coca et elle a supprimé son compte Facebook. Et Twitter dans la foulée. Il fallait ça. Rompre dans sa tête. Putain de réseaux sociaux…

Depuis, elle se persuade qu'elle va mieux. D'ailleurs elle a moins d'eczéma, et plus d'appétit, elle le dit à Lou au téléphone qui lui répond d'un ton enthousiaste : « Eh ben ma vieille, c'est pas dommage ! »

Elle décide de se mettre au boulot pour de bon. Et pour se convaincre qu'elle est dans le rôle, elle installe le décor autour d'elle. Elle s'assied donc désormais sur le canapé, bien en vue de la maisonnée, et s'entoure de ses notes, de ses fiches, et de livres hérissés de post-it de toutes les couleurs. Paul grimpe près d'elle, il se colle à son flanc et met son pouce dans sa bouche. Pour imiter sa maman, il rassemble ses albums préférés, ceux qu'il connaît par cœur. Elle reste concentrée et il ne bouge presque pas, il « lit » à ses côtés en tournant les pages d'un air absorbé. Axel les observe, attendri, et attrape son téléphone portable pour immortaliser la scène. C'est le faux bruit de déclencheur du téléphone qui attire l'attention de Marie. Elle lève les yeux vers lui et le regarde, interloquée. Puis elle tourne la tête vers Paul et réalise qu'il est là, près d'elle. Elle lui dit un peu sèchement qu'il peut rester s'il ne fait pas de bruit.

Un samedi, elle décrète qu'elle doit prendre l'air, et annonce qu'elle emmène Paul faire un tour au square de la Roquette. Elle marche avec lui, les mains dans les poches de son petit blouson en jean, elle d'un pas régulier, lui de cette démarche sautillante qu'ont les enfants lorsqu'ils se déplacent, faisant jeu de tout, les taches sur le bitume, les poteaux anti-stationnement, les entrées d'escalator pour descendre prendre le métro. Le mieux, décide Marie, c'est de sortir au Père-Lachaise, le square est tout près ensuite. Paul sautille à ses côtés en babillant comme à son habitude, et elle répond d'une voix tranquille, avec le ton qu'elle a avec lui quand elle n'est pas énervée. C'est un moment apaisé entre eux, un moment agréable.

C'est alors qu'elle le voit. De l'autre côté de la rue, il sort d'un restaurant en enfilant sa veste et en poursuivant la conversation avec l'homme qui l'accompagne. Elle attrape la main de Paul, il se laisse faire sans interrompre son petit bavardage, commentant et questionnant tout ce qui existe autour de lui. Elle l'entraîne, se cache précipitamment derrière une camionnette, longe les voitures garées, accélère pour traverser un peu plus loin, où il ne la verra pas. Elle pourrait fuir mais la tentation est trop forte, elle revient sur ses pas, s'approche, d'encoignures de portes en entrées de magasins, avec Paul toujours tracté derrière elle par la main, toujours plongé dans ses réflexions de tout petit garçon. Lui, là-bas devant le restaurant, continue aussi sa discussion sur le trottoir, les mains dans les poches et l'air absolument satisfait. Elle arrive dans son dos et s'approche si près qu'elle pourrait entendre sa voix, si seulement Paul la fermait un peu. Elle lui ordonne de se taire, il lève les yeux vers elle, surpris, et comme il voit qu'elle écoute quelque chose, il fait pareil. Il s'immobilise et retient son souffle.

La voix leur arrive par intermittences, au gré du passage des véhicules devant eux sur la chaussée. Elle la reconnaîtrait entre mille, douce et autoritaire, la même qu'il utilisait lorsqu'ils bavardaient dans sa bibliothèque. Elle ne perçoit de l'échange que des mots épars mais l'atmosphère lui paraît joviale, légère. Elle, elle se sent lourde, écrasée, tétanisée.

Il faut fuir.

Serrer la main de Paul et fuir.

Elle est terrifiée à l'idée qu'il la voie, qu'il se dirige vers elle, qu'il l'aborde. Elle a l'impression qu'il va poser sa main sur son épaule et presser doucement, comme cet été-là, quand il lui signifiait par ce geste anodin qu'elle était à sa merci, qu'il pensait déjà au moment où il entrerait dans sa chambre, le soir. Les larmes lui montent aux yeux, sa gorge la brûle, ses mâchoires sont douloureusement contractées.

Lentement, elle refait le trajet en sens inverse, traverse dès que possible le trottoir pour entamer une retraite effarée le long des voitures en stationnement, côté rue. Quand elle imagine être suffisamment loin pour ne pas être repérée, elle pousse brusquement Paul sur le trottoir, attrape son poignet à la volée et se met à marcher, de plus en plus vite, si vite que les petites jambes peinent à suivre la cadence. Elle le traîne littéralement et serre si fort son bras entre ses doigts qu'il se met à pleurer, puis à crier : « Maman ! Maman, mal à moi, maman, maman ! »

Mais elle ne l'entend pas, elle court presque. Le gosse tombe plusieurs fois, il cherche à desserrer l'étreinte de sa main, il crie, il pleure. Une dame s'interpose : « Mais enfin mademoiselle, faites attention, vous lui faites mal à cet enfant ! »

Marie s'arrête net, le souffle court. Elle semble soudain découvrir Paul suspendu à son bras comme un sac trop lourd. Elle regarde autour d'elle, tremblante et hagarde. La dame secoue la tête d'un air scandalisé. Paul a le visage cramoisi, couvert de larmes et de morve. Elle voit, stupéfaite, sa main à elle qui serre avec violence son petit bras à lui, et les marques de ses doigts sur sa chair, des marques rouges qui virent déjà au violacé. Elle relâche son étreinte, d'un coup, et le petit bras retombe sur le côté de son corps. Puis elle le fixe, hébétée, comme si elle le voyait pour la première fois. Il renifle, les yeux rivés au sol. Elle fouille dans son sac à la recherche d'un mouchoir, s'accroupit, lui essuie le visage et le nez.

— Ça va, dit-elle, c'est pas grave, arrête de pleurer.

Il se laisse faire, avec encore des hoquets de sanglots qui lui coupent la respiration, et il relève ses grands yeux verts noyés de larmes vers elle, des yeux pleins de perplexité. Il a peur. Elle le prend dans ses bras, le serre, sent qu'il se laisse aller sans répondre à son câlin. Elle se met à pleurer. Elle voudrait le consoler, faire les bons gestes, dire les bons mots, des mots tendres, des mots de maman rassurante, affectueuse, mais rien ne vient. Si, juste ça : arrête de pleurer. Elle ne pourra pas supprimer les marques sur son poignet. Elle ne pourra pas rattraper ce désastre.

Claudine, avril 1939

— ENCORE ?! s'offusque Marcel en rentrant du boulot ce soir-là. Mais elle y va tous les soirs maintenant !

Léonie tricote à toute vitesse sans répondre. Il n'y a rien à répondre, elle sait bien ce qu'il pense, elle les connaît parfaitement, les inquiétudes de Marcel à propos de la frénésie religieuse de Claudine. Elle pense pareil que son époux d'ailleurs. Ce n'est pas normal, cet engouement. C'est excessif.

Après le baptême de Paul, pendant des mois, elle n'a fait que les accompagner à la messe. Elle restait à l'écart avec le petit dans les bras et disparaissait le plus souvent avant la fin sous prétexte que Paul réclamait la tétée. Elle arrivait et repartait furtivement et sans parler à personne. Maintenant, elle va à l'église chaque jour. Si Léonie n'est pas disponible pour le garder, elle emmène Paul. Il est mignon, il s'installe sur un banc derrière elle et joue sans impatience avec sa petite voiture de bois. Il ne fait pas de bruit, c'est l'heure où sa maman ferme les yeux contre ses mains jointes et marmonne des secrets à ses poignets.

— Écoute, Léonie, se désole Marcel, tu conviendras que c'est exagéré, non ? Qu'est-ce qu'elle cherche à la fin ? Elle ferait mieux de prendre l'air, tiens. Elle est pâle comme un lavabo. Et puis elle se trouverait peut-être un petit mari…

Les aiguilles de Léonie cliquettent furieusement. Un petit mari, tu parles. Ils ne sont pas nombreux les garçons à choisir une épouse qui a déjà un mouflet sur les bras, aussi jolie soit-elle. Surtout qu'avec la guerre qui se profile, ils ne vont pas se précipiter à épouser qui que ce soit, encore moins une qui a déjà fait la preuve de sa légèreté. Marcel paraît suivre le même raisonnement car ce qu'il marmonne semble répondre aux inquiétudes de Léonie :

— Paul n'a que deux ans, et elle n'en a pas encore vingt, il n'est pas trop tard quand même ! Oui, bon évidemment, ce sera difficile, mais elle aurait plus de chances de se trouver un galant en allant au bal qu'en priant au fin fond d'une église.

Léonie hausse les épaules, lui jette un coup d'œil par en dessous et murmure :

— Tu es si pressé qu'elle s'en aille, toi ? Et qu'elle emmène Paul ?

— Allons, répond Marcel en faisant un geste de la main pour éloigner l'idée, on n'en est pas là. Déjà il faut qu'elle rencontre le bon gars, qu'elle le fréquente, et puis qu'ils s'installent… Un jeune couple a besoin de temps pour prendre ses marques, alors en attendant, Paul restera là avec nous, ce sera mieux pour tout le monde.

Ils entendent à ce moment-là la voix de Claudine dans le couloir, aussitôt suivie par les pépiements de Paul. Il baragouine plus qu'il ne parle, mais il ne s'en prive pas. Il s'exclame et interpelle sa maman à tout bout de champ, montrant du doigt les choses autour de lui pour qu'on les lui nomme, répétant inlassablement tous les mots qui lui paraissent rigolos. Marcel et Léonie en sont immensément fiers. Léonie montre volontiers les prouesses de son filleul aux habitants de l'immeuble. C'est qu'il est drôlement intelligent, il parlera vite, et bien mignon avec ça, à bien dormir, bien manger, jamais de caprice, jamais de cauchemar. On peut dire qu'elle a de la chance, *la souris*, ce petiot-là semble bien décidé à ne pas lui compliquer la vie.

Claudine referme la porte derrière elle et s'accroupit pour débarrasser son fils de son manteau de laine et de ses bottines. Elle ôte ensuite son propre imperméable et défait les boucles de ses souliers. Puis elle se tourne pour lancer un « Bonsoir tout le monde ! » en direction de Marcel et Léonie assis dans le salon.

Elle a trouvé un petit emploi dans une blanchisserie du quartier. Elle aime bien l'ambiance qui y règne, la propreté, la chaleur, les odeurs de savon, le bouillon des lessiveuses, et la présence presque exclusive de femmes, en arrière-salle comme devant le comptoir, clientes ou collègues. Elle se sent bien dans cette atmosphère, la patronne est bavarde et rigoureuse, sans excès ni malignité. Une femme simple qui exige des choses simples. En sortant de son travail, et d'une manière générale dès qu'elle le peut, elle se précipite à l'église pour effectuer tous les services qu'on pourrait lui demander. Elle fait partie d'un groupe de paroissiennes qui en organise le nettoyage régulier. Claudine ne ménage pas sa peine, elle traque les toiles d'araignées dans les recoins, elle balaie entre les prie-Dieu, elle passe la cire sur les bancs pour qu'ils soient brillants et qu'ils sentent bon, elle veille à ce que des cierges soient toujours disponibles. Là non plus, elle ne croise presque jamais d'homme, sauf le curé évidemment. Elle assiste toujours à la messe du samedi après-midi et délaisse celle du dimanche, la messe des riches. Elle se tient à l'écart de cette population. Tous ces gens trop bien habillés qui viennent sans vergogne racheter en prières hypocrites leurs péchés inavouables de la semaine la dégoûtent. Quand il daignait venir à l'office (car du haut de sa superbe il s'octroyait volontiers le droit de s'y soustraire), elle l'épiait en se demandant ce qu'il implorait dans ses prières, comment il se débrouillait avec Dieu. Elle sait que lui et sa femme ne fréquentent pas cette église-là et qu'ils méprisent la messe des pauvres. Elle ne risque donc rien.

Marcel la regarde entrer dans le salon. Aussitôt il entreprend de lui faire savoir combien il désapprouve ce qu'il appelle une lubie. Le voilà qui se met à tourner dans le salon comme un lion dans une cage, ses mains virevoltent au-dessus de sa tête et ses lèvres se plissent en un rictus agacé. Il est lancé, rien ne l'arrête.

Il s'inquiète, oui oh, elle peut bien hausser les épaules, il s'inquiète et puis c'est tout. Vraiment, cette obsession de la religion, là, d'un coup, cette bigoterie qui menace, il ne comprend pas. Lui aussi est un bon croyant, on n'a rien à lui reprocher sur ce plan-là, mais elle n'a pas besoin d'en faire autant… Le Bon Dieu, s'Il la regarde (et Marcel doute qu'Il ait bien le temps de ça) sait qui elle est, elle n'a rien à prouver. Qu'est-ce qu'elle cherche à la fin ?!

Claudine termine d'enfiler ses pantoufles. Quand il se tourne vers elle avec cette dernière question comme suspendue devant lui, elle dit d'une petite voix : « Je cherche la paix. »

— Moi j'ai plutôt l'impression que tu te sers du Bon Dieu pour ressasser des vieilles histoires. Ce n'est pas bon de trop penser. Et puis les églises, c'est glacial et humide, je ne trouve pas ça bien que Paul joue par terre sur les dalles froides pendant des heures.

— Voyons, Marcel, je n'y reste pas pendant des heures, il faut toujours que tu exagères !

Et se tournant vers son petit garçon : « Viens Paul, on va se laver les mains et la figure avant de passer à table. Tu sais que Marraine Léonie n'aime pas servir la soupe aux crasseux. »

Marcel la suit vers la cuisine et continue sa litanie par-dessus son épaule alors qu'elle verse l'eau du broc dans la bassine et attrape le morceau de savon.

— C'est vrai, tu m'inquiètes…, poursuit-il, Dieu n'aime pas les excès.

Claudine cale son fils à cheval sur sa cuisse pour qu'il soit à bonne hauteur. Elle fait mousser le savon de Marseille sur ses mains à fossettes, le menton posé sur ses cheveux. Elle finit par répondre à Marcel :

— Quand je prie je fais le point. Les choses que je regrette et celles que j'espère. Tu vois ? Je fais le point, et ça me fait du bien. Je réfléchis tranquillement. Et Paul… Eh bien, il joue, Paul ! Il attend et il joue. Je n'ai pas l'impression qu'il soit malheureux.

— Tu n'as rien à te faire pardonner, Claudine, intervient Léonie derrière eux, j'espère que c'est bien clair dans ta tête.

— Si tu le dis…, répond Claudine

— Bien sûr que je le dis ! J'imagine bien ce qui te trotte dans la tête, mais tu dois te convaincre que si cet enfant est arrivé là c'est qu'Il l'a voulu comme ça.

Claudine ne discute pas mais elle termine pour elle-même la phrase de Léonie : « Ou bien c'est qu'Il a voulu me punir. » Elle repense aux mots du curé lors du baptême de Paul. Il avait parlé de la miséricorde de Dieu qui pardonne à tous. C'est donc qu'elle avait besoin d'être pardonnée, pas vrai ? Depuis peu, il l'autorise à communier, c'est le signe que ça avance.

Marcel a beau dire, elle se sent en sécurité dans son église. C'est pas rien, le sentiment de sécurité. S'il lui demandait de préciser ce qui la rassure, elle lui parlerait des menaces qui rôdent dehors, de cette guerre que tout le monde finit par attendre tant elle paraît inévitable, de ses inquiétudes à propos de Paul, de sa vie à venir. Mais la vérité, c'est que là elle est en paix avec ses agitations intérieures. Le calme de la nef, les résonances de la chapelle, les regards tourmentés des icônes à qui elle s'adresse, tout contribue à lui apporter cet apaisement qui lui fait tant défaut le reste du temps. Elle ne se demande pas si quelqu'un va venir la surprendre en lui posant une main lourde de sens sur l'épaule.

Un jour, à confesse, le curé lui conseille d'écrire à ses parents, d'implorer leur pardon, de ne pas rester butée, pour le bien-être de son petit, pour la paix de son âme. Comme elle lui répond l'avoir déjà fait, il conclut : « Vous n'avez pas dû y mettre suffisamment de conviction. Peut-être n'ont-ils pas senti un véritable repentir… » Ce soir-là, elle s'abîme en prières plus longtemps que d'habitude. Elle cherche à se repentir et ne trouve que de la colère. De la honte. Du dépit. Lorsqu'elle se lève de son prie-Dieu, elle a les jambes engourdies, les genoux douloureux, les épaules contractées, la tête embuée. Elle quitte l'église d'un pas lent, elle est sombre et silencieuse, tout à sa réflexion et ses hésitations. Elle marche sur le trottoir pour rentrer à la maison. Les voitures la dépassent, les ouvriers se pressent dans les cafés pour un petit verre avant le dîner, les ménagères appellent leurs gosses pour se mettre à table. Elle s'écarte pour laisser les petits se précipiter en criant : « J'arrive maman ! »

J'arrive maman !

Elle ralentit sensiblement son pas. Puis s'arrête tout à fait sur le trottoir, le cœur soudain en panique. Elle a oublié Paul à l'église. Elle pivote sur ses talons, se met à courir en sens inverse. Elle a oublié Paul à l'église ! Elle était si concentrée sur sa peine, sur sa douleur, sur ses rancœurs, qu'elle a oublié son fils. Mauvaise mère. Mauvaise fille. Mauvaise croyante. Elle court à perdre haleine, elle se précipite, balaie les travées d'un regard circulaire épouvanté. Où est-il ? Elle voudrait mais elle ne parvient pas à appeler, elle a la gorge nouée, les mains glacées, le souffle court.

Le curé est là, accroupi devant le petit garçon. Il tente de calmer ses pleurs en lui parlant doucement. En la voyant arriver, il se relève lentement et la toise de toute sa désapprobation. Paul s'était assoupi sur un banc non loin de sa mère. Quand il s'est réveillé, elle n'était plus là. Il l'a appelée, d'abord doucement, et de plus en plus fort. Puis il s'est mis à pleurer en courant partout dans l'église. Le curé l'a entendu. Il ne prend pas la peine de faire la moindre remarque. Claudine bredouille un merci qui ne trouve qu'un dos tourné pour le recevoir et quitte l'église en tirant Paul par la main.

— Arrête de pleurer, lui dit-elle, c'est pas grave, j'étais là, tu vois bien que j'étais là !

Il ne faut pas que Marcel et Léonie apprennent ça. Elle ne leur dira pas. Elle ne dira rien. Elle regarde son fils dont le front a pris un pli soucieux qu'elle ne lui connaît pas. Elle a envie de pleurer. Elle s'arrête, s'accroupit, le prend dans ses bras, le serre. Paul se laisse étreindre, le corps mou comme s'il n'avait plus de force. Comme si sa peur avait mangé toute son énergie. Il est sans réaction, sans réponse. Elle l'écarte, l'observe. Et lui aussi la regarde. Droit. De son regard vert étonnamment clair, écarquillé, rincé de larmes et d'incrédulité. Elle se sent dégringoler. Mauvaise mère, mauvaise fille, mauvaise, mauvaise.

Quelques jours plus tard, Léonie rentre du marché en tenant Paul par la main. Elle pousse la lourde porte cochère de l'immeuble, pénètre sous le grand porche et tourne à droite vers le logement qu'ils occupent au rez-de-chaussée. Assis par terre dans la cour intérieure pavée, les gosses de l'immeuble jouent aux billes. Paul lâche la main de sa marraine pour s'approcher des enfants.

— Reste là pendant que je range les commissions, lui dit-elle, je t'appellerai pour le goûter.

Paul acquiesce sans la regarder, déjà totalement absorbé par l'énergie des gosses qui font cercle autour de la partie serrée qui se joue sous leurs yeux.

Lorsque Léonie ouvre la porte de l'appartement, elle sent tout de suite que le silence n'est pas le même que d'habitude. Quelque chose de pesant, de trop fort, une étrangeté dans l'atmosphère. Claudine devrait être rentrée, elle est encore partie se cacher dans son église, sûrement. Léonie appelle : « Claudine ? Tu es rentrée ? »

Elle dépose les légumes du marché sur la table de la cuisine. S'affaire à sortir le pain et la confiture pour le goûter de Paul. Dans la cour de l'immeuble, les billes tiquent les unes contre les autres et les gamins poussent des hurlements à chaque nouveau coup gagnant ou perdant. Léonie sort de la cuisine et se dirige vers le paravent.

— Claudine ?

Dehors les enfants continuent de jouer. Paul les regarde, fasciné par leur habileté, leur énergie, un peu effrayé aussi par leurs cris, leur brutalité d'enfant. Il se tient légèrement à l'écart mais il est là, en spectateur, trop petit encore pour faire vraiment partie de la bande de l'immeuble, mais déjà connu, toléré, protégé. Ils l'appellent Paulo et ils le chouchoutent. Lui, il les contemple avec une admiration sans borne : les grands, dis donc, ils sont drôlement forts. Un jour il sera grand lui aussi. Il jouera aux billes et il gagnera toutes les parties. Marcel lui a dit, il va lui apprendre. Marcel, il sait tout faire. Il lui montrera comment on devient un champion aux billes. Il lui a promis, alors c'est sûr.

Paul, deux ans

UNE bonne heure, facile, avant le retour de son fils parti au parc avec sa marraine. Ils doivent aussi faire quelques courses, alors elle a le temps, le temps de tout préparer, tranquillement. De réfléchir à tout. De ne rien oublier.

Hier elle a essayé d'écrire une lettre à Paul. Elle y pensait depuis plusieurs jours, à ce qu'elle pouvait lui dire, pour plus tard, quand il sera grand. Quand il pourra comprendre. Peut-être qu'il pourra comprendre. De ratures en feuilles froissées, elle a dû se rendre à l'évidence, elle ne peut plus écrire non plus.

Elle a renoncé, a dissimulé ses brouillons bien au fond de la poubelle et ce matin elle est allée la vider dans les bacs à ordures de la rue pour que personne ne puisse malencontreusement tomber dessus. Ce serait con, elle a écrit des trucs idiots à force d'essayer, des trucs affreux où elle lui reprochait, à lui, pauvre chéri, la couleur de ses yeux. Parfois il la regarde et elle a envie de le gifler. Elle se détourne, excédée, ou répond méchamment sans le vouloir. Est-ce que c'est possible, ça, d'aimer une maman qui vous regarde toujours de biais, toujours de loin, toujours contrainte ?

Elle trie du linge, rassemble le sien sur un côté de la table. Elle le plie grossièrement et sépare le reste qui devra être repassé plus tard. Ses vêtements à elle, tant pis, ils seront un peu froissés, quelle importance ? Elle repense à sa mère et à son obsession du linge impeccable. Elle a envisagé de retourner chez ses parents à Bourges, et aussitôt la chose lui a paru totalement impossible. Ce qu'elle voudrait c'est remonter le temps, retourner au moment où le destin bien huilé qu'ils lui avaient prévu s'est grippé, reprendre sa place d'enfant choyée. Mais on n'efface pas trois ans de vie d'un claquement de doigts. On ne supprime pas comme ça des mémoires les traces souillées, nauséabondes, purulentes. Tout le monde là-bas sait qu'elle a eu un enfant. Si elle revient seule, on saura aussi qu'elle l'a abandonné. Elle n'a pas prévenu sa meilleure amie non plus. Elle imagine sa réaction, un mélange de stupéfaction et de dégoût. Depuis le temps qu'elle lui fait croire que tout va pour le mieux, que Paul est son joyau, son bonheur, sa merveille, comment pourrait-elle comprendre cette fuite soudaine ? Finalement, elle a choisi de disparaître, sans rien dire à personne. Elle se répète qu'elle écrira quand elle ira mieux, à son fils, à son amie, à ses bienfaiteurs à qui elle laisse son enfant. Quand elle ira mieux elle trouvera les mots, elle leur expliquera que son départ, c'est la seule solution possible pour mettre Paul à l'abri d'elle-même, de cette bête tapie qui grogne et rugit, prête à le mordre à chaque instant. Ils comprendront que c'est un acte d'amour.

Elle choisit dans les vêtements de Paul la petite chemise qu'elle aime bien, qui lui va parfaitement, à sa taille d'aujourd'hui, la taille de ses deux ans. Elle va ensuite fouiller dans la grande armoire, celle où sont encore rangées ses affaires de bébé. Elle y déniche le premier vêtement qu'il a porté, qu'ils avaient choisi tous les trois pour le jour de sa naissance. Elle le pose sur la table, le caresse du bout des doigts, y fait fureter son nez et finit par y enfouir son visage entier. Il lui semble la déceler, oui elle est là, son odeur de petit garçon, son odeur de bébé. C'est sûrement dans la tête.

C'est important, les odeurs.

Elle tire de son cou ce foulard qu'elle porte souvent et le dépose dans le petit lit derrière le paravent. Coincé entre l'oreiller et la couverture, elle est sûre que Paul le trouvera en allant se coucher ce soir. À moins qu'ils le couchent avec eux dans le grand lit… Sans doute qu'ils le feront. Quand ils verront la valise disparue, le linge absent, ils sauront mais ils ne diront rien encore. Elle les connaît bien, ils décideront à voix basse de la meilleure attitude à adopter dans un premier temps, ils choisiront d'attendre et de se taire. Ils caleront le petit garçon au chaud dans leur tendresse. Il réclamera peut-être sa maman? Elle entend dans sa tête la voix haut perchée de Paul quand il dit maman une histoire, maman un câlin, maman t'es belle. Elle entend aussi sa voix étranglée de l'autre jour. Elle avait réussi à dissimuler à ses hôtes sa terrible faute, ils ne s'étaient aperçus de rien et elle s'était promis que ça n'arriverait plus. Elle allait être une bonne mère désormais. Elle n'a tenu que quelques jours avant de lui hurler dessus de nouveau, mais cette fois, au lieu de se faire tout petit et de laisser passer l'orage comme d'habitude, il a crié méchante maman! au travers de ses larmes et il s'est précipité vers sa marraine. Celle-ci a dit en le prenant dans ses bras quelque chose comme « Laisse maman tranquille, mon chéri, elle est fatiguée. »

Sûr qu'ils vont le coucher entre eux deux. Il ne verra pas de différence avec un autre soir, il sera même content sans doute. À un moment, aujourd'hui ou demain, il demandera où elle est et quand elle rentrera. Ils se regarderont l'un l'autre en éludant sa question, et ils seront finalement tous les trois soulagés.

Elle place le pyjama de bébé en premier tout au fond de la valise. Là, il ne pourra pas s'égarer, et par-dessus elle pose sa chemisette, bien à plat. Ensuite le papier plié avec une boucle de ses cheveux qu'elle a coupée hier soir pendant qu'il dormait, et la belle photographie du jour de ses deux ans qui trône sur le buffet. Elle empile ensuite ses propres effets, en tassant bien pour que ça rentre.

Elle a du mal à refermer le bagage, il est tellement rempli qu'elle ne pourrait même pas glisser un livre sur le côté. Elle le soupèse, elle sait qu'elle devra porter seule ce fardeau lourd de ses profondes angoisses et de ses tout petits espoirs pour aller là où elle a décidé d'aller, à l'autre bout de la France, à Marseille. Elle a trouvé un emploi de serveuse là-bas, et une chambre qu'elle louera dans une pension. Tout est prévu cette fois-ci. Elle a choisi cette ville pour la distance et pour le soleil. Elle part et elle leur laisse son enfant. Il sera mieux là avec eux, il sera mieux sans elle surtout. Ici il est en sécurité. Entouré dorloté protégé.

Mon chéri, mon amour, mon bébé…

Les mots lui viennent toujours quand il ne l'entend pas. Quand il est là, elle n'y arrive pas. Elle parle et elle ne dit pas ce qu'il faudrait, elle se tait et son silence est pire encore. Ses hôtes la regardent faire, ou ne pas faire, et elle devine la désolation dans leurs yeux. Elle voit bien son fils, tout petit comme il est, chercher désespérément à déverrouiller les bras de sa mère qui restent raides, ses yeux qui restent froids, tout son corps qui le repousse et son cœur hermétiquement fermé. Elle l'aimera de loin et ne lui fera plus jamais de mal. Elle leur fait confiance, ils sauront s'y prendre, ils sauront quoi dire. Paul grandira avec la certitude qu'il est né d'un ventre aimant. Ils mentiront au besoin.

Depuis le début, depuis sa naissance, ils pallient ses fautes, ses manquements, ses dérapages. Elle ne sait pas l'aimer. Elle ne sait que s'agacer de sa présence, fuir ses câlins et haïr ses yeux verts. Une maman qui déteste son enfant, c'est pire que pas de maman du tout. Peut-être qu'une fois loin de lui, dans quelque temps, quand elle ira mieux, quand il sera grand, peut-être alors qu'elle réussira à lui écrire qu'elle avait tout plein d'amour à lui donner mais qu'il restait bloqué, gardé par la bête, retenu bien serré au cœur de sa férocité.

Elle enfile ses chaussures, son manteau, prend sa valise à bout de bras et, avant de quitter pour toujours l'appartement, ses hôtes, son fils, cette vie, elle balaie une dernière fois la pièce entière d'un regard circulaire.

Dans la cour, les gosses de l'immeuble jouent tous ensemble en poussant des cris suraigus. Elle les contourne, le front bas, et referme derrière elle la lourde porte cochère. Elle n'entend plus alors que des hurlements assourdis, lointains. Sans se retourner, elle file le long de la rue comme une souris, sa valise à la main, la même qu'autrefois, la même que l'été de ses dix-sept ans.

Également dans la collection « Aparté »

L'Attentat domestique, Florence Aubry

Les chemins de Gaby, Marianne et Juliette convergent inexorablement vers un même événement tragique : un attentat. Mais pas de revendication derrière ce complot-là. Une préparation plus rageuse que minutieuse. Un attentat domestique plus que politique.

Dites-moi des choses tendres, Cécile Hennerolles

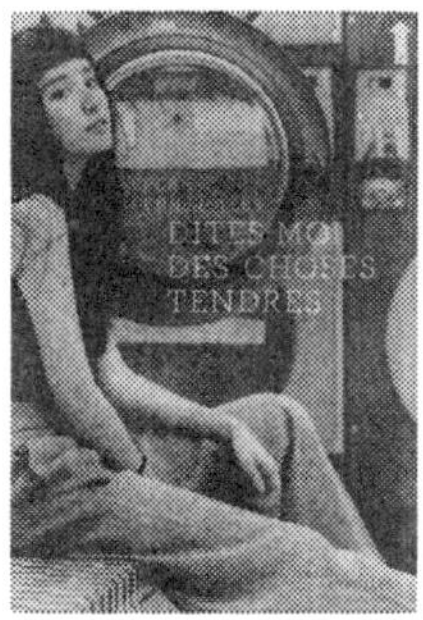

Un couple de quarantenaires ; une amitié fondée sur une blessure commune ; une femme désabusée ; des grands-parents amoureux depuis cinquante ans ; le premier amour d'un enfant. Ces cinq trajectoires vont s'entrecroiser et se confronter, chacune à leur manière, à la fulgurance de l'amour. Comment fait-on pour aimer ? Comment fait-on pour se dire *je t'aime* ? Mais aussi pour dire *je ne t'aime plus* ? Comment fait-on pour se relever après avoir mordu la poussière ? Comment fait-on pour que ça reste beau malgré tout ?

Si je me souviens bien, Hélène Le Bris

Marthe se souvient de sa jeunesse *rock and roll*, de son travail au service des espaces publics, de son jardin anglais. Elle se souvient, et oublie : ce qu'elle a fait le matin même, l'adresse de son appartement, pourquoi elle vit seule. La faute d'Al, dit-elle, cette maladie qui lui ronge le cerveau. Un souvenir insiste toutefois, pressant comme un appel : Adrien. Marthe s'improvise alors détective avec un seul objectif : retrouver Adrien.

L'Étrange Pouvoir des calamités, Hélène Le Bris

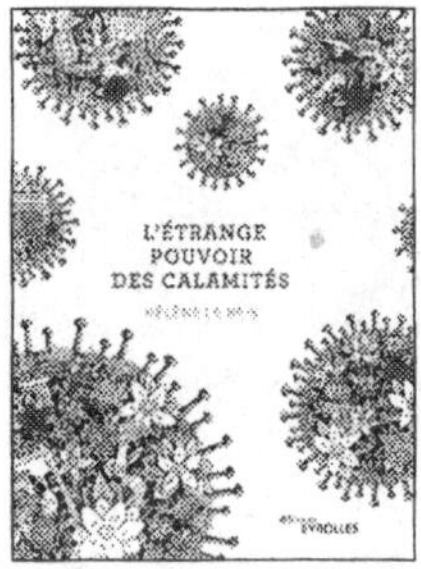

France, été 2029. Une étrange maladie au nom imprononçable, appelée « Peste » par commodité, s'abat sur le pays. Mortifère et hautement contagieuse, elle intervient par vagues successives, bouleverse l'économie et les rapports sociaux, renverse la démocratie. De part et d'autre du cordon sanitaire, une mère et son grand fils observent des événements contrastés, elle dans son village que repeuplent les petits citadins écartés du virus, et lui prisonnier d'un Paris sinistré. Leur passé les oppose, leurs présents les éloignent aussi. Sous l'effet du fléau, un rapprochement inattendu s'opère peu à peu.

L'Affaire Margot, Sanaë Lemoine

Margot est la fille cachée d'un homme politique français et d'une actrice renommée. La mère de Margot a élevé celle-ci dans une économie de tendresse, avec le souci qu'elle ne dépende de rien ni de personne. De son côté, Margot se rêve une mère plus présente et aimante. C'est un château de cartes soigneusement érigé que Margot décide de faire s'écrouler quand elle rencontre un journaliste puissant et respecté avec lequel elle partage le secret de leur famille.

À rebrousse-poil sous le ciel de Shanghai, Esmeralda Lladser

Melchior, Spot et Doudou sont des chats. Melchior, aristocrate schizophrène, Spot, voyou notoire, et Doudou, prétentieuse élégante, se partagent une maison, un jardin, une impasse à Shanghai. Leurs aventures félines se déploient en chroniques drôles, poétiques, souvent fantasques, ignorantes du drame qui se joue pour leurs domestiques humains.

Les Cœurs imparfaits, Gaëlle Pingault

Barbara est seule. Sa solitude a des allures de refuge, pour tenir une mère imprévisible à distance. Quand Charles, le médecin de l'Ehpad, la convoque, ce passé qu'elle fuit la rattrape. Charles, lui, s'ennuie. L'intransigeance de Barbara le contraint à faire face à ses propres petites lâchetés. Dans ce même Ehpad, Lise est une aide-soignante à bout de souffle. Jusqu'à quand tiendra-t-elle la cadence ? Autour de Rose, la mère absente, ces cœurs imparfaits se rencontrent et inaugurent des voies possibles de consolation.

Attends-moi le monde, Gaëlle Pingault

« Premier prix : Vous détestez la grisaille et la nuit qui tombe à 16 h 30 ? Vivez une année sans mois de novembre ! » Lorsqu'elle tombe sur ce flyer vantant les mérites d'une tombola locale en ces termes, Camille comprend d'emblée qu'elle va jouer, et gagner. Durant ce mois de non-novembre, un étrange temps suspendu l'invite à emprunter quelques chemins inexplorés, tandis qu'alentour, le monde continue son petit manège habituel. Camille se laissera porter et peu à peu jaillira la compréhension de sa propre histoire.

Les Dévorantes, Marinca Villanova

Emma, Angèle, Karine. Trois filles, trois mères, trois générations. De l'une à l'autre, les composantes de la maternité se transmettent dans une haine calfeutrée, mais agissante. Les mères refusent leurs filles, et ce rejet inaugural, loin de les séparer, les lie solidement en une longue chaîne qui traverse le temps. Comment cesser d'être dévorée ? Comment cesser d'être une dévorante ?

La Vie dissimulée, Marinca Villanova

Et brusquement, le monde rassurant s'écroule. Le père de Nina part, son frère s'endurcit, sa mère se met au lit. Elles vont désormais rester toutes les deux. Nina guette les infimes variations de la présence de sa mère. L'étau se resserre, les instants de joie hors de la maison sont des moments volés. L'enfant le sait, sa mère est devenue incapable de survivre sans elle.

CET OUVRAGE
A ÉTÉ ACHEVÉ D'IMPRIMER
SUR ROTO-PAGE
PAR L'IMPRIMERIE FLOCH
À MAYENNE EN MAI 2021

N° d'impression : 98360
Dépôt légal : mai 2021
Imprimé en France